John Bierhorst

Die Mythologie der Indianer Nord-Amerikas

Aus dem Amerikanischen von
Frederik Hetmann

Diederichs

Titel der amerikanischen Originalausgabe:
The Mythology of North America
(erschienen bei William Morrow & Co., New York)

Mit neun Karten und sechsunddreißig Abbildungen

Das Frontispiz zeigt den Donnervogel
der Navajo: ein Sandbild zur Zeremonie
des Shooting Way.
Wir danken allen Inhabern der Bildrechte,
namentlich dem Künstler Richard West,
Tijeras (New Mexico) und dem National
Museum of Man, Ottawa (Canada).

CIP-Titelaufnahme der Deutschen Bibliothek
Bierhorst, John:
Die Mythologie der Indianer Nordamerikas / John Bierhorst.
Aus d. Amerikan. von Frederik Hetmann. – 1. Aufl. – München:
Diederichs, 1988.
Einheitssacht.: The mythology of North America ⟨dt.⟩
ISBN 3-424-00949-0

Erste Auflage 1988
© 1985 by John Bierhorst
© 1988 der deutschen Ausgabe beim
Eugen Diederichs Verlag GmbH & Co. KG, München

Umschlaggestaltung: Hans Rüttinger
Produktion: Tillmann Roeder
Satz: Uhl + Massopust, Aalen
Druck und Bindung: Kösel, Kempten

ISBN 3-424-00949-0
Printed in Germany

Inhalt

Einleitung

Vergangenheit und Gegenwart

Mythologie hat zwar nicht das Alter geologischer Epochen, doch auch sie wird im Lauf der Jahrtausende unablösbar verwoben mit einem Landstrich. Jeder Kontinent – mit Ausnahme der Antarktis – hat seine ihm eigene mythologische Prägung und wird wahrscheinlich nie eine andere erhalten, jedenfalls nicht in absehbarer Zukunft. Mythen zieht man nicht auf Gartenbeeten; man erbt sie von der Vergangenheit. Von weitem betrachtet, bilden sie ein reichhaltiges Muster, das sich ganz allmählich von Region zu Region verändert. Tritt man näher, so erkennt man in ihrer Feinstruktur die Wünsche und Ängste bestimmter Menschengruppen, die mit Zustimmung der unsichtbaren Mächte die Treuhandschaft über das Land ausüben.

An welchem Punkt sich das nordamerikanische Muster in seiner gegenwärtigen Form verfestigte, wissen wir nicht. Mit einiger Gewißheit hingegen kann gesagt werden, daß die Mythen des östlichen Kanada, die in mündlicher Überlieferung noch lebendig sind, sich während der letzten dreihundert Jahre nicht verändert haben. Archäologische Überreste bewahren in der Regel keine Mythen, aber die offensichtliche Kontinuität bei den Kulturen der Stadtbewohner im östlichen Südwesten deutet an, daß die heiligen Geschichten aus diesem Gebiet etwa tausend Jahre alt sein könnten. Auch sie sind noch lebendig.

Mythische Überlieferungen, die in den Bundesstaaten New York und Washington noch an einem schwachen Faden hängen, sind in Georgia und Virginia schon völlig abgebrochen. In New York erzählen zum Beispiel die Irokesen noch einige der alten Geschichten, aber in Virginia gibt es heute keine lebendigen Erscheinungsformen einer indianischen Kultur mehr.

Das kontinentale Muster tritt jedoch aus der Vielzahl der Geschichten, die von indianischen Mythenerfindern seit Ankunft der ersten Europäer erzählt worden sind, deutlich zutage.

Die Schleusen des Erzählens öffneten sich am weitesten während jener Zeit, als die indianische Mythologie am verletzlichsten war. Dies war ungefähr während eines Zeitabschnitts von etwa fünfzig Jahren zwischen dem »General Allotment Act« des Jahres 1887 und dem »Indian Reorganization Act« aus dem Jahr 1934. Beide Gesetze wurden vom amerikanischen Kongreß verabschiedet. Das erste Gesetz war das Instrument zur Auflösung der indianischen Gemeinden, das zweite ein Schritt zu deren Wiederherstellung. Er wurde zu einem Zeitpunkt unternommen, als es in vielen Fällen bereits zu spät war.

Heute geht die Auszehrung noch lebendiger Mythen mit Riesenschritten voran. Gleichzeitig aber gibt es auch Anzeichen dafür, daß der eintretende Substanzverlust sich verlangsamt. Im ersten Jahrzehnt des 20. Jahrhunderts, als die Lebenskraft der Indianer auf ihrem tiefsten Punkt angelangt war und es üblich wurde, von einer »aussterbenden Rasse« zu sprechen, hätten nur wenige es für möglich gehalten, daß indianische Mythologie weiter eine Funktion haben würde und sich bis ins 21. Jahrhundert halten könnte. Begünstigt durch ein verändertes politisches Klima, ist aber genau dies eingetreten.

Die ersten 150 Jahre

Obgleich schon um 1600 jesuitische Missionare einige Mythen östlich der Großen Seen sammelten, nimmt die moderne Würdigung der indianischen Mythen und die Idee, sie aufzuzeichnen, eigentlich erst mit dem Entdecker und Indianeragenten Henry Rowe Schoolcraft ihren Anfang.

In seiner Tagebucheintragung vom 31. Juli 1822 drückt sich seine Hochstimmung, auf etwas Neues gestoßen zu sein, so aus: »Wer hätte sich vorgestellt, daß diese wandernden Waldbewohner eine solche Erfindungskraft besessen haben? Was trieben eigentlich all die Reisenden und Beobachter seit den Tagen eines Cabot und Raleigh, da ihnen doch dieser denkwürdige Zug entging? Nun hebt sich tatsächlich der Vorhang, hinter dem sich der indianische Geist bisher verbarg, und er zeigt sich auf eine ganz neue Art.«

Schoolcraft ist hier als ein Echo zu verstehen auf die europäischen Romantiker, die bereits in der Heimat entstandene Alternativen zu der griechischen und lateinischen Überlieferung kultivieren. In gewisser Hinsicht bilden seine zwei Bände der Chippewa-Geschichten, veröffentlicht 1839 unter dem Titel »Algic Researches«, ein amerikanisches Gegenstück zu den zwei Bänden »Kinder und Hausmärchen« von Jacob und Wilhelm Grimm (1812–15). Wie die Brüder Grimm sollte Schoolcraft von späteren Generationen als ein Pionier anerkannt werden, und wie die Grimms beschuldigte man auch ihn, er habe seine Quellen durch Umarbeitung verändert.

Um die Jahrhundertwende, als Franz Boas und seine Mitarbeiter sich daranmachten, eine anthropologische Wissenschaft in den Vereinigten Staaten aufzubauen, wurde es klar, daß Mythen und Volksmärchen dabei eine entscheidende Rolle spielen würden. Das kam zum Teil daher, weil Mythen Texte waren, die zur Entzifferung der indianischen Sprachen benutzt werden konnten, zum anderen, weil sie die einzigen Überreste von Kulturen darstellten, die aufgehört hatten zu existieren.

Während die neuerdings gesammelten Mythologien der Navajo, der Hopi, der Coos, der Caddo, Kwakiutl und anderer Stämme von wissenschaftlichen Verlagen veröffentlicht wurden, begann Boas bereits damit, grundsätzliche Typen von Geschichten und Motive – ihre Handlung und die in ihnen vorkommenden Ereignisse – zu beschreiben. Er stellte dabei fest, daß »Mythen von Stamm zu Stamm gewandert sind, und daß eine große Zahl der Geschichten vieles gemeinsam haben.«

Ein Grund für diese Annäherung war, daß Mythen dazu beitrugen, historische Verbindungen zwischen Stämmen zu stiften, die getrennt worden waren. So bot man Anhaltspunkte an für die Entwicklung der eingeborenen amerikanischen Gesellschaften.

Die immense Arbeit bei der Bestimmung der Typen und Motive wurde jedoch nicht von einem Anthropologen geleistet, sondern von einem Volkskundler, von Stith Thompson, dessen mit Anmerkungen versehenen »Tales of North American Indians« (1929) aber auf die Arbeiten Boas und seiner Schule zurückgreifen konnten.

Unterdessen hatte Boas seine Verbreitungs-Studien abgeschlossen. Zusammen mit anderen Anthropologen betrachtete er nun vor allem die Mythe als Schlüssel, mit dem man die Geheimkammern einer bestimmten Kultur zu öffnen vermag.

Ein Wendepunkt kam 1935 mit der Veröffentlichung von Ruth Benedicts »Zuni Mythology«. Der Band enthielt alle Geschichten, die im Zuni-Pueblo während der vorangegangenen fünfzig Jahre aufgezeichnet worden waren. »Kein Volksmärchen ist generisch«, erklärte sie in ihrem einführenden Essay. »Es handelt sich immer um die Geschichte eines ganz bestimmten Volkes mit spezifischer Existenzweise, sozialer Organisation und Religion!«

Der Generation danach erschien die von Ruth Benedict betonte Besonderheit nicht eng genug gefaßt. Einige aus ihren Reihen wurden sich nun zunehmend der Unterschiede zwischen den einzelnen Geschichtenerzählern bewußt. 1950 hatte jene Sichtweise in der Anthropologie, die unter dem Stichwort »Kultur und Persönlichkeit« bekannt wurde und die Ruth Benedict zu begründen geholfen hatte, dazu geführt, daß sich die Betonung von der »Persönlichkeit« der ganzen Kultur auf die Einzelpersönlichkeit innerhalb der Kultur verlagerte. Sammler von indianischen Mythen wurden nun angewiesen, ebensoviel über ihre Informanten wie über die Mythen, die diese ihnen erzählt hatten, zu berichten. Es stellte sich dabei heraus, auf welche Weise das Geschlecht, das Alter oder die Psychologie des Erzählers die Geschichte beeinflußten. Getragen von dem allgemeinen Interesse am Feminismus, hielt dieser Trend bis in die 80er Jahre an mit Studien über weibliche Geschichtenerzähler und die Einstellung gegenüber Frauen, wie sie die Mythen aufdecken.

Etwa seit den 60er Jahren war inzwischen eine andere Gruppe von Sammlern dazu übergegangen, noch genauer zu sichten. Jetzt ging es nicht mehr nur um die Persönlichkeit des Geschichtenerzählers, sondern um dessen Besonderheit beim Vortrag. Dies wurde begleitet von gedruckten Übersetzungen, mit denen gezeigt wurde, wo der Erzähler Atem holte, wo er den Tonfall der Stimme veränderte und welche Geräusche und Bemerkungen die Zuhörer machten. Mit solchen Präzisierungen hatten die Ethnographen einen langen Weg seit Schoolcraft zurückgelegt, dessen literarisierenden Bemühungen schon in Frage gestellt worden waren, ehe noch die Ära unter dem starken Einfluß Boas begann.

Indem die Forscher sich stärker auf die Vortragskunst des Erzählers konzentrierten als auf dessen persönliche Eigenheiten, gaben die Ethnographen diesem eine Würde und ein Ansehen, wie er es nie zuvor in solchem Ausmaß genossen hatte. Sie gelangten damit zu einer zeitgerechten, wenn auch subtilen politischen Darstellung: Auf der Linie dieser Entwicklung begannen eingeborene Gruppen damit, ihre eigenen Mythen und traditionellen Erzählstoffe, meist für ihre Kinder, zu veröffentlichen. Zwei der frühesten und beachtenswertesten Sammlungen waren die der Rough Rock Demonstration School unter dem Titel »Navajo History«, Bd. 1 (1971) und »The Zunis: Self Portrayals« (1972), mit dem Zusatz »Das Zuni-Volk«.

Durch all diese Veränderungen kamen immer mehr Mythen zusammen. Seit 1920 dürfte sich die Zahl der Texte verdoppelt haben. 1920 ist ein Datum, das von Margaret Mead und Ruth Bunzel recht willkürlich als Markstein für das Ende des Goldenen Zeitalters der amerikanischen Anthropologie festgesetzt wurde. Heute könnte sich wahrscheinlich niemand, wie das Stith Thompson noch getan hat, rühmen, er habe jede indianische Geschichte, die gedruckt vorliegt, gelesen.

Auf der anderen Seite haben die zahlreichen regionalen Studien nordamerikanischer Mythen die Möglichkeiten verbessert, eine Sichtung des Ganzen zu versuchen. Da keine systematische Darstellung während der letzten siebzig Jahre mehr erschienen ist (H. B. Alexander, »North American Mythology« erschien 1916), scheint es an der Zeit zu sein, einen neuen Versuch dieser Art zu unternehmen.

»Als ob ein Mensch ginge«

Dies ist ein Buch über Mythologie, über deren wichtigste Geschichten. Es ist kein Buch über Volkserzählungen im allgemeinen, wozu dann Liebesgeschichten, Abenteuergeschichten und humoristische Anekdoten gehören würden. Dennoch: Es ist schwierig, Mythe und Erzählungen der einen und anderen Art voneinander zu trennen, und es trifft gewiß auch zu, daß Mythologie ihre Existenz dem Sinn für das Geschichtenerzählen verdankt. Im Fall eines Clan oder einer religiösen Gruppe kann die Teilhabe an einer Mythe tatsächlich die Gruppe zusammenhalten. Manchmal wird ein einfaches Volksmärchen, indem es von einer Sprache in die andere gelangt, von dem Volk, zu dem es kommt, als Mythe betrachtet und dient dazu, den Ursprung des Stammes, eine religiöse Zeremonie oder eine Nahrungsquelle zu erklären. Solche Geschichten gelten immer als sehr alt.

In Nordamerika, wo mehr als hundert Eingeborenen-Sprachen noch gesprochen werden und mündliche Überlieferung zwischen den Kulturen frei kursierte, neigten die Geschichtenerzähler dazu, ihr Erzählgut in zwei grundlegende Katagorien einzuteilen. Typischerweise sprachen die Eskimo von alten und jungen Geschichten. Unter den Winnebago sind die Geschichten entweder »waikan« (heilig) oder einfach »worak« (erzählt). Die Pawnee unterscheiden zwischen wahr und falsch. Die zweite dieser beiden Kategorien variiert von Stamm zu Stamm, kann sich auf Fiktives, auf Nichtfiktives oder auf eine Mischung von beidem beziehen. Jedenfalls besteht ein Unterschied zur ersten Kategorie, die, ob sie nun als alt, heilig oder wahr bezeichnet wird, dem Wort Mythe entspricht.

Mythen und gewöhnliche Geschichten wurden gleichermaßen als Personen betrachtet. Im Nordosten kann man einen Geschichtenerzähler seinen Vortrag mit der Ankündigung beginnen hören: »Es ist, als ob ein Mensch ginge« oder: »hier lebt meine Geschichte« oder: »hier lagert meine Geschichte« ja, sogar: »meine Geschichte ging dahin, ein Mann, der in der Wildnis haust, seine Kleider hat er aus Moos gemacht, zerfetzte Weidenruten bilden seinen Gürtel.« Das besagt, daß die Geschichte sehr alt ist. Wenn sie zu Ende ist, schickt ein Erzähler aus Kalifornien seine Geschichte manchmal in die Höhle zurück. Oder, wenn er in Stimmung ist, um noch eine weitere Geschichte zu erzählen, sagt der Eskimo-Geschichtenerzähler zu seinen Zuhörern: »Man kann die Geschichte nicht auf einem Bein stehen lassen.«

Häufiger aber besteht die Eröffnungsformel einfach aus einem »Vor langer Zeit«, worauf die Zuhörer dann antworten: »Es ist so!« Auch dort, wo die Geschichten nicht als Personen betrachtet werden, behandelt man sie mit Respekt. Bei den Tlingit werden Kindern, die nicht still sitzen beim Geschichtenerzählen die Füße zusammengebunden.

Manchmal sind auch zuvor Gebete nötig. Wenn eine wichtige Mythe erzählt wurde, konnte es vorkommen, daß die Zuhörer den Erzähler, während er vortrug, verbesserten. Und in fast allen Stämmen wird es für gefährlich gehalten, Geschichten außerhalb der dazu bestimmten Zeit zu erzählen.

Als James Mooney 1900 seine Sammlung von Cherokee-My-
then veröffentlichte, hielt er es für nötig, ausdrücklich auf seine
Entdeckung hinzuweisen, daß die Cherokee während des ganzen
Jahres Geschichten erzählen, bei Tag und Nacht. Obgleich es sich
bei den Studien zur indianischen Überlieferung damals noch um
eine junge Wissenschaft handelte, so waren doch bereits genügend
Informationen zusammengekommen, um das zu erkennen, was
bald kontinentweit als Regel gelten sollte: Geschichten, oder
zumindest bestimmte Geschichten, konnten nur bei Nacht und
während des Winters erzählt werden. Von Stamm zu Stamm
waren die Jahreszeiten ähnlich. Bei den Küsten-Salish in Washington konnte man hören: wenn Geschichten im Sommer erzählt
würden, kämen die Schlangen zur Tür herein. Die Wyandot
sagten, die Schlangen kröchen sonst in ihre Betten. Die Schlangen
würden einen strangulieren, behaupteten die Seneca und fügten
hinzu, Bienen würden einen in die Lippen stechen.

Wahrscheinlich wegen ihres Alters wurden die Mythen wie
Krankheiten für ansteckend gehalten. Die Geschichtenerzähler der
Küsten-Salish und ihre Zuhörer mußten sich flach auf den Boden
legen, um zu verhindern, daß ihnen auf der Schulter ein Buckel
wachse. Eine ähnliche Altersdeformation werde auch durch das
Erzählen im Sommer bewirkt, behauptete man bei den Zuni; und
in Kalifornien hieß es einst: an Geschichten während des Tages
auch nur zu denken, lasse bei dem Betreffenden einen Buckel
wachsen.

Versammelt um die Winterfeuer, geschützt durch Gebete und
andere Vorkehrungen, hörten die Nordamerikaner die alten Geschichten, gestalteten sie um und errichteten ein gewaltiges Muster
von miteinander verbundenen Mythologien. Als die Geschichten
sich allmählich änderten von Stamm zu Stamm, veränderte sich
auch das Gesamtmuster, besonders von Süden nach Norden.
Gleichzeitig aber stellte es auch eine bemerkenswerte Einheit von
West nach Ost und über eine Strecke von zweitausend Meilen nach
Süden und viertausend Meilen im hohen Norden dar.

Die ältesten Geschichten

Die frühesten, zuverlässig datierbaren archäologischen Funde in der Neuen Welt sind Jagdwerkzeuge, zurückgelassen an den Plätzen, wo Woll-Mammut und Langhorn-Büffel getötet wurden. Sie stammen aus einer Zeit, die zehntausend bis fünfzehntausend Jahre zurückliegt, lange nach dem Verschwinden des vor-neuzeitlichen Menschen, aber noch vor der Einführung der Landwirtschaft und der Ozeanreisen.

Daraus ergibt sich, daß die ersten Amerikaner Jäger gewesen sind, die über eine einst bestehende Verbindung zwischen den Hemisphären – der Landbrücke zwischen Sibirien und Alaska also, die bis 8000 v. Chr. sich über den Meeresspiegel erhob – nach Amerika gelangten. Spätere Ankömmlinge, unter ihnen die Athapasken und die Eskimo, nahmen ohne Zweifel dieselbe Route, indem sie im Winter über das Eis kamen.

Zweifellos brachten jene Einwanderer die Fähigkeit mit, Waffen und Fellkleider zu fertigen und sich durch diese gegen Kälte zu schützen. Man kann mit Sicherheit annehmen, daß sie ebenfalls ein gewisses Maß an intellektueller Kultur mitbrachten, zu der auch Mythen und andere Volkserzählungen gehörten. Aber welche Mythen? Und welche Volksmärchen?

Unter den Mythen könnte der berühmte Erdtaucher, die Geschichte jenes Wasser-Wesens, das nach einem Stück festen Land taucht, aus der Alten Welt stammen. Der Ente, der Bisamratte, der Schildkröte, dem Krebs oder einem anderen Tier gelang es, diese Aufgabe zu lösen, aber sie mußten tief hinabtauchen, so daß sie oben halb tot ankamen. In den Krallen des entsprechenden Tieres jedoch fanden die anderen ein wenig Erdreich, das sich magisch vergrößerte, bis daraus die Erde wurde.

Nicht jeder Indianerstamm besitzt eine Mythe über die Erschaffung der Welt. Wenn aber eine solche Mythe vorhanden ist, dann ist es meist eben diese Geschichte. Man findet sie in allen Regionen Nordamerikas, nur nicht im Südwesten und der arktischen Küste.

Die mehr oder minder gleichmäßige Verteilung des Erdtaucher-Themas von Europa durch Asien bis nach Alaska und von dort südwärts stellte ein überzeugendes Beweismittel für die historische Verbindung dar. Noch weiter verbreitet als der Erdtaucher ist das mythische Konzept der Sintflut. Es taucht in den meisten Mythologien als Wasser des Ursprungs oder als Flut nach einer Katastrophe auf. Da diese Vorstellung in viele verschiedene Mythen, einschließlich der des Erdtauchers, eingebettet ist, muß sie als Motiv, nicht als Geschichte, betrachtet werden, und die Theorie, daß sie ständig wiedererfunden wurde, läßt sich schwer bestreiten.

Weniger häufig, aber auch auf der ganzen Welt verbreitet, ist die Geschichte vom Diebstahl des Feuers, in der ein Geschöpf zu dieser

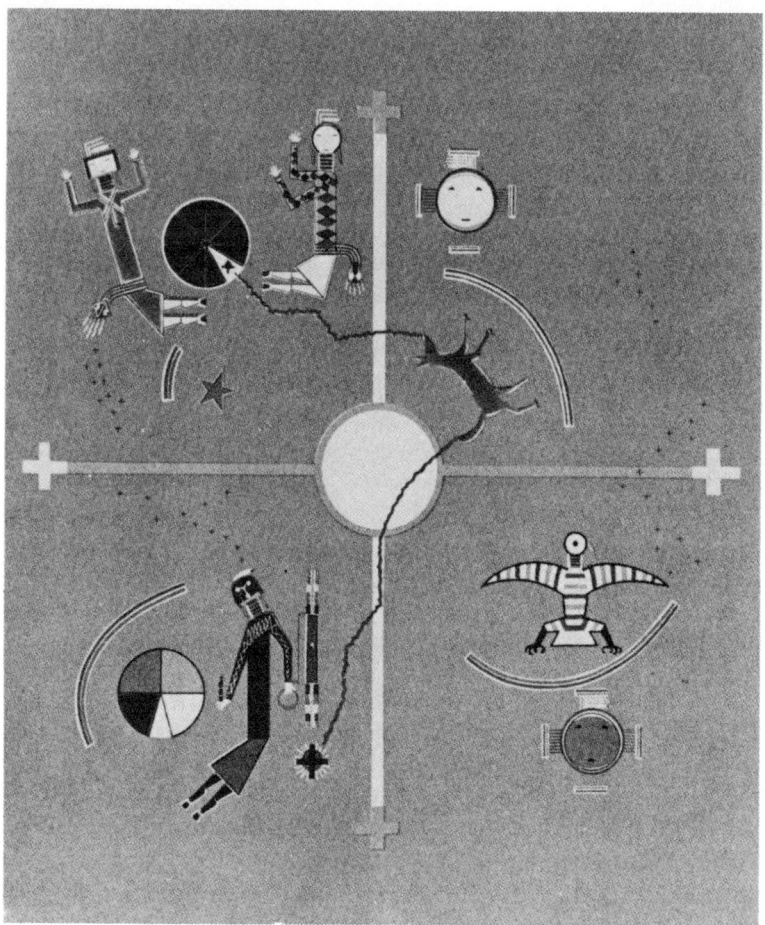

Der Diebstahl des Feuers. Sandbild des Navajo-Segnungswegs, in dem Kojote das Feuer vom Feuergott (unten links) zum Herd des Ersten Mannes und der Ersten Frau (oben links) bringt. Mit freundlicher Genehmigung des Wheelwright Museum of the American Indians, Santa Fe.

Tat von einem fernen Ort aufbricht, es nicht selten durch Betrug erlangt und dann heimträgt. Die bekannteste Version ist die griechische Mythe von Prometheus. Diese Geschichte tritt auch im Südosten der USA und in der Region westlich der Rockies auf. In Kanada und Alaska ist sie manchmal durch den Diebstahl der Sonne, den Diebstahl des Tageslichtes oder den Diebstahl der Hitze ersetzt worden.

Der Diebstahl der Sonne. Rabe (rechts) läßt die Sonne frei, die er zur Erde getragen hat. Seidensiebdruck 1978 von Calvin Hunt, Kwakiutl.

Im Reich des Volksmärchens sind immer wieder Geschichten mit sehr weitreichender Verbreitung bekannt geworden, unter diesen befindet sich auch die sogenannte Orpheus-Geschichte.

In ihrer einfachsten Form berichtet diese Geschichte von einem Ehemann, der auf der Suche nach seiner Frau gen Westen reist. Die Frau ist ein Geist geworden. Nachdem er sie im Land der Toten gefunden hat, wird ihm erlaubt, sie mit heimzunehmen, dies aber mit der Warnung, daß er sie für immer verlieren wird, wenn er sie während der Rückreise anrührt oder ansieht oder ein ähnliches Verbot bricht. Auf dem Rückweg verstößt er dann aber gegen dieses Verbot. Bei einigen Geschichtenerzählern erklärt dies den Ursprung des permanenten Todes. Die Geschichte ist für Nordamerika charakteristisch. Sie kommt in allen Regionen vor, mit Ausnahme des hohen Nordens. Wahrscheinlich weil sie an die griechische Mythe von Orpheus und Eurydike erinnert, hat man versucht, sie durch Asien hindurch bis zur Beringstraße zu verfolgen. Dies ist jedoch nicht überzeugend gelungen.

Ein weiteres jener relativ wenigen Volksmärchen, die über den ganzen Kontinent verbreitet sind, ist das von den Menschen im Vogelnest. Es wird bei einigen Stämmen als Hauptmythe betrachtet. Typischerweise erzählt sie von einem Vater und einem Sohn und von der Strategie des Vaters, zu einer Frau zu kommen. Es ist eine Frau, die Vater und Sohn beide begehren. Um den Sohn loszuwerden, veranlaßt ihn der Vater, in ein hochgelegenes Nest zu steigen, aus dem er, wie der Vater meint, nicht mehr herunter kann. Von einem übernatürlichen Wesen gerettet, rächt sich der Sohn an dem Vater, der unterdessen die Frau genommen hat.

Da die Geschichte vom Menschen im Vogelnest auch in Südamerika verbreitet ist, kursierte sie in der Neuen Welt wohl lange Zeit, obwohl bisher noch niemand versucht hat, nachzuweisen, daß sie in Asien entstanden ist. Man argumentiert, daß es offensichtlich eine alte Schicht in der nordamerikanischen Mythologie gibt, zu der Erzählungen wie der Erdtaucher, der Diebstahl des Feuers, die Orpheus-Geschichte und der Mensch im Vogelnest gehören.

Wenn man ihre kontinentale Verbreitung bedenkt, und ihre Verbreitung unter Stämmen, die immer noch hauptsächlich von der Jagd oder vom Sammeln wilder Pflanzen leben, könnte sie aus der Epoche vor der Entwicklung der Landwirtschaft stammen, die in Nordamerika mehr als fünftausend Jahre zurückliegt. Bezeichnenderweise haben alle Geschichten, die bisher beschrieben worden sind, Varianten, in denen die handelnden Wesen Tiere sind. Beim Erdtaucher und beim Diebstahl des Feuers gibt es manchmal keinen Haupthandlungsträger, statt dessen einen Rat der Tiere, in dem diskutiert wird, häufiger aber der eine dem anderen hilft oder an dessen Stelle tritt. Häufiger noch dominiert ein Tier und wird zum Helden einer Folge von Geschichten, was die Volkskundler dann einen Zyklus nennen.

Jede Gruppe von Geschichten über ein bestimmtes Thema kann so genannt werden. Doch häufig wird der Begriff für jene scheinbar endlosen Geschichten von Tieren oder tierähnlichen Charakteren verwendet. Typische Beispiele sind der Hasen- und Kaninchen-Zyklus im Mittelwesten und Osten, und die Spinnen-, Kojoten- und Raben-Zyklen im Westen.

Der Trickster

Einem Geschichtenerzähler der Apachen zufolge, trug der Kojote in den Geschichten Kleider, ging aber auf allen vieren und hatte den Körper eines Kojoten. Ein anderer Geschichtenerzähler desselben Stammes vertrat eine abweichende Meinung: »Ich stellte ihn mir gerade so wie einen Menschen vor, wenn ich von ihm erzähle, mit Gesicht, Händen und Füßen wie ein Mensch. Sie sagen, daß in jenen Zeiten alle Tiere wie Menschen waren.«

Auf jeden Fall ist das Geschöpf, wie alle Tierhelden in der Volksüberlieferung der Welt, in gewissem Sinn eine Person. Für viele Indianerstämme definiert dieser doppelgesichtige Zustand das damit genannte Alter der Mythen, das weitgehend als ein Zeitalter der Tiere gilt. Im allgemeinen endet das mythische Zeitalter, sobald die »Menschen« in Tiere im heutigen Sinne verwandelt werden.

Romantische Volksmärchen, in denen die Heldin oder der Held in die Tierwelt hinübergelangen, nicht selten als Braut oder Bräutigam, verweisen in dramatischer Form auf die Bedeutung der Tiere, besonders als Quelle für die Ernährung. Der Rehjunge der Pueblo, die Büffelfrau der Prärieindianer und die weitverbreitete Geschichte vom Bärenmädchen und der Bärenmutter enthalten bezeichnenderweise Jagdthemen und werden in vielen Fällen als vollwertige Mythen aufgefaßt.

Wenn der Protagonist ein Tier ist, kann man aber die Bezeichnung »Held« nicht so leichthin gebrauchen. Es muß daran erinnert werden, daß die Tiere als gefährlich gelten, zumindest aber unvorhersehbar reagieren können. In den populärsten Geschichten sind sie Trickster, die verspielt, aber durchaus auch gefährlich agieren. Im schlimmsten Fall fressen indianische Trickster, die als Babysitter angestellt werden, die Babys auf, oder sie verkleiden sich als Frauen, um Männer zu heiraten. In einer der bekanntesten Geschichten der westlichen Hemisphäre, die von Kalifornien bis zu den Großen Seen und im Süden bis nach Feuerland erzählt wird, verliebt sich der Trickster in seine eigene Tochter und gibt vor zu sterben. Er erklärt der jungen Frau, sobald er tot sei, werde sie einem Fremden begegnen, den sie unbedingt heiraten solle. Nachdem er sein Grab ausgehoben und sich von seinem Scheiterhaufen heruntergerollt hat, erscheint der Trickster in Verkleidung und heiratet die Tochter. Sofern er zwei Töchter hat, heiratet er sie beide.

Geschichten wie diese scheinen zur Männerhütte zu passen, und dort wurden sie in der Tat auch häufig erzählt. Aber Robert Lowie, der Ethnograph der Crow ist der Ansicht, daß die Frauen der alten Schule wahrscheinlich nicht prüder waren als die Männer, und Melville Jacobs gratuliert seiner Coos-Informantin dazu, daß sie sich ihren Sinn für Humor angesichts der neuen Tabus erhalten habe. Moderne Beobachter, vorgeprägt durch das Christentum, mögen sich wünschen und versuchen glauben zu machen, daß indianische Mythologie so keusch und nüchtern sei wie die des eigenen Kulturkreises, was in manchen Fällen vielleicht zutrifft. Doch muß daran erinnert werden, daß Gewalttätigkeit, Sexualität und respektlose Komödie in vielen alten Überlieferungen eine wesentliche Rolle spielen, auch in denen Griechenlands und Roms. In Nordamerika sind diese Elemente am auffälligsten in den Trickster-Zyklen nördlich des Colorado River und westlich der Großen Seen. Sie zu ignorieren, hieße einen wichtigen Aspekt der heiligen Überlieferung in diesem Gebiet zu übersehen.

In vielen Geschichten ist der Trickster ein betrogener Betrüger. So ahmt er beispielsweise in der bekannten Geschichte vom Augengaukler die Vögel nach, die ihre Augen in die Luft werfen, aber im Unterschied zu den Vögeln kann der Trickster seine Sehfähigkeit nicht wiederherstellen, sobald das Spiel vorüber ist. In einer anderen Geschichte, »Der stümperhafte Gast«, wird der Trickster in das Haus eines Freundes gebeten, der sich zur Mahlzeit Fleisch aus seinen eigenen Flanken schneidet und die Wunde auf magische Weise wieder heilt, oder der Gastgeber schlachtet sein eigenes Kind und vermag es wieder lebendig werden zu lassen. Als der Trickster dann als Gastgeber an der Reihe ist, versucht er den Trick seines Freundes nachzuahmen und endet mit aufgeschnittener Hüfte oder einem Kind, das für immer tot ist.

Kann man solche Geschichten aber als Mythen bezeichnen? Was die Zuni, die Irokesen und die Pawnee angeht, so lautet die Antwort: nein.

Doch sowohl die Navajo wie die Chippewa betrachten diese und andere Trickster-Geschichten als Teil ihrer geheiligten Tradition.

Im 19. Jahrhundert war bei den Omaha »Der tölpische Gast« eine Mythe, mit welcher der Ursprung der Nahrung erklärt wurde. In ihr werden dem Trickster bei verschiedenen Gelegenheiten das Kind eines Bibers, Reis (auf magische Weise aus Wasser gewonnen), Nüsse (die ein Eichhörnchen bringt) und Fisch (den ein Fischreiher herbeiträgt) als Speisen vorgesetzt.

Die Geschichte vom Diebstahl des Feuers ist das klassische Beispiel für eine Mythe, die auch eine Trickster-Geschichte ist. Die Geschichte vom Erdtaucher fällt in dieselbe Kategorie, wenn, wie das in einer Variante der Yuchi der Fall ist, die Erde vom Boden des Meeres dem Fisch gestohlen wird, dem sie gehört. In einer Version der Tanana entführt der Rabe das Kind einer Fisch-Mutter und weigert sich so lange, es zurückzugeben, bis sie ihm genügend Erdreich und Kies herausgebracht hat, um daraus die Halbinsel Alaska zu bauen.

Da die Possen des Tricksters häufig zu Akten der Schöpfung führen, gerät er in den Verdacht, ein Gott zu sein, selbst wenn seine Persönlichkeit mehr von der eines Teufels hat. Um die Situation zu klären, unterscheiden manche Stammesmythologien zwischen zwei Arten von Kojoten und zwei Arten von Spinnen. Das geschieht beispielsweise bei den Cheyenne, indem Geschichten des Burlesken und Gewalttätigen »Wihio« (der Spinne oder dem Weisen) zugeordnet werden, während die Schöpfungsgeschichten immer von »Heammawihio« (dem Weisen in der Höhe) handeln. In anderen Stämmen besteht die Tendenz, dem Trickster einen Gefährten zuzuordnen, so daß wir Geschichten über den Kojoten und den Skunks, den Kojoten und den Wolf, den Kojoten und den Fuchs haben. In einigen Fällen erinnern die beiden Gestalten an die moderne Unterscheidung zwischen Gut und Böse.

Durchgehend besteht eine Neigung, die Tiernatur des Tricksters abgeschwächt darzustellen. Wenn der Sioux-Trickster »Inktomi« (Spinne) als ein kleiner Mann mit festen braunen Beinkleidern angesehen wird, läßt sich bezweifeln, ob die Sioux ihn sich überhaupt noch als Spinne vorstellen. Der »Wihio« der Cheyenne ist noch weniger spinnenhaft. Und wenn wir zum »Wakjunkaga« der Winnebago kommen, so weiß keiner den Ursprung dieses Namens, und man spricht stets von ihm als von einem menschlichen Wesen.

Götter und Heroen

Der Trickster ist in den Mythologien der Sammler- und Jägerkulturen daheim. In agrarischen Gesellschaften schlüpft er in eine Nebenrolle und macht Platz für anthropomorphe Gestalten, die viele Autoren Götter genannt haben. So hören wir von den Kriegsgöttern der Zuni, vom Gott des Sterbens bei den Yuma und den hohen Göttern der Pawnee. Die Zuni und Pawnee ordnen den Trickster der Unterhaltungsliteratur zu, wohingegen die Yuman wie die Navajo ihn unter die Nebenfiguren der Mythen einordnen.

Die höchsten dieser Gottheiten sind ferne Schöpfer, mit denen die Schöpfungsgeschichten ihren Anfang nehmen, dann verschwinden sie oft. Dererlei wird sporadisch aus fast allen Regionen berichtet und erreicht seine vollständigste Ausprägung im nördlichen Zentralkalifornien. In Teilen des Südwestens sind die Wesen des Ursprungs Mutter Erde und Vater Himmel. In einer Schöpfungsmythe der Wichita, die um die Jahrhundertwende gesammelt wurde, fällt ein flüchtiger Blick auf »Kinnekasus« (den Mann, den man auf Erden nicht kennt). Eine Gestalt, genannt »Old One«, der Alte, spielt eine ähnliche Rolle in bestimmten Geschichten vom Plateau. Zumindest in einigen Fällen kann man christlichen Einfluß vermuten.

Gewöhnlich konzentriert sich die Stammesmythologie auf eine Person, die die Erde während des mythischen Zeitalters bewohnte und sie für die Bedürfnisse der Menschen vorbereitete. Solch eine Gestalt nennt man einen »Kulturheros« (*culture hero*, alternativ auch mit »Kulturbringer« zu übersetzen). Als Schöpfer und Vorbereiter vieler Dinge regelt er den Lauf der Sonne, schafft trockenes Land, Flüsse, Menschen und eßbare Tiere. Er lehrt die Menschen Zeremonien. Oder aber er ist ein Erlöser, der die menschenfressenden Monster von der Erde vertreibt. In diesem Fall heißen die entsprechenden Geschichten die Monstertöter-Zyklen.

»Verwandler« ist eine weitere Bezeichnung für den Kulturheros, unabhängig davon, ob er etwas schafft oder erlöst. Genaugenommen, bezieht sich der Ausdruck auf die Art des Heros, die nicht Nahrung schafft oder hervorbringt, sondern die »Leute« des mythischen Zeitalters in Jagdtiere verwandelt. Statt die Monster zu töten, läßt er sie klein werden und verwandelt sie in Steine. Die

klassischen Zyklen der Verwandlung kommen von der Nordwestküste und aus der Region des Plateaus.

Die meisten Kulturheroen bzw. Kulturbringer, einschließlich
der verwandten Gestalten, haben Eigenschaften des Ernährens und
Erlösens. Bei manchen Stämmen ist der Kulturheros ein Trickster.
Niemand hat sich bisher die Mühe gemacht, diese Zwitter zu
klassifizieren, aber Bezeichnungen wie »Verwandelnder Trickster«
oder »Trickster-Schöpfer-Verwandler« tauchen in der Literatur
häufig auf.

Eine Regel, die fast durchgehend gilt, lautet: der Trickster ist
männlich. In der Crow-Mythologie hat der Kojote eine Frau, die
die weibliche Kunst des Gerbens von Häuten und die Zubereitung
von Pemmikan lehrt, aber kein Trickster ist. Die Spinnenfrau
(nicht verwandt mit der Trickster-Spinne) tritt als hilfreiche Großmutter in vielen Mythen westlich des Mississippi auf. Manchmal
ist sie gefährlich, aber niemals ein weiblicher Possenreißer.

Im großen und ganzen sind die wichtigsten weiblichen Figuren
in der amerikanischen Mythologie, soweit sie nicht Pflanzen oder
Erde repräsentieren, alle völlig anthropomorph. Hervorragende
Beispiele sind die »Sich Wandelnde Frau« (Changing Woman), die
Erdgöttin der Navajo; Sedna, die Herrin der Seetiere bei den
Eskimo, die Maismutter der Arikara und die Schöpfungsgöttin der
Shawnee, Unsere Großmutter. Verallgemeinert gesprochen, sind
diese Gestalten Ernährerinnen. Doch in der Mutter des Volkes aus
dem Großen Becken haben wir eine Erlöserin vor uns. Auch die
Maismutter ist insofern eine Erlöserinnengestalt, da sie die Tier-
leute von der Erde fortführt, eine Rolle, die bei den Zuni der
männliche Kojote übernimmt.

Wir haben erwähnt, daß der Trickster häufig einen Gefährten
hat. Ähnliches gilt auch für die Götter und Heroen. Auch sie haben
Gefährten oder Zwillingsgeschwister. Die Schöpfergestalten bei
den Irokesen sind Zwillinge. Die Liste ließe sich schier endlos
ausdehnen. In vielen Fällen haben die beiden ungleiche Persönlichkeiten und stellen Paare von abstrakten Eigenschaften dar, sind also
weise und närrisch, alt und jung, stark und schwach, gut und böse.

Mythologische Regionen

Trotz eines weltweiten Beharrens auf dem großen Alter von Mythen und den Zeugnissen darüber, daß Mythen sich nicht ändern, ergibt die Überprüfung, daß sich jeder Erzähler seine eigene Version schafft. Die Idee, daß diese Versionen zu Einheiten zusammenfließen, die wir dann die Mythologie der Pawnee, der Cree oder der Pomo nennen, setzt voraus, daß man augenscheinliche Unterschiede außer acht läßt. Wenn wir versuchen, solche Einheiten in größere Gruppen zusammenzufügen, die auf Sprache, Ort oder Kultur beruhen, wird der Verlust im Detail noch gravierender.

Sprache hilft wenig. Es läßt sich nämlich darauf verweisen, daß benachbarte Stämme wie die Yurok, Karok und Hupa im nordwestlichen Kalifornien gemeinsame Mythen haben, während die Sprachen, die sie sprechen, nicht im geringsten miteinander verwandt sind. Sowohl die Hupa wie auch die weit von ihnen entfernt wohnenden Navajo sprechen eine athapaskische Sprache, ihre Mythologien aber haben nichts Signifikantes miteinander gemeinsam. Offenbar hilft eher die Lage als die Sprache. Tatsächlich haben die Anthropologen in den USA über Jahre hin den Standort dazu benutzt, fast alle mit den Indianern zusammenhängenden Themen zu strukturieren. Der Trend begann um 1890, teilweise als Reaktion auf evolutionäre Schemata, die Kulturen danach ordneten, wie primitiv oder fortschrittlich sie erschienen. Dementsprechend wurde Nordamerika in etwa zehn Gebiete eingeteilt; die genaue Zahl hing von dem System ab, dem man folgte. Das zwanzig Bände umfassende »Handbook of North American Indians« des Smithsonian Instituts, dessen Veröffentlichung 1978 begann, unterscheidet: Arktis, Subarktis, Nordwestküste, Kalifornien, Südwesten, Großes Becken, Hochebene, Ebene, Südosten und Nordosten. Frühere Systeme kennen zumindest drei unterschiedliche Regionen, nämlich Ebenen, Prärie und Osten. Von jedem Gebiet wird unterstellt, es habe seinen eigenen Stil oder eigene Ausdrucksweisen im kulturellen Bereich.

Mythologie wie Musik, Kunst, Hausbau, Ernährung oder andere einzelne Kulturaspekte schafft jedoch ihre eigenen Muster, selbst wenn sie im großen und ganzen mit diesen Kulturregionen übereinstimmt. Als der Musikforscher George Herzog 1920 seine den Kontinent umfassende Analyse von Indianer-Liedern begann, versuchte er das zu beschreiben, was er »musikalische Gebiete« nannte. Analog ist aber nie ernsthaft vorgeschlagen worden, von »mythologischen Gebieten« zu sprechen; wenn jedoch ein Thema, das so komplex ist wie die nordamerikanischen Mythen, mit minimalem Detailverlust beschrieben werden soll, könnte es hilfreich sein, dies zu versuchen.

Die begleitende Karte zeigt, wie sie aussehen könnten, obgleich sie nur andeutungsweise ein Schema zur Strukturierung dieses Buches liefert. Sie vermeidet Neuerungen und hält sich so eng wie möglich an die traditionelle Einteilung, mit der Ausnahme, daß der Mittelwesten (oder die Prärieregion) nach Osten verschoben, der südliche Teil der Nordwestküste mit dem Plateau zu einer Plateau-Küstenregion vereinigt, daß das südliche Kalifornien dem Südwesten zugeordnet und die östliche Hälfte der Subarktis zwischen dem Mittleren Westen und dem Nordosten aufgeteilt wurde. Die sich dann ergebenden elf Regionen mit ihren Haupteigenarten sind folgende:

Nordwestküste: Trickster, Verwandler, Clan- und Abstammungs-Mythen

Arktis oder Eskimo: Herrin der Seetiere (Osten), Trickster (Westen), Lieder in Mythen

Subarktische Athapasken: Verwandler, Trickster

Südwesten: Aufstiegs-Mythe, Monstertöter-Zyklus, Sterbender Gott (Yuma-Typ), Wanderungs-Legende, Lieder in Mythen

Kalifornien: Verwandler, Schöpfer-Mythen, Tier-Mythen, Trickster

Großes Becken: Trickster, Sterbender Gott (Becken-Typ), Heroinnen-Mythe

Küsten-Plateau: Verwandler, Trickster

Ebenen: Heroen-Geschichten, Trickster

Südosten: Heroen-Geschichten, Trickster, Rat der Tiere

Nordosten: Zyklus Kulturheroen (Kulturbringer)

Mittlerer Westen: Trickster, Sterbender Gott (Typ Mittlerer Westen), Clan-Mythen

Diese Anordnung geht von einer volkskundlichen Sicht auf die Mythologie aus und hebt nachdrücklich die Verbreitung der Themen und Mythentypen hervor. Sie ist aber nicht mehr als ein

Raster, bei dem bedacht sein will, wie Mythen das Leben der Menschen, die sie benutzen, spiegeln und beeinflussen.

NORDAMERIKA
mit den für dieses Buch geltenden
mythologischen Regionen

Meilen

0   400   800

Es ist schon davon die Rede gewesen, daß zwischen Jägern und Sammlern einerseits und den Ackerbauern andererseits große Unterschiede in den Mythologien bestehen können. Büffelfrau und Maismutter beziehen sich offensichtlich auf zwei verschiedene Arten von Wirtschaftssystemen. Aber warum bevorzugen Sammler und Jäger Trickster-Zyklen, und warum erzählen die Ackerbauern Geschichten, in denen die ersten Menschen aus der Erde aufsteigen? Viele Autoren halten es für erwiesen, daß die Aufstiegs-Mythen Schwangerschaft und Geburt symbolisieren, was wiederum für den Ernteertrag stehen könnte. Solche Überlegungen stützen sich selten auf Zeugnisse der Eingeborenen. Was den Trickster betrifft, so hat man vermutet, er stehe für die Schamanen, den unberechenbaren religiösen Spezialisten einer Gesellschaft der Jäger, dem man hexerische Fähigkeiten nachsagte.

Ob die Trickster die Schamanen nun satirisch nachbilden oder nicht, es gibt eine offensichtliche Verbindung zwischen Mythologie und Religion. Obwohl die religiösen Zeremonien der nordamerikanischen Indianer niemals eine Geschichte im modernen Sinn des Verständnisses dramatisieren und bei ihnen oft Geister vorkommen, die in den Mythen nicht erwähnt werden, gibt es bei ihnen doch sehr wohl mythologische Charaktere und mythische Ereignisse.

Selbst der Kojote ist Gegenstand einer neuntägigen Zeremonie bei den Navajo. Umgekehrt finden Geister aus den Zeremonien, wie die Fratzen der Irokesen oder der Große Kopf auch ihren Weg in die Mythen, zumindest als Nebencharaktere.

Außerdem werden Mythen, Märchen und andere Volkserzählungen dazu benutzt, um zu erklären, wie Zeremonien entstanden. Zum Beispiel erzählt eine Navajo-Variante des Menschen im Vogelnest, wie der Heros den »Perlengesang« (Bead Chant) von übernatürlichen Wesen lernt, die ihm aus dem Nest herabhelfen. Geschichten dieses Typs veranlaßten den Anthropologen Bronislaw Malinowski, Mythen im allgemeinen zu definieren als eine Bestätigung von Ansprüchen, Charta (Gründungsurkunde) oder häufiger sogar als einen praktischen Führer zu jenen Aktivitäten, um die es in der Mythe geht. Geschichten, die mit Recht so als »Gründungs-Mythen« bezeichnet werden, sind oft vollgepackt

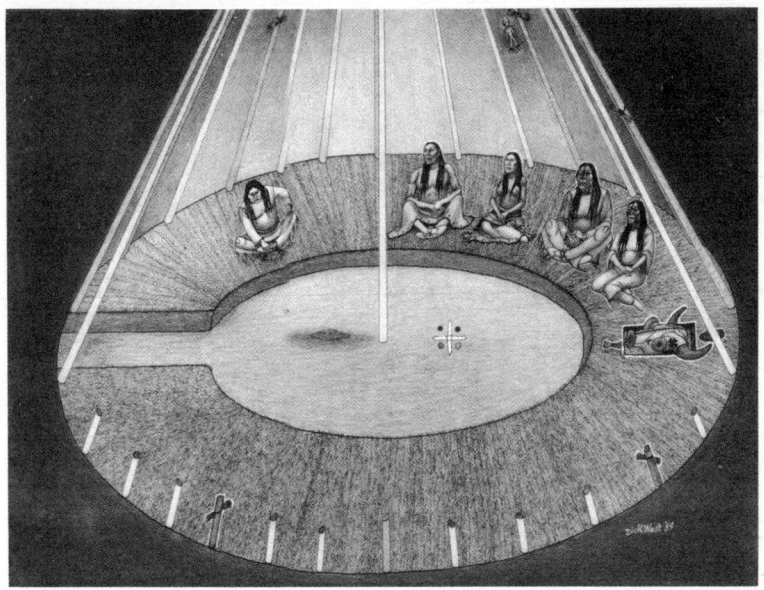

Erdschenkungszeremonie der Cheyenne. Aquarell von Dick West 1985. Im Zeremonialzelt sitzen die himmlischen Ehyophstah (»Gelbhaarige Frau«), ihr ritueller Gatte, der weibliche »Geist der Tiefen Erde« Esceheman und der Cheyenne-Schamane Motseyoef, dem das Recht zur Ausführung einer spiralförmigen Erdzeichnung zuteil wird: Sie symbolisiert den Anspruch der Tsistsitas (Cheyenne) auf ein bestimmtes Gebiet.

mit Beschreibungen zeremonieller Regeln und Prozeduren. Sie werden um so mehr zu Urkunden als sie noch Geschichten sind.

Mythologie berichtet von Ursprüngen und Privilegien der Clane, besonders im Mittelwesten und entlang der Nordwestküste. Auch Clan-Mythen sind Gründungs-Mythen.

Für viele Stämme, besonders im Südwesten, wurden Mythen zur Geschichte, in der vom Ursprung einer besonderen ethnischen Gruppe berichtet wird. Diese Berichte werden manchmal mit einer Geschichte von den Stammeswanderungen überblendet. Es können in ihr historisch verifizierte Ereignisse enthalten sein. Im Englischen tragen diese Geschichten die Bezeichnung »legends«. Es sind auch die Geschichten um einen Helden oder eine Heldin, die dem Stamm während einer Periode der Not und der Belastung neue Lebenskraft verliehen. Sie sind selten und manchmal schwer zu identifizieren. »Sweet Medicine« (gemeint ist der Schamane

Motseyoef) bei den Cheyenne, der irokesische »Deganawida«, und »Weiße Büffelkalbfrau« der Sioux sind wahrscheinlich hier die besten Beispiele.

Die Mythologie verleiht auch der ältesten aller Wissenschaften, der Astronomie Ausdruck. Zahlreiche Mythen erzählen vom Ursprung des Sonnenjahres und der Konstellationen der Sterne, besonders häufig werden dabei die Plejaden erwähnt. Im allgemeinen gehen indianische Mythen von einem Universum der drei Ebenen aus, das aus Himmel, Erde und Unterwelt besteht.

Mythologie reflektiert die Kunst des Sängers und des Redners, der sich in verschiedenen Stilen auszudrücken vermag. Auch liefert die Mythologie Themen für Maler und Bildhauer. So wie die Rituale die Mythe nicht dramatisieren, illustrieren traditionelle indianische Kunstwerke sie nicht Szene um Szene, höchstens in einigen Ausnahmefällen. Im allgemeinen wird nur ein Charakter dargestellt oder der Künstler schafft eine symbolische Komposition, die für die gesamte Geschichte steht. Die Sandmalereien der Navajo und die Schnitzwerke der Nordwestküste sind wahrscheinlich am berühmtesten geworden. Beispiele dieser und anderer Kunsttraditionen der nordamerikanischen Eingeborenen sind, sofern sie sich auf Mythologie beziehen, zur Illustration dieses Buches ausgewählt worden.

Wenn sich in dieser Darstellung vergleichsweise wenige Bilder finden, so deshalb, weil die Visualisierung der indianischen Mythen im Bewußtsein des Hörers (oder Lesers) stattfinden soll, der seine Inspiration durch den Geschichtenerzähler erhält.

Ausdrucksloses Erzählen, bezeichnend für moderne nicht-indianische Erzähler, ist selten. Rufen, Flüstern und Geräusche sowie Handbewegungen stellen die üblichen Signale dar, mit denen Erzähler und Publikum einander inspirieren. Zusammen lassen sie die Geschichte lebendig werden.

Teil I
Nordwestküste

1. Die hungrigen Heroen

»Es ist immer noch gleichgeblieben«

Im Tlingit-Land wurde einst behauptet, nur Reiche könnten die Raben-Geschichten erzählen, denn nur sie hätten Zeit, sie zu lernen. Andererseits sagen moderne Tlingit, die immer noch diese Geschichten erzählen, der Rabe denke an die Armen, wie Jesus dies tue. So unterschiedlich sich das anhört: beide Feststellungen klingen glaubwürdig, wenn man sich zudem daran erinnert, daß die Tlingit heute wie die anderen Stämme der Küste des Nordwestens darum kämpfen, die Überreste ihres kulturellen Erbes zu erhalten, während eine einzige Tlingit-Maske der klassischen Periode zehntausend Dollar auf einer Auktion in New York bringt.

Wie die Maske, so gehört auch die voll entwickelte Raben-Mythe der zweiten Hälfte des 19. Jahrhunderts an. Dies war eine Zeit, in der reiche Häuptlinge durch Handel mit Waren noch reicher wurden und Städte mit zwei, drei oder vier Straßenzügen bauten, übersät mit Totempfählen. Dies stellte die Spitze dessen dar, was man die vollendetste nicht-agrarische Gesellschaft der Welt genannt hat. Häuptlinge, Edle und Gemeine kannten alle ihren festen Platz im Gewebe des Lebens, zu dem Kriegszüge in voller Uniform ebenso gehörten wie Professionalismus in den Künsten.

Die Leute berechneten ihren Reichtum nach der Zahl der Decken, Boote, Armreifen und Festspeisen wie nach der Zahl der Mythen. Obwohl diese heute kürzer geworden sind und weniger häufig erzählt werden, stehen sie immer noch hoch im Kurs. Bei der Veröffentlichung einer neuen Version des Raben-Zyklus der

Tsimshian im Jahre 1977 sprach der eingeborene Herausgeber bezeichnenderweise von den Geschichten als von Reichtümern.

Als er den modernen Tlingit-Zyklus mit der klassischen Version verglich, die John Swanton um die Jahrhundertwende gesammelt hatte, stellte ein Geschichtenerzählter mit Befriedigung fest, daß dieser nur ein bißchen anders, im großen und ganzen aber immer noch gleichgeblieben war.

Nahrung und Eigentum

Die Raben-Geschichten sind charakteristisch für die Kultur des Nordwestens, und wenn auch jeder weiß, daß der Rabe ein Trickster ist, so ist er doch der hervorstechendste Heros, zumindest unter der nördlichsten Gruppe von Stämmen, zu denen die Tlingit, die Haida und die Tsimshian zählen. Ein zweiter Heros, der Verwandler, gilt wenig im nördlichen Gebiet, wird aber südwärts zunehmend wichtig, bis er bei den Kwakiutl den Raben als Schlüsselfigur ablöst.

Außer in seltenen atypischen Episoden scheinen weder Rabe noch Verwandler am Streben nach Reichtum, das sonst in den Geschichten des Nordwestens eine so wichtige Rolle spielt, besonders interessiert. Aus-arm-wird-reich-Themen gibt es viele in dieser Region, und bei den drei nördlichen Stämmen treffen wir ein Geisterwesen »Property Woman« (Eigentums-Frau) an. Sie ist zu erkennen an ihrem gewellten Haar. Wer immer sie erblickt oder ihr Kind schreien hört, wird reich. Die Haida haben zudem einen Geistervogel, der »Eigentum« heißt und dessen Stimme wie eine Glocke klingt. Auch er verkündet Reichtum. Doch die Kulturbringer sind offensichtlich anderer Art. Der Rabe ist ewig hungrig. Er ist ein Trickster und neigt dazu, sich zu überfressen. Dabei sticht er jeden anderen aus. Auch was den Verwandler bei den Kwakiutl angeht, so beginnt sein Zyklus mit einer Geschichte vom Essen.

Da Nahrung die Quelle des Reichtums war und damit das Mittel, indirekt Eigentum zu erwerben, ist es leicht, daraus zu schließen, daß den Abenteuern des Heros dies als verborgene Absicht zugrunde liegt. Wenn Franz Boas jedoch recht hat mit der Annahme, daß die Stämme der Nordwestküste einst an den Rand des Verhungerns gerieten, kann man die mythische Nahrungssu-

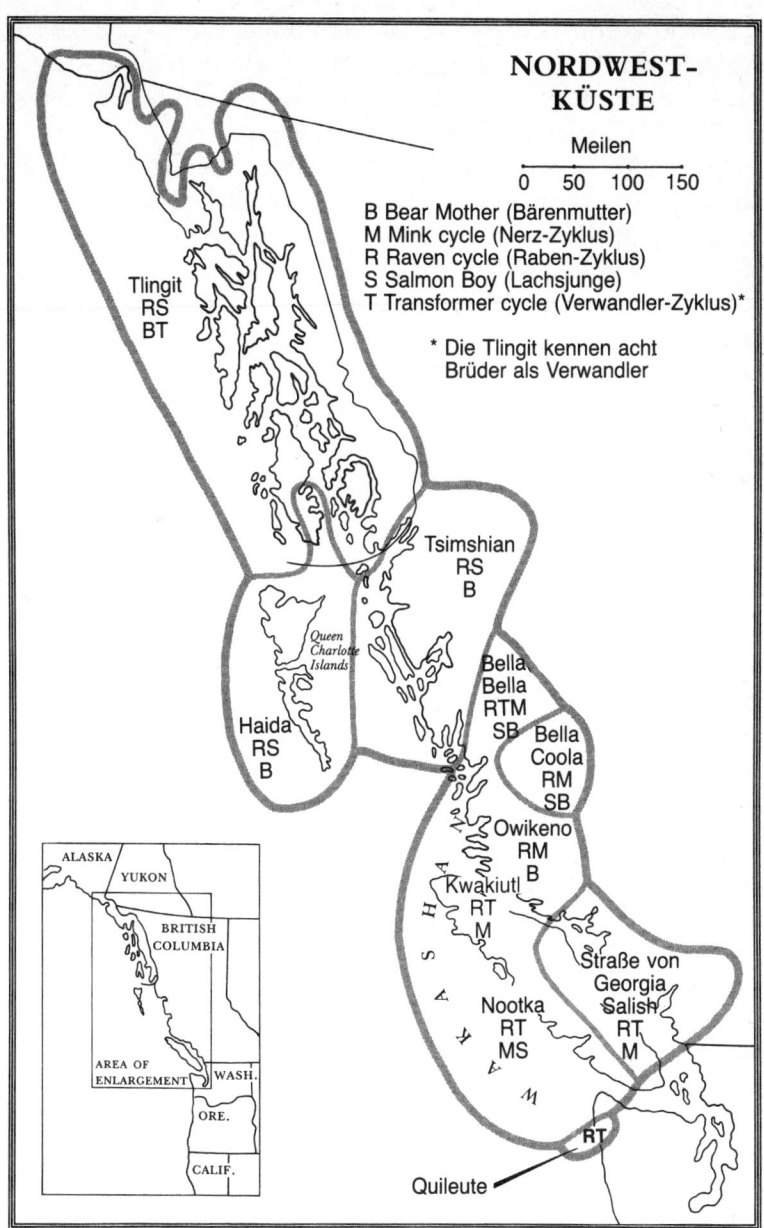

NORDWEST-
KÜSTE

Meilen

0   50   100 150

B Bear Mother (Bärenmutter)
M Mink cycle (Nerz-Zyklus)
R Raven cycle (Raben-Zyklus)
S Salmon Boy (Lachsjunge)
T Transformer cycle (Verwandler-Zyklus)*

* Die Tlingit kennen acht
  Brüder als Verwandler

Tlingit
RS
BT

Tsimshian
RS
B

Queen
Charlotte
Islands

Haida
RS
B

Bella
Bella
RTM
SB

Bella
Coola
RM
SB

Owikeno
RM
B

Kwakiutl
RT
M

Straße von
Georgia
Salish
RT
M

Nootka
RT
MS

Quileute

RT

ALASKA
YUKON
BRITISH
COLUMBIA
AREA OF
ENLARGEMENT
WASH.
ORE.
CALIF.

che auch wörtlich nehmen. Boas Vermutung stützt sich aber auf die Volksmärchen, und diese stehen im Widerspruch zu Augenzeugenberichten einer Überflußwirtschaft, die sich auf die reichhaltigsten Fischfanggebiete des Nordens gründet.

Tatsächlich bringt die Expertin für Tlingit-Kultur, Federica de Laguna, den sprichwörtlichen Appetit des Raben mit harschen Nahrungsmitteltabus inmitten des Überflusses in Zusammenhang. Es ist bekannt, daß Fischer auf dem Wasser keine Nahrung zu sich nehmen, und daß Jäger vor einem wichtigen Jagdzug tagelang fasten.

Vielleicht finden die modernen Tlingit die Völlerei des Raben, wie sie aus alten Zeiten überliefert ist, bedeutsam und amüsant. Interessanterweise wird die Suche nach Nahrung in dieser Volksüberlieferung überall lächerlich gemacht, das Verlangen nach Eigentum hingegen nirgends kritisiert.

Der Raben-Zyklus

Zu den hervorragendsten Serien der Raben-Geschichten gehört jene, die der zweisprachige Tsimshian Henry W. Tate kurz vor seinem Tod 1914 gesammelt hat. Es ist bezeichnend, daß Tates Zyklus mit einer Geschichte beginnt, die davon erzählt, wie der Rabe hungrig wurde.

Die Welt lag zu dieser Zeit noch im Dunkeln, und die Tierleute lebten in einer Stadt am Südende der Queen-Charlotte-Inselgruppe. Dieses Volk hatte einen Häuptling, dessen Sohn – ein verwöhntes Bürschchen – krank wurde und starb. Die Eltern des Jungen klagten Tag um Tag. Sie beharrten darauf, jeder müsse wie sie trauern. Eines Morgens jedoch schaute die Mutter des Jungen in das Hochbett, in dem die Leiche das Sohnes gelegen hatte, und sah dort einen jungen Mann, dessen Leib leuchtete wie ein Feuer.

Der Himmel sei über die ständigen Klagen der Eltern verdrossen, sagte er. Man habe ihn herabgeschickt, damit das Klagen endlich aufhöre.

Die Eltern waren überglücklich und meinten, ihr Sohn sei zu ihnen zurückgekehrt. Aber nach einiger Zeit begannen sie sich Sorgen zu machen, weil der strahlende Junge sich weigerte, etwas zu essen. Die Mutter fürchtete, ohne Nahrung werde er sterben.

Sitzstange oder »Schlafpfahl« des Raben. Früher im Besitz des Tsimshian-Häuptlings Quawm, Mittlerer Skena Fluß, Britisch-Kolumbien. Die menschlichen Figuren, die den Pfahl »umstehende Leute« oder »Kinder« genannt werden, sind ein häufiges Attribut der Totempfähle der Tsimshian.

Obwohl es so schien, als könne nichts seinen Appetit anregen, hatte der junge Mann dennoch zwei Sklaven im Haus seines Vaters beobachtet, die große Mengen von Nahrung zu sich nahmen, und dies hatte ihn neugierig gemacht. Die beiden Sklaven, männlich und weiblich von Geschlecht, hießen Mund-an-beiden-Enden. »Wünsche dir nicht so zu werden wie wir«, warnte die Frau. Aber der Mann erklärte, daß sie beide ihren Appetit durch den Verzehr von Grinden anregten, die sie sich von den Beinen abkratzten. Der Sklave nahm Schorf von seinen Beinen und gab ihn dem jungen Prinzen zusammen mit Walfischfleisch zu essen.

Darauf aß und aß der Junge in einem fort, bis er den ganzen Nahrungsvorrat des Ortes verschlungen hatte.

Beschämt rief der Häuptling seinen Sohn zu sich, gab ihm das Federkleid des Raben und taufte ihn »Wigyét« (Riese). Dann händigte er ihm eine Blase mit Samen aus und hieß ihn, zum Festland zu fliegen und an den Berghängen Beeren auszusäen. Auch hieß er ihn, Fischrogen in die Flüsse zu werfen, damit es immer genug zu essen gäbe.

Er gab ihm auch einen runden Stein, auf dem sollte er sich ausruhen, wenn er müde wurde. Auf dem Weg hinüber warf der Riese den Stein ins Wasser, und es wurde ein großer Fels daraus, auf dem er rastete, ehe er weiterflog.

Der Zyklus setzte sich fort mit dem bekannten Diebstahl des Tageslichts. In dieser Geschichte fand der Riese, nachdem er die Fischeier und Beeren verstreut hatte, die Nahrungssuche werde einfach sein, sobald die Welt nicht mehr im Dunkeln liege.

Da er wußte, daß das Licht im Himmel verwahrt wurde, flog er als Rabe durch die Wolken und stieß auf die Tochter des Himmelshäuptlings, die gerade damit beschäftigt war, aus einem Eimer zu trinken. Er verwandelte sich in ein Zedernblatt, ließ sich in den Eimer fallen; das Mädchen verschluckte das Blatt und wurde schwanger.

Auf diese Weise wurde der Riese im Haus des Himmelshäuptlings wiedergeboren und konnte von dort das Tageslicht stehlen, das in einer Kiste von der Decke herabhing. Als er zur Erde zurückkehrte, traf er die Froschleute, die in der Finsternis fischten und forderte sie auf, ihm einen Kerzenfisch zu geben. Als sie sich weigerten, brach er die Kiste auf, und die Welt ward erfüllt von Licht. Danach nannten ihn die Leute »Chémsem«.

Die dritte Geschichte in Tates Zyklus schildert die Ursache der menschlichen Sterblichkeit. Als Chémsem weiterzog, traf er Stein und Schwarze Holunderbeere, die darüber stritten, wer von ihnen als erste gebären werde. Um diesen Streit zu schlichten, berührte

Das menschliche Gesicht des Raben an einem Hauspfosten im Raben-Haus der Tlingit, Kluckwan, Alaska.

Chémsem Holunderbeere und sie gebar. Deswegen sterben die Menschen bald, und Holunderbüsche wachsen auf ihren Gräbern. Wenn Stein die erste Mutter gewesen wäre, würden wir heute alle noch leben.

Tates vierte Geschichte ist eine Variante des Feuerdiebstahls, bei dem sich Chémsem mit einer Rehhaut verkleidet und in das Dorf seines Vaters als Dieb des Feuers zurückkehrt. Danach folgt eine euphemistische kleine Geschichte, in der die Tiere in einen Wettkampf eintreten. Sie versuchen, sich Söhne aus ihrem eigenen Bauch zu ziehen und daraus ein langes Seil zu machen, mit dem sie für Chémsem See-Eier herbeischleppen wollen. Die Meise gewinnt und wird zur Belohnung Häuptling aller Tiere. Wahrscheinlich hat die Geschichte mit dem Ursprung sexueller Beziehungen zu tun (Geschichten, die das Thema mit größerer Offenheit behandeln, erzählen vom Zaunkönig als unermüdlichem Liebhaber und wurden weiter südlich aufgezeichnet).

Die sechste Geschichte berichtet vom Ursprung der Ebbe, bei der Schellfische gesammelt werden können. In den Geschichten sieben bis zehn erhält Chémsem einen Kerzenfisch und lernt, wie man ihn kocht.

Die Geschichten bis zur Nummer 36 sind Trickster-Geschichten mit weniger hervorstechenden Ereignissen. Gewalttätigkeit und unzüchtige Reden prägen zusammen mit der offenbar unvermeidlichen Völlerei ihre Atmosphäre.

In der Schlußgeschichte lädt Chémsem alle Monster zu einem Festessen auf eine entfernte Insel ein und verwandelt sie dort in Steine. In einem Epilog wird angedeutet, daß Chémsem immer noch irgendwo jenseits des Gebirges gegen Osten lebt und Wanderern, die über sein Lager stolpern, Nahrung gibt.

Eine so kurze Zusammenfassung kann nur eben die Hauptthemen von Henry Tates Epos skizzieren, das in der englischen Übersetzung fünfundzwanzigtausend Worte umfaßt. Eine neue Version, 1977 unter dem Titel »We-gyet wandert weiter« erschienen, ist weniger als halb so lang, kreist aber im Grunde um ähnliche Themen, einschließlich des Ursprungs von Hunger beim Helden und dem Raub des Feuers.

Tates Charakterisierung des Vaters und die Erwähnung des Himmels oder des Himmlischen Häuptlings zielt wohl kaum auf eine Macht ab, die dem Raben überlegen ist. Es fällt auch auf, daß keine Erschaffung der Erde stattfindet, es sei denn, man wolle den Zwischenfall mit dem Stein, der ins Meer geworfen wird, dafür nehmen. Im allgemeinen spielt die Mythologie der Nordwestküste das Kosmische und das Mystische herunter. Diese Aspekte sind jedoch ausgeprägt in den alten Haida-Varianten vorhanden, deren Geschichtenerzähler von »Hoyá Káganas«, dem reisenden Raben, sprachen.

Eine Version beginnt: »Von dort aus gesehen, wo wir jetzt sind, lagen fünf Dörfer unter uns in der Unterwelt. Von dort aus gesehen, wo wir jetzt sind, lagen fünf Dörfer über uns (Pause. Der Erzähler wiederholt diese Feststellungen). Hört, was ich zu sagen habe: Es gab kein Land. Es gab nur einen Häuptling, der hatte ein Haus. Dieses lag unter Wasser. Er pflegte sich immer mit dem Rücken gegen das Feuer auszustrecken, in dem er Kristalle verbrannte. Er war ganz allein. Sein Name war Wundertäter.«

Die Geschichte setzte sich fort mit dem Auftritt des Assistenten Loon, der weint, weil die übernatürlichen Wesen keinen Platz haben, um sich niederzulassen.

Dem Rechnung tragend, holt der Häuptling einen gefleckten Stein und einen weißen Stein aus dem Inneren von fünf Brutkästen und händigt beide Loon aus, der sie ins Wasser wirft. Blasen steigen von den beiden Felsen auf, und es entstehen die Queen-Charlotte-Inseln und das Festland.

Dann legt sich der Häuptling auf den Rücken, hält die Hände vor das Gesicht und macht eine Bewegung, als wolle er etwas fangen. »Er blies über Inseln und Festland, und ein kleiner Gegenstand, einem Menschen ähnlich, erschien. Er stand auf und zog daran, bis er seine volle Größe erreicht hatte. ›Nun geh und reise über die Inseln‹, sprach er. Und damit begann der Rabe mit seinen Abenteuern.« In einer anderen Version sagt der Häuptling zum Raben: »Ich bin du.«

Ohne Zweifel ist diese Mythe aus der Zeit der Jahrhundertwende eine indianische Erfindung. Ob sie schon im Umlauf war, bevor die ersten christlichen Missionare 1876 zu den Haida kamen, steht auf einem anderen Blatt. Die Einzelheiten der Mythe sind nicht christlich.

Doch wenn ihr Zweck der sein sollte, mit dem Dogma von Gottvater und Gottsohn in Konkurrenz zu treten, erfüllt sie ihn großartig.

Wer meint, dergleichen könnten Indianer nicht leisten, unterschätzt das Differenzierungsvermögen des Intellekts dieser Eingeborenen und die Schnelligkeit, mit der neue Ideen aufgenommen werden. Doch kann man diese Frage nur stellen, nicht aber beantworten.

Wir wissen, daß die Menschen an der Nordwestküste heute die Doktrin eines Gottes in Christus akzeptiert haben, und daß jene, die versuchen, den Graben zwischen dem Alten und dem Neuen zu überbrücken, den Raben als Mittel dazu benutzen. Im Unterschied zum Verwandler, der mit den Jahren in Vergessenheit geriet, ist der Rabe immer noch anziehend, nicht nur, weil für Trickster überall auf der Welt Interesse besteht, sondern weil der Rabe als göttlich betrachtet wird, als Diener Gottes oder als ein Äquivalent für Jesus.

Der Zyklus des Verwandlers

Obgleich der Rabe auch als »Verwandler« bezeichnet wird, und zwar besonders in alten Schriften, ist diese Bezeichnung treffender auf eine andere Art Heros anzuwenden, der als der Reformator oder Veränderer bekannt ist. Diese Gestalt ist nicht so sehr wie der Rabe ein Schöpfer, selten ein Trickster, meist ein Erlöser und manchmal auch vollkommen menschlich.

Ein stark variierender Zyklus des Verwandlers ist in allen an die Nordwestküste angrenzenden Gegenden bekannt, aber in der Region selbst trifft man ihn nur im Süden. Unter den Quileute war »Kwehetí« der Verwandler. Man erzählte sich, er reise überall umher, um nach dem Rechten zu sehen. Die Salish-Stämme entlang der Straße von Georgia nannten ihn »Hals«, wohingegen die Wakash, einschließlich der Kwakiutl, ihn unter dem Namen »Kánekelak« kennen. Bezeichnend für seinen hohen Stellenwert bei den Kwakiutl ist, daß er oft mit Clanvorfahren zusammentrifft, die dadurch Prestige für ihre Familien gewinnen.

Als Kinder, so heißt es, ließen Vater Reiher und die grausame rotköpfige Stiefmutter den Kánekelak und seinen kleinen Bruder hungern. Eines Morgens, als die Eltern zum Fluß gegangen waren und einen Lachs aus einer Reuse zogen, sprach der Vater zu seiner Frau: »Wie können wir verhindern, daß unsere Kinder diesen Lachs sehen und nach Nahrung verlangen?« – »Mach ihnen

Angst«, sagte die Frau. Also rief der Vater: »Kinder, lauft fort! Es kommen Geister!« Und die kleinen Jungen liefen in den Wald. Dann brieten die Eltern den Lachs so rasch wie möglich und aßen ihn, ehe die Kinder zurückkamen.

Am nächsten Tag waren zwei Lachse in der Reuse und wieder wurde den Kindern Angst gemacht. Am dritten Tag waren es drei Lachse, und am vierten Tag waren es vier. Aber an diesem Tag schaute Kánekelak durch eine Ritze auf der Seite des Hauses und beobachtete, wie die Eltern gebratenen Fisch aßen, jeder zwei Fische. Er hörte den Vater sagen: »Beeil dich, dann wollen wir die Gräten verstecken.« Er sprang hin, ergriff den Vater schleuderte ihn in die Luft und rief aus: »Du sollst der Reiher späterer Generationen sein!« Dann verfuhr er in gleicher Weise mit seiner Stiefmutter, und sie wurde der Buntspecht.

Nun, da sie ganz allein waren, taufte Kánekelak seinen Bruder um und nannte ihn Nur-Einer. Er baute ihm ein gewaltig großes Haus, um darin zu wohnen. Er selbst trug eine doppelköpfige Schlange als Gürtel, und mit den Augäpfeln der Schlange als Geschoß tötete er vier Wale. Er überließ sie Nur-Einem als Nahrung. Dann brach er auf zu Abenteuern.

Als er so seines Weges ging, sah er einen Mann namens Reh, der eine Muschelschale schliff, und er fragte ihn, was er da tue. »Weißt du das nicht?« entgegnete der Mann. »Kánekalak wird kommen, um nach dem Rechten zu sehen. Dies wird meine Waffe, falls er mir etwas antut.«

»Sehr gut«, sagte Kánekelak, »aber dies hier ist besser.« Dann steckte er dem Mann in jedes Ohr eine Muschelschale und sprach: »Du sollst in späteren Generationen das Reh sein!« Und das Reh mit muschelförmigen Ohren sprang davon und lief in die Wälder.

Der Zyklus setzt sich endlos mit Episoden dieser Art fort. Die gefährlichen Tiere des mythischen Zeitalters werden in gewöhnliche Tiere, wie wir sie heute kennen, verwandelt.

Bei einem anderen Abenteuer erlangt Kánekelak übernatürliche Kräfte durch eines der bekannten Monster der Nordwestküsten-Überlieferung. Außer der doppelköpfigen Schlange, die er als Gürtel trägt, gibt es den gefährlichen Donnervogel und die Menschenfresser-Frau, die kleine Kinder in ihrem Rückenkorb fortschleppt (bei den Nootka »Frau des Waldes« und »Tsúnukwa« bei den Kwakiutl).

In weiteren Episoden trifft Kánekelak die Clanvorfahren – oder er meidet sie manchmal, weil er ihre Macht fürchtet. Er mag ihre magischen Fähigkeiten erfolglos herausfordern, erkennt ihre Zaubermittel oder erweist ihnen die Ehre, sie in riesige Felsbrocken oder einen Fluß voller Fische zu verwandeln. Solche Vorfälle zeigen deutlich das Alter der Ahnenreihe. Natürlich hat jeder Clan seine eigene Version.

Am Ende kehrt Kánekelak zu dem großen Haus zurück, das er für Nur-Einen gebaut hat und wo dieser nun schon lange lebt, ohne etwas gegessen zu haben. Er hat sich dadurch in trockene Knochen verwandelt. Doch der Heros besitzt ein Wasser des Lebens (oder einen Zauberstab in der Überlieferung der Wakash), mit dem er den Bruder wieder zum Leben erweckt. Seine Abenteuer sind zu Ende. Kánekelak zieht sich in den Süden zurück und schickt Nur-Einen in den hohen Norden.

Manchmal wird erwähnt, daß Nur-Einer Böses tut. Dann schickt er von seiner Heimstatt im Norden eine Krankheit aus. In einer Variante ist sein ursprünglicher Name »Närrisch-nach-Besitz«. Erzähler aus alter Zeit erklären übereinstimmend, Kánekelak habe seinen Bruder sehr geliebt. Dennoch läßt er zu, daß dieser stirbt. Mit diesen skizzenhaften Ausschnitten haben wir ein Muster für das an der Nordwestküste seltener anzutreffende Thema der geheimnisvollen Gestalt des Sterbenden Gottes vor uns, das viel klarer und ausgeprägter im Mittelwesten und Südwesten auftritt.

Nerz

Die schimpfliche Seite des Helden, verkörpert durch Kánekelaks kleinen Bruder und am stärksten beim Raben ausgeprägt, schlägt unabgeschwächt bei der Trickster-Gestalt des Nerz durch, dessen Appetit vor allem auf das Sexuelle gerichtet ist, wenngleich er auch sehr gern See-Eier (das weiche Fleisch der Seeigel) frißt. Der Nerz hört nicht auf Warnungen und ist nicht in der Lage, sich länger als ein paar Augenblicke zu konzentrieren. Gewöhnlich lügt er. Außerdem riecht er auch noch schlecht.

Einst in der südlichen Hälfte der Nordwestküste populär, berichtet der Nerz-Zyklus vor allem davon, wie diese Trickster-Gestalt es versäumt, in mythischer Zeit die Geisterfrau zu heiraten.

Sein bemerkenswertestes Abenteuer jedoch ist eine Reise zum Himmel, wo er zeitweilig in einer Geschichte, die an die griechische Mythe von Phaëthon erinnert, die Rolle der Sonne spielt. In dieser Geschichte ist der Nerz der Sohn einer Jungfrau, die vom Sonnenlicht geschwängert wurde, das durch die Ritzen ihres Hauses einfiel. Viel später, als der Sonnenmann mit dem Kind konfrontiert wird, zögert er zunächst, erinnert sich dann aber mit dem Ausruf: »Ach ja, das habe ich gezeugt, als ich hindurchschien!«

Auf Verlangen des Nerz leiht ihm Vater Sonne seine Maske und seine Ohrringe und erlaubt ihm, an seiner Stelle über den Himmel zu laufen, doch knüpft er daran die Warnung, er möge dort nicht zu viel kehren. Der Nerz aber kehrt ständig. Er kehrt alle Wolken fort. Als Folge davon wird es auf der Erde so heiß, daß die Wälder brennen und daß Meere zu kochen beginnen.

So trägt der Nerz die Schuld am Weltenbrand, einem mythischen Ereignis von geringerer Bedeutung an der Nordwestküste und in anderen Teilen des Kontinents, von Wichtigkeit jedoch in der Mythologie Kaliforniens.

2. Clane, Wappen und Zeremonien

Der Potlatch-Stil

Damit beschäftigt, Reichtümer zu erjagen, entwickelten die Häuptlinge der Nordwestküste und ihre Gefolgsleute eine Art verfeinerter Kriegsführung, in der Symbole wie auch Güter die Waffen darstellten. Rivalisierende Häuptlinge repräsentierten ihre Clane, die begierig waren, ihre Stammbäume, Embleme und ihr Wissen in bezug auf Zeremonien zur Schau zu stellen, um so zu beweisen, daß sie ihre Rivalen ausstechen konnten.

Normalerweise war die Arena für eine Zurschaustellung dieser Art der Potlatch, eine Art Versammlung zum Zweck der Verteilung von Gütern. Der Name leitet sich von dem Nootka-Wort »patshatl«her und bedeutet soviel wie »Geschenk« oder »Gabe«. Er ist immer noch angemessen, denn Potlatche werden heute in den Dörfern an der Küste immer noch durchgeführt. Die Gäste sitzen zwar nicht länger auf Matten aus Zedernrinde, und die traditionellen Gerichte wie Lachsbeeren und Kerzenfischöl sind Krautsalat und gebackenem Truthahn gewichen. Aber immer noch werden Geschenke verteilt, und am Ende des Geschehens wird wahrscheinlich jemand aufstehen und die Liste der Spenden verlesen, einschließlich des Werts jeder Spende in Dollar.

Zeremonielle Masken, Lieder und Tänze sind imer noch bei den Potlatch-Veranstaltungen zu sehen. Sie erinnern an jene Tage wo ein Kwakiutl-Häuptling vorzutreten und den Schrei Tsúnukwas: »Ho, ho, ho, ho!« auszustoßen pflegte und dann fortfuhr mit dem Satz: »Kwakiutl, ihr wißt alle, wer ich bin. Mein Name ist Yékalenlis. Der Name rührt her aus jener Zeit, da unsere Welt geschaffen wurde.« Um solche Ausrufe recht würdigen zu können, mußte man die Mythen kennen, auf die sie sich beziehen. Es waren dies die »Gründungs-Mythen« (charter myths), die zeremonielle Privilegien begründeten. Sie erzählen von den Ursprüngen des jeweiligen Clans.

Vor den Teilnehmern eines Potlatch, besonders bei den Wakash und den Bellacoola, verlieh die Verteilung von Geschenken dem Namen eines Mannes »Glanz«. Von Geschenken wird dann gesagt, daß sie zum Wohle des Namens »fortgeflossen« oder »zu nichts

Sisiutl, die Schlange der Kwakiutl. Siebdruck von Tony Hunt 1975.

geworden« seien. Ein Mann, der viele Geschenke verteilt, wird
»bedeutend«, und dies wiederum walzt den Namen seines Rivalen
platt. Wenn ein Gastgeber sein Eigentum großzügig fortgibt, heißt
es, er habe sein Haus zum Leuchten gebracht. Sticht ihn aber ein
Gast aus, so löscht dieser das Leuchten aus.

Figurative Ausdrücke dieser Art, zusammen mit einer Liste von
Privilegien und Beschreibungen der Zeremonien, haben ihren Weg
in die Gründungs-Mythen gefunden und verleihen ihnen eine ganz
andere Qualität als sie jene haben, die wir im Zyklus des Trickster
und des Verwandlers antreffen.

Das Haus der Mythen

Der Kwakiutl-Häuptling, der sich damit rühmte, daß sein Name
schon begann »als unsere Welt gemacht wurde«, bezog sich auf
eine Mythe, der zufolge sein erster Ahne vom Himmel herabkam.
Er nahm seine Vogelmaske ab und wurde ein Mensch. Dies ist ein
Typ der Ahnen-Mythe, wie sie unter den Kwakiutl gebräuchlich

Grizzlybär in der Sonne, nach Überlieferung der Kwakiutl. Siebdruck von Jerry Smith, um 1978.

ist. Unter den Bellacoola war dies der einzige Typ, und all diese Erzählungen, so sagte man, wurden in einem Haus über dem Himmel aufbewahrt. Es hieß »Nusmatta«, das Haus der Mythen.

Im Anfang gab es keine lebendigen Geschöpfe außer »Alkuntam«, der obersten Gottheit, die in Nusmatta lebte. Sie entschloß sich, die Welt zu bevölkern und schuf die vier übernatürlichen Zimmerleute, welche ihrerseits die Arbeit erfanden und die ersten Vorfahren aus Holz schnitzten. Die Arbeiter schnitzten und bemalten alle Tiere, Vögel, Bäume, Blumen, Gebirge, Flüsse, Sterne und so weiter, eben jedes Ding des Universums, außer der Sonne, die mit dem bereits existierenden Alkuntam identifiziert worden zu sein scheint.

An den Wänden von Nusmatta hingen Vogel- und andere Tierkleider, die zu tragen der Schöpfer die Vorfahren einlud. Einer

44

wählte den Adler, ein anderer den Grizzlybär und so weiter. Es wurde jeder das Tier, welches er gewählt hatte. Dann gab Alkuntam ihnen einen persönlichen Namen und schickte sie hinunter auf die Erde, wo jedes der Tiere auf einer Bergspitze landete. Dort legten sie ihre Verkleidungen ab und nahmen menschliche Gestalt an. Die Kleider aber schwebten hinauf nach Nusmatta.

Vor diesem Hintergrund entwickelten die Familiengruppen ihre eigenen Geschichten. Eine Geschichte aus dem Dorf Nuskelst beginnt mit der Feststellung, daß der erste aus der Ahnenkette von Nusmatta, versehen mit einem besonderen Geschenk des Schöpfers, herabstieg – einem Modell des Hauses der Mythen selbst. Das stellte der Ahnherr auf Erden als sein Wohnhaus auf. Dieses wunderbare Haus wurde nach seiner Wesensart immer länger, sobald wieder einmal ein Potlatch darin abgehalten wurde. Vor dem Haus lag ein Mann mit einem gewaltigen Magen. Ein jeder mußte über ihn hinwegsteigen, wenn er dort eintrat. Kam ein gewöhnlicher Mensch herein, so hörte man keinen Laut, trat aber ein mächtiger Häuptling, um ins Haus zu gelangen, auf den Bauch des Mannes, so stieß dieser ein Grunzen aus.

Die meisten Clan-Geschichten der Bellacoola und ihrer Nachbarn erzählen von männlichen Ahnen. Doch die weiter nördlich lebenden Stämme, deren Verwandtschaftssysteme ausschließlich auf der mütterlichen Abstammung basieren, sehen diesen Punkt aus einem völlig anderen Blickwinkel. Die Tsimshian und Tlingit kommen ganz ohne Ursprungsmythen der Clane aus. Sie haben Clan-Historien, führen aber ihre Ahnenreihen nicht bis in eine mythische Zeit zurück. Die Haida jedoch kennen zwei mythische Mütter, eine für jede Stammeshälfte bzw. Stammesteil.

Auf der einen Seite gab es mehrere Adler-Clane, die sich von der »Weinenden Frau« herleiteten, auf der anderen Seite standen die Raben-Clane, deren Ahnenreihe mit der »Schaumfrau« begann.

Die Weinende Frau, auch »Djilákons« genannt, ist Gegenstand anderer widersprüchlicher Geschichten, von denen eine erzählt, wie sie die Gestalt eines Frosches annahm, den eine Jagdgesellschaft beleidigte. Als Vergeltung vernichtete sie all die Jäger mit einem Schwall vulkanischem Feuer und schickte nun ein Mädchen, die die Ahnherrin des Adler-Clans wurde. In anderen Visionen entsteigen die Angehörigen des Adler-Clans einer nach dem anderen dem Schoß Djilákons.

Die Schaumfrau erschien zu der Zeit der Großen Flut. Sie hatte zwanzig Brüste, zehn auf jeder Seite und an jeder Brust nährte sie die zukünftige Großmutter einer der Raben-Familien.

Diese Geschichten von Djilákons und der Schaumfrau datieren aus der klassischen Periode. Aber selbst in den siebziger Jahren unseres Jahrhunderts bekannten sich junge Leute, die die meisten Eingeborenen-Traditionen abtaten, dazu, entweder dem Adler- oder dem Raben-Clan zuzugehören.

Wappen-Geschichten

Wie die Haida geben auch die Tsimshian und die Tlingit den Clan-Namen über die Mutter an die Kinder weiter. In früherer Zeit vererbte ein Mann sein Eigentum, das Wiegenlieder, persönliche Namen, Jagdgründe und Badeplätze mit einschloß, an den Sohn der Schwester, da er und sein Sohn verschiedenen Clanen angehörten. Zu den wertvollsten Besitztümern zählten die dekorativen Clan-Embleme oder Wappen, etwa zu vergleichen mit den Wappen der europäischen Familien. Die Totempfähle, die vor den großen Häusern standen, waren tatsächlich Wappenpfähle, die jene Embleme abbildeten, die eine Familie zur Schau stellen durfte. Alle Stämme an der Küste des Nordwestens hatten Geschichten, die erklärten, wie ein bestimmter Clan den Biber, den Adler, den Raben oder den Schwertwal als Emblem erwarben, um damit nur einige der Wappentiere zu nennen. Mit deren Bildern durfte von den Decken und Löffeln bis hin zu den Wappenpfählen alles geschmückt werden.

Vielleicht entwickelten die Tsimshian und die Tlingit die bemerkenswertesten Wappenmythen der Region – wozu sie häufig romantische Volksmärchen ummodelten –, weil ihnen eine Ursprungsmythe fehlte.

Im Hinblick auf ihre matriachalischen Verwandtschaftssysteme bevorzugten sie Geschichten mit Heroinnen.

In der Tlingit-Geschichte des Holzwurmwappens wird davon berichtet, wie eine Häuptlingstochter sich insgeheim einen Holzwurm hielt und ihn so lange mit Öl fütterte, bis er die Länge eines ausgestreckten Menschenarms hatte. Sie komponierte ein Schlaflied für den Wurm.

Wappenpfahl vor einem Plankenhaus der Tsimshian (an der Nordwestküste).
Die bemalten Giebel sind dem Meer zugewandt.

> Er hat schon ein Gesicht.
> Sitz gerade hier. Sitz gerade hier.
>
> Er hat schon einen Mund.
> Sitz gerade hier. Sitz gerade hier.

Die Leute hörten sie in der Nacht singen. Heraus kam sie nur, um zu essen und ging dann sofort wieder zurück. Keiner wußte von ihrem Schoßtier. Einmal spionierte die Mutter ihr nach und sah etwas Großes zwischen den Vorratskisten. Es schien ihr schrecklich. Da sie aber wußte, daß die Tochter das Tier lieb hatte, ließ sie es in Ruhe.

Unterdessen begannen die Leute im Ort das Öl zu vermissen, weil der Wurm es ihnen stahl. Die Mutter pflegte zu der Tochter zu sagen: Warum suchst du dir nicht ein anderes Schoßtier? Da weinte die Tochter und nannte das Tier ihren Sohn. Schließlich entschlossen sich die Leute, den Wurm zu töten. Sie baten das Mädchen, aus dem Zimmer zu kommen. Eine Weile weigerte sie sich, gab aber schließlich nach. Sie sang ein Lied, in dem kamen die Worte vor: »Ich bin endlich herausgekommen, ihr habt mich darum gebeten zu kommen.« Als man ihr sagte, ihr »Sohn« sei tot, sang sie ein anderes Lied, das mit den Worten endete: »Obwohl ich jetzt beschuldigt werde, weil ich dich aufgezogen habe, wird noch

47

Holzwurm-Hauspfosten im Wal-Haus der Tlingit, Kluckwan, Alaska.

einmal ein großer Clan auf dich Anspruch erheben und Bedeutendes in dir sehen!« Von dieser Zeit an wurden die vier Lieder, welche die Häuptlingstochter verfaßt hatte, vom »Ganatédi«-Clan gesungen, wann immer seine Mitglieder ein Fest feierten, und der Holzwurm wurde zu ihrem Wappentier.

Eine so merkwürdige Geschichte verliert ihre Merkwürdigkeit, wenn man sie in den großen Zusammenhang der Volksüberlieferung an der Pazifikküste stellt. In einer Geschichte, die von den Achomawi im nördlichen Kalifornien erzählt wird, ist der Holzwurm ein schüchterner und zurückhaltender Mann von sehr schöner Gestalt. Die Geschichte der jungen Frau, die einen Engerling beherbergt, aus dem sich eine schreckliche Schlange entwikkelt, erzählen sich die Coos-Indianer in Oregon. Dort schleppt das geliebte Schoßtier schließlich so viel Nahrung an, daß die Familie reich wird.

Unter den Tlingit selbst war die Geschichte sehr bekannt und zumindest eine Variante wurde noch Mitte der fünfziger Jahre unseres Jahrhunderts bei ihnen aufgefunden.

Der Ursprung des Wintertanzes

Das Zeremonienwesen an der Nordwestküste entwickelte sich in seiner differenziertesten Form bei den Wakash-Stämmen, die den ganzen Winter benutzten, um dramatisch Rituale oder Tänze in Szene zu setzen, die allgemein als Wintertanz bezeichnet wurden.

Eine Vorstellung, die hinter vielen dieser Zeremonien stand, war, daß ein übernatürliches Wesen wie der Bokwo (»Wilder Mann aus dem Wald«) oder der Grizzlybären-Geist oder der Menschenfresser Pápakalanósiwa einen Menschen entführt und sein eigenes wüstes und unkontrollierbares Wesen auf das Opfer übertragen habe. Das Opfer (tatsächlich aber der in die Geheimnisse des Wintertanzes einzuführende Novize) mußte dann gerettet und »gezähmt« werden, ehe es sich wieder der normalen Gesellschaft anschließen durfte.

Nur der Adel konnte es sich leisten, mit all dem Pomp aufgenommen zu werden, den dieses Ritual verlangte. Zeremonielles Wissen war somit ein Kennzeichen für Prestige. Tatsächlich wies nämlich der Kwakiutl-Häuptling, der sich bei einem Potlatch einführte durch das Ausstoßen des Rufes der Kannibalin Tsúnukwa (ein anderer der Wintertanzgeister) auf seinen hohen Rang hin.

Offensichtlich wiegt Tsúnukwas Macht, Tote zurückzubringen, ihre sprichwörtliche Beschränktheit auf (ihr Tanz war langsamschläfrig). In einer der Ursprungsgeschichten der Wintertänze hilft ein furchtloser junger Heros, der im Vollbesitz seiner sechs Sinne ist, einer verzweifelten Tsúnukwa, die Leiche ihres Sohnes zurückzuholen. Nachdem der Sohn mit dem Wasser des Lebens wiedererweckt worden ist, zeigt sich die Mutter so dankbar, daß sie ihrem Helfer einen Vorrat an Wasser und eine Maske schenkt, die sie selbst darstellt. Diese wird er später beim ersten Tsúnukwa-Tanz tragen.

Donnervogel-Maskenanzug, nach Tradition der Kwakiutl. Skulptur von Calvin Hunt 1979. Rückenansicht, die vermutlich einen Bokwo, den »Wilden Mann der Wälder«, zeigt.

Von höherem Rang sind die Hamatsa-Riten, von denen es heißt, daß sie aus dem Owikeno-Stamm kommen, wo sie durch die Geschichte von Pápakalanósiwa, einem weit wilderen Menschenfresser als Tsúnukwa, sanktioniert werden. Nach der älteren Owikeno-Version wird eine junge Frau von dem Monster entführt. Sie wird dessen Frau und hilft nach ihrer Rückkehr ihrer Familie, den Hamatsa-Tanz zu begründen.

Die Frau hält man für die Tochter eines Häuptlings, die beim Beerensuchen verschwunden ist. Auf der Suche nach dem Mädchen reisen drei Söhne des Häuptlings ins Gebirge und gelangen ohne Schwierigkeiten an das Haus des Pápakalanósiwa, das sie am regenbogenfarbigen Rauch erkennen. Drinnen erblicken sie ihre Schwester, die einen kleinen Sohn in der Wiege schaukelt.

Als sie hereinkommen, schreit das Kind laut, denn der zweitälteste Bruder hat sich das Bein an einem Dorn aufgerissen, und das Kind verlangt nach dem tropfenden Blut. »Schab es bitte ab«, sagt die Schwester. So schabt er es ab auf einen Stock und gibt es dem Kind, das es gierig aufleckt.

Voller Angst wollen sich die Brüder wieder davonstehlen. Sie geben vor, nur eben einmal vor die Tür gehen zu wollen. Als sie nicht wiederauftauchen, rennt die junge Frau hinaus und ruft: »Pápakalanósiwa, es war Fleisch im Haus, aber nun ist es fort.«

Sofort erscheint der Menschenfresser. Er verfolgt die Brüder, bläst eine Pfeife und ruft: »Hap! Hap! Hap!« (Dies ist der traditionelle Ausruf der Hamatsa-Tänzer). Doch der älteste Bruder läßt einen Stein fallen, der wird zum Gebirge und versperrt dem Menschenfresser den Weg.

Es dauert nicht lange, da hat der Kannibale die Brüder abermals fast eingeholt. Diesmal wirft einer der beiden Brüder einen Kamm hinter sich. Daraus wird ein Dickicht. Der Nächste wirft dann eine Seehundblase mit Öl, aus der ein See wird und endlich einen Stock, der sich in eine gewaltige Zeder verwandelt. So gewinnen die Brüder genug Vorsprung, um wieder das Haus des Vaters zu erreichen und die Tür zuzusperren.

Der Häuptling selbst paßt sich der Lage schlau an. Er brüllt durch die Tür, er werde seine drei Söhne töten und sie dem Kannibalen als Mahlzeit vorsetzen, wenn er am nächsten Morgen mit Weib und Kind anrücke. Das scheint dem Monster akzeptabel. Doch als der Kannibale dann tatsächlich Frau und Kind mitbringt, werden er und sein Kind gebeten, in der Nähe der Feuergrube Platz zu nehmen und dann hineingestoßen. Als ihre Körper verbrannt sind, kommt die Tochter des Häuptlings wieder zu Bewußtsein, streicht sanft über die Asche, die hochfliegt, und mit ihr die Toten, die sich in Moskitos verwandeln. »Ihr werdet für immer Menschenfresser bleiben«, sagt sie, »ihr werdet immer das Blut der Menschen suchen.« Dann findet ihre Mutter die Pfeife des Kannibalen, die auf die Seite gerollt ist. »Oh«, sagt die Tochter, »ich meinte, sie sei verbrannt. Jetzt kann der Wintertanz beginnen.«

Heute ist der Wintertanz als Institution mit seiner für den Brauch heiligen Jahreszeit und den zahlreichen Zeremonien längst in Vergessenheit geraten. Was die Mythe von Pápakalanósiwa angeht, so war der Häuptling Simon Walkus wahrscheinlich der letzte Owikeno, der sie rezitieren konnte. Aber Hamatsa-Tänzer treten bei einem Potlatch der Kwakiutl, manchmal auch noch bei einem der Owikeno auf. Hamatsa-Pfeifen moderner Machart kann man heute bei Kunsthändlern kaufen. Wie das Fortbestehen der Clane und das gelegentliche Aufrichten eines neuen Totemstammes, erinnert der Hamatsa die Eingeborenen an ihr Indianertum und verweist Nicht-Indianer darauf, daß das Amerika der Eingeborenen kulturell und politisch lebendig geblieben ist.

3. Familienbande

Lachsjunge

Der Satz aus der Bibel: »Und laßt sie Herrschaft haben über die Fische im Meer« ist oft als Quelle für einen verhängnisvollen Irrtum im westlichen Denken bezeichnet worden, dem die Indianer nicht verfallen sind. Die Herrschaft über die Natur proklamiert dieser Satz und so rangiert für die moderne Zivilisation der Anspruch des Menschen an erster Stelle. Dagegen tritt uns aus der indianischen Mythologie eine ausgewogenere Ansicht entgegen.

Die indianische Vorstellung, wie sie aus den Mythen vieler verschiedener Stämme zu uns spricht, läßt sich dadurch kennzeichnen, daß die Produkte der Natur Personen sind, die mit Respekt behandelt werden müssen. Am Ende des mythischen Zeitalters wurden diese Wesen zu den Tieren und Pflanzen von heute. Den neugierigen Blicken der gewöhnlichen Sterblichen entzogen, existieren sie als Personen weiter, die eine nicht allzu ferne Welt bewohnen, welche ihre eigenen Rituale und einen ganz anderen Alltag hat. Wie wir aus den Mythen lernen, haben Menschen Zugang zu dieser Welt, und zwar durch imaginäre Bande der Verwandtschaft, durch die das Naturprodukt zur Frau, zum

Lachs nach Überlieferung der Tlingit. Aquarell von Leslie Chilton 1978.

Mann, zur Mutter oder zum Sohn, also zu etwas wird, was man liebt. Für den Bereich der Nordwestküste bestand eine solche Beziehung zum Lachs in all seinen Arten. Abgefischt wurde in der warmen Jahreszeit. Dann wurde der Fisch für den Bedarf im Winter auch getrocknet. Dieses unersetzliche Tier war für Alaska und Britisch-Kolumbien das, was der Mais für den Südwesten bedeutet.

In einer beliebten Geschichte des Raben-Zyklus nimmt der Heros in menschlicher Gestalt einen Lachs zur Frau. Sie kommt zu ihm als strahlende Schönheit, und wann immer sie ihre Finger ins Wasser taucht, entstehen Lachse. Alles geht gut, bis der Rabe den verhängnisvollen Fehler begeht, die Hauptgräte des Lachses als Kamm zu behalten (Lachsgeräten sollen immer wieder ins Wasser geworfen werden, um die Unsterblichkeit der Spezies zu sichern). Um alles noch schlimmer zu machen, verflucht der Rabe den Kamm, als sich sein Haar darin verfängt. Beleidigt schwimmt die Lachsfrau davon.

Eine Mythe, typisch für die nördliche Hälfte der Region, ist die Geschichte vom Lachsjungen. In ihr wird ein junger Mann, der die Lachse beleidigt hat, von daheim entführt und in die Stadt der Lachse gebracht. Dort lernt er, sie zu achten, wird selbst ein Lachs und kehrt kurz zu den Menschen zurück, um sie zu unterweisen.

In der Haida-Version ist der Junge hungrig, weist aber den Fisch, den seine Mutter ihm gibt, zurück, weil er angeblich nicht frisch ist. Später schwimmt er mit den anderen Kindern, treibt in tiefes Wasser ab und ertrinkt. Die Lachs-Leute nehmen sich seiner Seele an und reihen ihn unter ihresgleichen ein, während sie zu ihrem Dorf im Meer reisen.

Es handelt sich um abgezehrte Lachse, die auch selbst zu Seelen geworden sind. In ihrem Dorf aber nehmen sie wieder menschliche Gestalt an, und hinter dem Haus kann der Junge die Geräusche der am Bach spielenden Kinder hören. Wenn er Hunger hat, weist man ihn an, eines der Kinder aus dem Wasser zu nehmen, es zu braten, wobei er das Fischfleisch essen darf, aber die Gräten zurückgeben muß. Am Abend, als die Kinder vom Spielen heimkommen, weint eines von ihnen und hat Schmerzen im Auge. Dem Jungen ist gesagt worden, er solle immer alles wieder ins Wasser zurückgeben, und siehe da, als er sich am Ufer umsieht, findet er ein Auge. Er wirft es in den Fluß. Sofort hört das Kind auf zu weinen.

Im Frühjahr, als die Lachs-Leute zum Festland zurückkreisen, ist auch der Junge mit dabei und wird von seiner eigenen Mutter gefangen. Sie sieht das kupferne Halsband um seinen Hals und erkennt daran ihren Sohn. Innerhalb von zwei Tagen wächst ihm wieder ein Menschenkopf aus der Lachshaut. Nach sechs Wochen kommt der ganze Junge heraus und läßt die Haut des Fisches hinter sich. Der Junge wird Schamane und gibt die ganze Saison hindurch hervorragende Proben seiner Zauberkunst.

Als schließlich die alten Lachse wieder zur See zurücktreiben, fängt er ein ungewöhnlich durchsichtiges Exemplar, das er als seine eigene Seele erkennt. Er tötet es mit einem scharfen Stock. Dann bricht auch er tot zusammen. Zuvor hat er noch seinen Leuten gesagt, sie sollten seinen Leichnam wieder ins Wasser werfen. Das tun sie auch. Er dreht sich dreimal um sich selbst und verschwindet dann.

Als von dieser Mythe die Rede war, bemerkte einmal ein Tlingit: »Der Fischerei-Kommissar meint, er wisse eine Menge über Fische, aber wir wissen mehr. In den alten Tagen pflegten wir uns um die Fische zu kümmern. Es gibt eine wunderbare Geschichte, die erklärt, was wir über den Fisch wissen.« Doch der Nichtindianer will wissen: Hilft es etwas? Die Antwort lautet, daß es fast immer hilft. Wenn du weißt, daß du jede Gräte und jedes Fischauge zurückzugeben hast, wirst du zweimal überlegen, bevor du mehr nimmst, als du tatsächlich brauchst.

Bärenmutter

Offensichtlich war der Lachs nicht nur eine Nahrungsquelle, sondern besaß auch schamanistische Kraft, und zwar in gleichem Maße wie dem Holzwurm-Monster und dem Menschenfressergeist soziale und zeremonielle Kräfte innewohnten. In verschiedenen Mythen sind übrigens alle drei als Söhne oder Eheleute miteinander verbunden. Vergleichbare Geschichten über Bären, Wölfe, Schwertwale und andere Arten wurden in der ganzen Region erzählt. Unter diesen Tieren ist das wichtigste oder zumindest das weitverbreitetste der Bär. An ihn knüpft sich das Entstehen von Mythen und Ritualen in fast allen Teilen des Kontinents. Wie der Lachs, steht auch der Bär sowohl für Kraft wie für Nahrung.

Eine der zwei wichtigsten Bärenmythen der nordwestlichen Küste ist die Geschichte von »Kats«. Erzählt wird sie bei den Tlingit, mit Varianten bei den Tsimshian und Haida.

Kats, ein Angehöriger des Tékwedi-Clan, heiratet eine Grizzlybärenfrau. Sie heißt ihn, Futter für seine Bärenkinder zu bringen. Als er dieser Aufforderung nicht nachkommt, töten ihn die Bären und demzufolge beanspruchen die Tékwedi den Grizzly als Wappentier.

Noch beliebter ist eine Mythe mit dem Titel »Bärenmutter«, die im gleichen Stamm erzählt wird, aber mit beträchtlichen Erweiterungen auch bei den Wakash und in der Gegend des Plateaus vorkommt. Die Heldin, eine hagere Frau, wird von einem Grizzly oder Braunbär verschleppt. Sie wird Mutter seiner Kinder. Mit seinem Wissen verrät sie ihn. Sie schickt Nachricht an ihre Brüder, die kommen und ihn töten. Auch diese Geschichte wird als Wappenmythe erzählt. Versuche, die Geschichte zu analysieren, reichen von Catherine McClellans Beobachtung, daß in ihr die schreckliche Wahl zwischen verschiedenen Loyalitätsverpflichtungen dargestellt werde, bis hin zu Marius Barbeaus Hypothese, daß der Bär einen »Akt des Selbstopfers zur Rettung der Menschheit« vollziehe.

In einer Tlingit-Version, die auf Englisch 1954 erzählt wurde, tritt die junge Frau auf dem Heimweg vom Beerenpflücken in Bärendung und nennt das Tier fluchend »Flachfuß«. Während sie weitergeht, reißt das Tragband ihres Korbes und dies immer wieder, bis die anderen Frauen nicht mehr auf sie warten mögen und ohne sie heimgehen. Dann taucht ein junger Mann auf und fordert sie auf, ihm zu folgen.

Nach einer Weile dreht er sich um und sagt: »Sieh auf meine Füße, die du so breit genannt hast!« Sie versucht, Zeichen am Wegrand zurückzulassen. Als er mit ihr seine Höhle erreicht, gibt sie sich ihm hin und bringt später zwei Junge zur Welt.

Ihre drei Brüder verfolgen ihre Spur, sie lassen ihre Gedanken vorauseilen wie Pfeile und diese schlagen in der Höhle des Bären ein. Der Bär fängt sie auf und schleudert sie wieder zurück. So weiß er, daß er getötet werden soll.

Ehe die Brüder eintreffen, befiehlt der Bär seiner Frau, diesen zu sagen, sie sollten seinen Kopf abschneiden und diesen unter den Wasserfall legen, damit die Vögel ihn nicht auffressen. Dann deutet

Vier Szenen der Bärenmutter-Mythe (Vorder- und Rückansichten einer Ton-schnitzerei, vermutlich von Charles Edenshaw, Haida). Von links nach rechts: Frau und Bär umarmen sich; Mutter in Bärengestalt mit Jungem auf dem Schoß; Mutter, ihr Junges stillend; der Bär trägt die Frau zu seiner Höhle.

er auf etwas und spricht: »Siehst du den Rauch dort in der Ferne?« Die Frau kann ihn nicht erkennen. Also hält er ihr die Tatze auf die Braue und fragt: »Kannst du ihn jetzt sehen?« – »Ja, ich sehe ihn.« – »Dort leben die Großeltern der Kinder. Wenn ich sterbe, führe die Kinder dorthin.«

In anderen Visionen nimmt die Menschenfrau die Kinder mit heim, statt sie zu den Eltern des Bären zu bringen. Sie nehmen alle drei Bärengestalt an und töten die Brüder der Mutter. Von Wichtigkeit für Jäger sind Hinweise, was mit dem Herz des Bären geschehen soll, welche Gebete gesprochen werden müssen und welche Trauerlieder an seinem Kadaver anzustimmen sind: Einzelheiten, die oft in älteren Varianten der Mythe erwähnt werden.

Widersprüche

Innerhalb ein und desselben Stammes können die Versionen der Geschichten vom Lachsjungen und der Bärenmutter nicht nur verschieden, sondern oft auch einander widersprechend sein. Wenn wir uns weiter in der Mythologie dieser Region umsehen, finden wir verschiedene Geschichten und Zyklen, die nicht zueinander passen, selbst wenn man über Handlungsunterschiede großzügig hinwegsieht. Eine Veränderung des Blickpunktes ist gegeben, wenn wir von einer Schöpfung durch Tun, wie sie in der Bellacoola-Mythe von Alkuntams Zimmerleuten vorliegt, zu Mythen des Verwandlers und Geschichten mit spontaner Gestaltveränderung (wie bei der Bärenmutter) kommen.

Ein Grund für diese Vielfalt liegt darin, daß die Clane ihre eigenen Mythologien unter dem Gesichtspunkt des Prestiges entwickeln. Dazu kommt, daß die Geschichtenerzähler der Nordwestküste den Begriff der Mythe sehr weitläufig auffassen. Unter den Tlingit zum Beispiel gibt es zwei Arten von Geschichten, »tlagu« (aus alter Zeit) und »ch'kalnik« (es geschah wirklich). Wenn wir jede Geschichte mit einbeziehen, die »tlagu« oder Mythe genannt wird, so umfaßte dies auch das, was man in anderen Kulturen als Kurzgeschichten bezeichnet, dazu Märchen und epische Erzählungen mit allen Arten von kreativen Ausdrucksmitteln.

Dieselbe Situation trifft man auch außerhalb des Gebiets der Nordwestküste an, aber sie wird hier durch den Wettstreit der Clane, der für diese Region typisch ist, noch verschärft. Als Franz Boas in einer Reihe von Aufsätzen zwischen 1898 und 1933 über diese überschwengliche Vielfalt nachdachte, schloß er die Möglichkeit eines einheitlichen Prinzips zunächst nicht aus, wurde dann aber skeptisch und wies eine solche Annahme schließlich zurück. »Es scheint«, schreibt er, »daß mythologische Welten aufgebaut worden sind, nur um wieder zerstört zu werden und damit neue Welten aus den Fragmenten entstehen können.«

Teil II
Hoher Norden

4. Geschichtenerzählen in der Arktis

Die Nacht verkürzen

Wenn Mythen an der Nordwestküste eine Möglichkeit darstellen, die eigene soziale Stellung zu verbessern, so dienen sie bei den Eskimo eindeutig dem Zweck, die Zeit totzuschlagen. Vor den Tagen des Satelliten-Fernsehens wurden Geschichten dort auch dazu benutzt, um die endlose Winternacht ausfüllen zu helfen.

Im günstigsten Fall entsprang diesem unerhört praktischen Zweck des Geschichtenerzählens eine säkulare Unterhaltungsindustrie, die in der amerikanischen Eingeborenen-Kultur unübertroffen dasteht. Nur unter den Pueblo und vielleicht bei den Irokesen war die Kunst des Fiktionalen so hoch entwickelt, und nur im Südwesten spielte die Musik eine damit vergleichbare Rolle.

Die andere Seite der Medaille ist, daß Geschichtenerzählen weithin als eine Art Schlafmittel benutzt wurde. Während der langen Nacht erzählte die Netsilik-Großmutter in einem monotonen Tonfall, der die Kinder rascher einschlafen ließ. In Grönland, wo professionelle Geschichtenerzähler sich mit ihrer Kunst durch den Winter brachten, war es der höchste Triumph des Geschichtenerzählers, wenn seine Zuhörer schläfrig wurden. Ehe der Geschichtenerzähler mit seinem Meisterwerk anfing, pflegte er stolz zu verkünden: »Noch keiner hat diese Geschichte bis zum Ende angehört.«

Die Sitte, mit Hilfe von Geschichten durch den Winter zu kommen, war ohne Zweifel im hohen Norden sehr verbreitet und erstreckte sich sogar bis zu den subarktischen athapaskischen

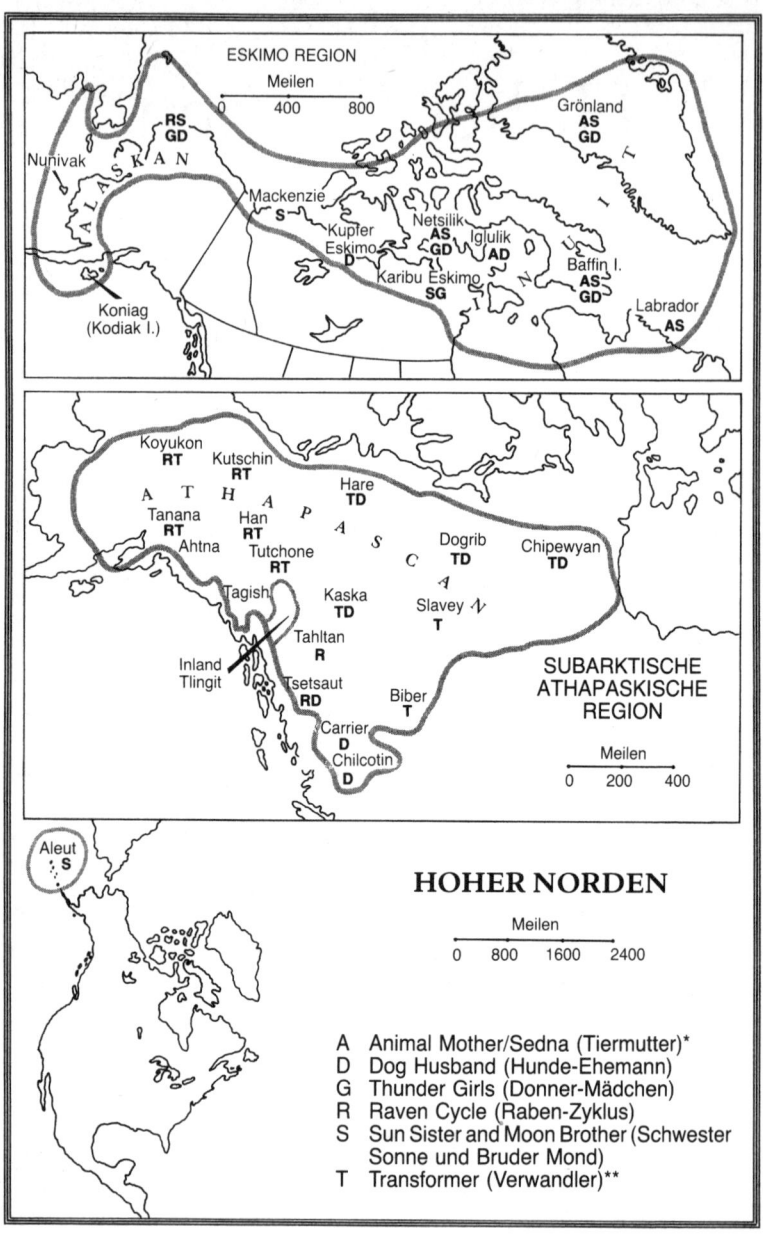

HOHER NORDEN

A Animal Mother/Sedna (Tiermutter)*
D Dog Husband (Hunde-Ehemann)
G Thunder Girls (Donner-Mädchen)
R Raven Cycle (Raben-Zyklus)
S Sun Sister and Moon Brother (Schwester Sonne und Bruder Mond)
T Transformer (Verwandler)**

* Die Kupfer-Eskimo haben ein Sedna-Ritual, aber keine Sedna-Mythe
** Die zwei Brüder sind die bei den Hare, Dogrib und Chipewyan verbreiteten Verwandler

Stämmen. In den Haushalten der Koyukon pflegten sich die Zuhörer, ehe der Geschichtenerzähler begann, ins Bett zu begeben und sich das Bettuch über den Kopf zu ziehen. In völliger Dunkelheit bei gelöschter Lampe, erzählte der Geschichtenerzähler Geschichte um Geschichte und beendete eine jede mit der Formel: »Ich habe ein gutes Stück Winter abgebissen.« Während des Erzählens selbst erfolgten laufend Ausrufe, Kommentare und Gelächter, vergleichbar mit den Reaktionen in einem abgedunkelten Theaterraum.

Schöpfungsgeschichten

Die Eskimo als Zuhörer werden Volksmärchen und gelegentliche Mythen tolerieren, aber im allgemeinen erwarten sie Geschichten über realistische menschliche Situationen.

Außerhalb von Alaska ist bei den Eskimo die weitverbreitete Vorstellung eines mythischen Zeitalters, in dem die Tiere Menschen waren, wenig entwickelt. Es gibt infolgedessen nur schwache Hinweise auf einen Verwandler und, abgesehen von den Rabengeschichten aus Alaska, findet sich dort auch kein ausgebildeter Trickster oder Kulturheros.

Es gibt zwar eine reiche Überlieferung an mündlicher Dichtung und an Liedgut, doch verzeichnen wir, was Mythologie betrifft, an den arktischen Küsten des westlichen Kanada ausgesprochene Ebbe. Mit charakteristischer Entschiedenheit erklärte eine Netsilik-Frau dem dänischen Forscher Knud Rasmussen: »Die Erde war schon so wie sie heute ist, als unsere Vorfahren sich zu erinnern begannen.«

Dennoch findet sich ein begrenzter Vorrat an Mythologien entlang dieser Küste, oft in Gestalt kleinerer Schöpfungsgeschichten.

Der Ursprung des Tageslichts: In den frühen Zeiten, als das Land noch dunkel war, verlangte der Hase nach Licht, damit er seinen Platz finden könne, um zu fressen. Der Fuchs plädierte hingegen für Dunkelheit, damit er den Leuten die Nahrungsmittel aus ihren Verstecken stehlen könne. Da das Wort des Hasen mächtiger war, kam das Licht.

Männliche Ureltern: Nach der Sintflut stiegen zwei Männer aus der Erde hervor und lebten als Mann und Frau. Als die Frau schwanger wurde, sang sie: »Ein menschliches Wesen hier/ Ein Penis hier/ Möge seine Öffnung weit sein/ Und geräumig/ Öffnung, Öffnung, Öffnung!« Darauf spaltete sich der Penis des Mannes unter lautem Lärm, und der Mann wurde eine Frau und gebar ein Kind. Aus diesen drei Wesen entsproß die ganze Menschheit.

Donnermädchen: Beleidigt durch ihren jähzornigen Vater, liefen zwei Mädchen von daheim fort und betraten den Himmel. Sie nahmen sich eine getrocknete Haut und einen Feuerstein. Wann immer sie die Haut schütteln und den Stein anschlagen, gibt es Donner und Blitz.

Schwester Sonne und Bruder Mond: Eine junge Frau hatte einen Liebhaber, der in ihr Bett kam, als die Lampen ausgelöscht worden waren. Eines Tages schwärzte sie sich die Hände, und als die Lampen wieder brannten, sah sie, daß es ihr eigener Bruder war, der den Ruß auf dem Rücken hatte. Sie beschimpfte ihn, griff sich eine Fackel und rannte hinaus. Er verfolgte sie mit einer Fackel, die nicht so hell leuchtete. Bruder und Schwester erhoben sich in den Himmel und wurden Sonne und Mond. (In einer Version von den Alëuten werden sie Seehunde. Obwohl nur wenig Geschichten von den Alëuten aufgezeichnet worden sind, scheint eine allgemeine Eskimo-Eigenart unverkennbar.)

Die erste der vier oben nur skizzenhaft wiedergegebenen Geschichten ist eine kanadische Mythe, die in Teilen von Alaska durch den Diebstahl des Tageslichts ersetzt wird. Die Geschichte von der Geburt der Menschheit durch zwei Männer als Ureltern ist auch kanadisch, hat aber ein Gegenstück in Alaska in der örtlichen Mythe der Nunivak.

Sie berichtet von zwei Brüdern, die sich auf See verirren. Der Jüngere der beiden beginnt zu wimmern. »Sklúmyoa«, der Geist des Universums, hat Mitleid mit ihm und kommt vom Himmel herunter. Er schüttelt etwas aus der Fischhaut-Jacke, die er trägt. Daraus entstehen die Nunivak-Inseln. Dann verschüttet er noch etwas anderes. Das werden die Pflanzen und Tiere. Plötzlich entdeckt derjenige der beiden, der gejammert hatte, daß er in eine Frau verwandelt worden ist. Er wird die Ehefrau des älteren

Bruders. Von diesem Paar stammen die Ahnen der heutigen Nunivak ab.

Sklúmyoa, die weibliche Schöpferin, ist die oberste Gottheit der Nunivak. Ihre Gebete waren gewöhnlich an sie gerichtet. In Kanada erscheint sie als Sila und wird auch als Geist des Universums angesehen, aber nicht als oberste Gottheit. Sila beherrscht lediglich das Wetter.

Der alaskische Schöpfer ist jedoch gewöhnlich der Rabe. In dem nördlichen Gebiet schafft er Land, indem er aus dem Wasser der Vorzeit mit seiner Speerspitze einen Klumpen Erde heraufholt. Es handelt sich offensichtlich um eine vereinfachte Form der Mythen vom Erdtaucher. In einer anderen Variante spießt der Rabe eine treibende Grasscholle auf und tötet sie, als ob es sich dabei um ein Tier handle. Darauf dehnt sich die Grasscholle aus und bildet Land. Im westlichen Alaska erschafft der Rabe die Stranderbse, aus deren Knolle der erste Mensch hervorgeht.

Dieselben Vorstellungen tauchen in den vielleicht komplexesten aller Eskimo-Schöpfungsmythen auf, die der Entdecker Urey Lisiansky 1805 auf den Kodiak-Inseln aufzeichnete. Doch ist hier die Rolle des Raben sehr reduziert.

Als der Rabe das Licht vom Himmel brachte – die Methode wird nicht näher beschrieben –, schwebte eine Blase herab, die einen Mann und eine Frau enthielt. Die beiden streckten die Blase durch Pusten und Stoßen, bis aus ihr die Welt wurde. Als sie mit Händen und Füßen drückten, entstanden die Gebirge. Der Mann schuf die Bäume, indem er sein Haar verstreute. Tiere sprangen, wie von selbst entstanden, aus den Wäldern. Die Frau schuf die See, indem sie urinierte, und die Flüsse und Seen, indem sie in Gräben und Löcher spie; dann zog sie einen ihrer Zähne hervor und der Mann verwandelte sich in ein Messer, und als er Holz schnitt, warf er die Späne in den Fluß und es wurden die Fische daraus. Der erstgeborene Sohn des Paares spielte mit einem Stein, der eine Insel wurde. Ein anderer ihrer Söhne und eine Hündin wurden auf die Insel gesetzt und trieben davon. Das waren die Kodiak-Inseln, und die heutigen Einwohner von Kodiak behaupten, von dem ausgesetzten Sohn und seiner Hundefrau abzustammen.

Die Kodiak-Geschichte führt mehrere Motive ein, die überall in der Arktis bis nach Grönland hin auftauchen. Dazu gehören die Schöpfung des Fisches durch Holzspäne und das Entstehen der

Wasserfläche durch Urinieren. Die Vorstellung des Stammesherkommens von einem Hund, dem ständigen Begleiter des Menschen in der Arktis, ist weit verbreitet, aber für den Vorgang selbst wird meist eine Frau verantwortlich gemacht. Die Standard-Geschichte ist die vom sogenannten Hunde-Ehemann. In ihr wird eine Frau des Nachts von einem Hund besucht, der menschliche Gestalt annehmen kann. Er wird der Vater ihrer Kinder. Die alaskischen Gruppen sehen diese Hundekinder als ihre Vorfahren an, doch die stolzen Kanadier bezeichnen sie als die Ureltern der Weißen und Indianer, nicht der Inuit.

In den Dialekten des östlichen Kanada und Grönlands wird das Wort »Inuit« (Volk) immer dann von den Eskimo benutzt, wenn sie von sich selbst sprechen, und viele wenden es auch auf Nichteskimo an. (Unabhängig davon wird die Bezeichnung im westlichen Kanada und in Alaska übernommen. Eine politische Organisation, die sich »Inuit-Cirkumpolar-Conference« nannte und alle Eskimo-Gruppen vertrat, bewarb sich 1983 um eine nichtstimmberechtigte Mitgliedschaft in den Vereinten Nationen.)

Die Einheit der Eskimo-Kultur über eine Fläche von fast der halben Länge des Polarkreises ist eine bemerkenswerte Tatsache im Leben der Eingeborenen Amerikas. All diese Menschen sprechen eine gemeinsame Sprache, beuten dieselben Quellen der Ernährung aus und teilen die Grundlagen der religiösen Vorstellungen. Im Reich der Mythe repräsentieren Geschichten wie der Hunde-Ehemann, die Donnermädchen, Schwester Sonne und Bruder Mond, die nicht nur in Kanada, sondern auch in Grönland und Alaska vorkommen, bei allen örtliche Abweichungen diese Einheit.

Die Mutter der Tiere

Alle Regionen außer der Arktis haben Mythen über jagdbare Tiere, die plötzlich verschwinden. Ein boshafter Geist oder Herr der Tiere hat sie in eine Herde getrieben, und es ist nun Sache des Kulturheros, sie wieder freizubekommen.

Unter den Eskimo nimmt diese enorm wichtige Vorstellung verschiedene Formen an. Diese finden sich sowohl in den Mythen wie auch in den Ritualen.

Was die Mythen angeht, so ist es hier eine Herrin der Tiere, die das zu jagende Wild gebiert oder es auf andere Weise aus ihrem Körper hervorbringt. Oft als eine verstoßene Frau dargestellt, ist sie rachsüchtig und muß nun rituell wieder besänftigt werden. Die Freigabe der Tiere, die in der Mythe nie erwähnt wird, ist oder war durch das Ritual vollzogen worden. In Alaska wurden Blasen von Jagdtieren das ganze Jahr über aufgehoben, um dann beim Schlußakt des Blasenfestes auf dem Ozean ausgesetzt zu werden. Die mit Luft gefüllte Blase stellt die Seele der Tiere dar, die zurückkehren, um wieder getötet zu werden. In der östlichen Arktis, wo das Blasenfest unbekannt ist, machte der Schamane in Trance eine Reise zu dem Unterwassersitz der Tiermutter und erwirkte dort die Freilassung der von dieser aus Eifersucht zurückbehaltenen Tiere.

Die Tiermutter kommt sporadisch in den Mythologien an beiden alaskischen Küsten und im subarktischen athapaskischen Gebiet vor. Zum Beispiel kennt man auf den Kodiak-Inseln die Geschichte von einer jungen Frau, die alle Meeres- und Landtiere hervorbringt. Unter den Hare-Indianern gibt es eine mythische Eierfrau, die, nachdem man sie mißbraucht und ausgesetzt hatte, schwanger ist und Mutter der Hasen wird. In einer Mythe der Tahltan-Indianer wird eine schwangere Frau von ihrem Stamm zurückgelassen, als dieser weiterzieht. Sie gebiert die Elche, die Karibus und andere Tiere und wird so »Atsentma«, die Fleischmutter.

Die Menschen sehen sich vor und vermeiden, sie zu verärgern und bestimmte Tabus zu verletzen, andernfalls würde sie das Wild zurückhalten.

Die berühmteste dieser Mythen ist die Geschichte der Herrin über die Seetiere, die man unter den Iglulik und den Netsilik und auch weiter ostwärts in Grönland hört. Es ist eine Inuit-Mythe im genauen Sinn der Wortbedeutung. In ihrer einfachsten Form erzählt sie von einer unerwünschten Frau, die über Bord geworfen wird und sich verzweifelt an der obersten Schiffsplanke anklammert, worauf der Mann im Boot ihr die Finger abhackt. Diese fallen ins Wasser und verwandeln sich in Seehunde und Walrosse. Unterdessen taucht die Frau hinab zum Boden des Meeres, wo sie die Herrin der Seehunde wird. Nach einer anderen Version wird sie zur Herrin aller Tiere.

Die Geschichtenerzähler der Inuit erklären manchmal, daß die Frau eine Waise oder eine Witwe gewesen sei, die von niemandem ernährt wurde. Häufiger jedoch stellen sie der grundlegenden Mythe ein Volksmärchen voran und benutzen dazu entweder die Geschichte vom Hunde-Ehemann (in der die Frau die entehrte Mutter der Hundekinder ist) oder sie schicken die in ganz Amerika verbreitete Geschichte von der enttäuschten Braut voraus. Sie ist mehr eine Standardsituation als ein Geschichtentyp und handelt von einer jungen Frau, die von einem Tiergeliebten in der Gestalt eines ungewöhnlich schönen jungen Mannes verführt wird. Er nimmt sie mit in sein Nest oder Lager, wo sie seine wahre Natur entdeckt. Angeekelt, wird sie schließlich durch die Männer ihres Stammes gerettet.

In den Inuit-Versionen ist ihr Geliebter ein Eissturmvogel oder eine Sturmschwalbe, die ihre Braut mit rohem Fleisch füttert. Als der Vater das enttäuschte Mädchen mit einem Boot heimholen kommt, verursachen die Vögel einen solchen Sturm, indem sie mit den Flügeln schlagen, daß der Vater, um sich selbst zu retten, seine Tochter über Bord wirft. Sie klammert sich an die Bordwand und dann geschieht das Bekannte. Danach wird sie Herrin über die Tiere.

Die vielleicht bekannteste Version, aufgezeichnet auf den Baffin-Inseln in den frühen 80er Jahren des 19. Jahrhunderts, erzählt von einer Frau mit dem Namen Sedna. Die Geschichte selbst wird in allen Versionen die Sedna-Mythe genannt. In einem mit ihr zusammenhängenden Ritual, das durchgeführt wird, sobald das Wild rar geworden ist, unternimmt der Schamane eine Trance-Reise, um Sednas Haar zu kämmen. Es ist vom Gift eines gebrochenen Tabus verklebt. Da Sedna keine Hände hat, kann sie es selbst nicht mehr kämmen. Sobald das Kämmen erfolgt ist und die Zuhörer ihre Sünden dabei bekannt haben, gibt Sedna die zu jagenden Tiere frei.

Selbst unabhängig von solchen Ritualen, betrachten die Inuit die Tiermutter als ihre oberste Gottheit, die sowohl Sila, dem Wetter-geist, wie dem Mond, Wächter über die Tabus, übergeordnet ist.

Im Unterschied zu der mehr in Einzelthemen sich darbietenden Überlieferung in Alaska beziehen sich bei den Inuit die Mythe, das Ritual sowie die theologischen Vorstellungen allein auf diese eine Gestalt.

In wenigen Religionen wird eine Göttin so unmißverständlich für übermächtig gehalten wie hier.

Dennoch waren nach Errichtung der anglikanischen Missionen gegen Ende des 19. Jahrhunderts die Inuit-Frauen die ersten, die die heimische Religion aufgaben. Ihre Männer folgten wesentlich langsamer nach. Heute sind im südwestlichen Teil der Baffin-Inseln, wo die Sedna-Mythe in ihrer ausgeprägten Form zuerst an die Außenwelt gelangte, alle Inuit anglikanische Christen geworden und die alten Rituale wurden durch Gottesdienste und Bibelstunden ersetzt.

5. Athapaskische Variationen

7. Die Wiederbevölkerung der Erde

Das athapaskische Territorium erstreckt sich vom Inneren Alaskas bis zum Columbia-Becken und zu den nördlichen Ebenen. Die Zurschaustellung von Wappen, die maskierten Tänze und Potlatche des Westens verwandeln sich mit zunehmender Entferung in den Großen-Ebenen-Stil der Visionssuche des Südens und Ostens.

Auch in der Mythologie findet eine allmähliche Verschiebung von Eskimo- und Nordwestküsten-Einflüssen statt. Aus dem Raben, dem Trickster-Heros des fernen Westens wird ein Schurke, bevor er dann östlich der Rockies völlig verschwindet.

Eine mehr oder minder beständige Gruppe von Geschichten rankt sich um den menschenähnlichen Verwandler, und sie sind es, die in dieser Region eine gewisse Kontinuität herstellen. Doch das vielleicht charakterischste Thema ist die Sequenz von Flut, Erdtaucher und Wiederbevölkerung, die in gleicher Weise im Verwandler wie auch im Raben-Zyklus anzutreffen ist oder auch zusammen mit dem Ratsversammlungs- und Tiermotiv auftaucht.

Eine athapaskische Besonderheit ist die Vorstellung eines Ur-Schneefalls, welcher der Flut vorausgeht. Manchmal wird dieses Ereignis mit einem anderen Motiv dieser Region verbunden: dem der Wettersäcke, die von einem monsterhaften Bären gehütet werden. Eine Chipewyan-Mythe, die um 1870 von dem französischen Missionar Émile Petitot gesammelt wurde, zeigt eine der vielen möglichen Kombinationen. Nach dieser schneite es in einem Winter so heftig, daß der Schnee bis zu den Spitzen der höchsten Fichten reichte. Angeführt vom Eichhörnchen, stiegen die Tierleute hinauf in den Himmel, um nach Wärme zu suchen. Oben im Himmel, verwahrt in Ledersäcken, hingen auch an einem Baum all die verschiedenen Witterungen: Regen, Schnee, schönes Wetter, Sturm, Kälte und Wärme.

Da sie zusammenarbeiteten, gelang es den Tieren, den Sack mit der Wärme von dem Baum zu stehlen, den der Bär bewachte. Aber die Reise heim war lang, und man mußte unterwegs häufig ein Lager aufschlagen. Bei einem dieser Aufenthalte schnitt das Eichhörnchen einen kleinen Fetzen aus dem Sack, um seine Schuhe damit zu flicken. Die Wärme entwich und der Schnee schmolz.

Die Welt wurde nun überflutet, doch »Old Man« mit seinem Floß rettete jeweils Paare der Tiere, und vom Floß aus begannen sie zu tauchen. Endlich gelang es der Ente, etwas Schlamm heraufzubringen und aus ihm wurde die ganze Welt neu gebaut.

In einer Variante, die eine Tagish-Frau 1979 erzählte, ist das Eichhörnchen eine Frau, die sich Sorgen macht, ihre Kinder könnten erfrieren. Nachdem der Sack mit der Wärme gestohlen worden ist, beendet der Erzähler seine Geschichte so: »Sie rissen ihn auf, den Sommersack. Sehr bald schmolz der Schnee, er schmolz gänzlich. Sie bekamen Blätter. Sie hatten all die Blätter zu einem Ballon zusammengebunden. Sie ließen den Ballon platzen. Und alle Sommerdinge flogen heraus.«

In so rohem, aber anschaulichem Englisch erzählt eine Frau, für die dies die Zweitsprache ist. Wie auch andere athapaskische Geschichtenerzähler heute, zieht sie es vor, zu den jungen Leuten zu sprechen, ohne daß ihre Worte durch einen Übersetzer gefiltert würden. Zu jenen Sprachen der nördlichen Athapasken, die noch lebende Sprache sind und bei denen die Zahl derer, die sie sprechen, gegenwärtig wieder zunimmt, gehört die Sprache der Tagish nicht. Davon überzeugt, daß ihre Mythen für die junge Generation eine Botschaft enthalten, bedienen sich erfahrene Erzähler des Englischen, um sicher zu sein, daß sie auch verstanden werden.

Der Verwandler

Der athapaskische Verwandler ist normalerweise ein Erlöser. Er ist damit beschäftigt, die alte Welt von den menschenfressenden Tieren zu befreien. Er heißt bei den Hare »Der Weise«, bei den Kutschin »der Navigator« und »Old Man« bei den Han, den Dogrib und den Chipewyan. Er wird auch mit dem Biber in Zusammenhang gebracht und ist weithin als Bibermann bekannt, besonders unter den Tanana, Tutchone, Kaska und Slavey. Er hat die Gewohnheit, von Ort zu Ort zu reisen, meistens im Kanu.

Bär, Wölfin, Schaf, Waldmurmeltier und verschiedene törichte Riesen versuchen, ihn zu fangen und zu fressen, natürlich ohne Erfolg. Wenn dies nun all seine Abenteuer wären, ließe sich das

Wesen des Verwandlers leicht begreifen. Die Situation wird jedoch kompliziert durch seine Beziehung zum Raben und durch die Einführung von sexuellen Themen, die hier mehr als an der Nordwestküste oder in der Eskimoregion in den Vordergrund treten.

Der Rabe, der Trickster-Schöpfer, hat seinen eigenen Zyklus von Mythen in den westlichen Gebieten. Viele von ihnen sind von der Nordwestküste entlehnt. Der Diebstahl des Tageslichts scheint die populärste dieser Geschichten zu sein. Der Rabe fungiert auch als Aufseher in der Geschichte vom Erdtaucher. Wenn man in den zentralen Teil der Region kommt, wo der Zyklus weniger verbreitet ist, treffen wir den Raben als Gegenspieler des Verwandlers wieder.

Die beiden sind Hausgenossen in einer Mythe der Kutchin und der Hare. Der Rabe ist aber so diebisch, daß der Verwandler, der es leid ist, immer bestohlen zu werden, ihn ins Feuer wirft – und dies trotz der Warnung des Raben, daß mit seinem Tod auch die Menschen verschwinden werden. Als diese Prophezeiung wahr wird, sammelt der Verwandler die Knochen des Raben, bedeckt sie, furzt darauf und macht so den Raben wieder lebendig (indem der Verwandler den Lebensatem auf so ungehörige Weise einsetzt, verrät er seine Verwandtschaft mit dem Trickster). Dann gehen beide zusammen an den Fluß, wo der Verwandler einen Hecht fängt, aus dessen Leib Männer entsteigen. Währenddessen sticht der Rabe in einen Lachs oder in eine Aalraupe und die Frauen entstehen.

Die Welt wird also wieder bevölkert. In einer anderen Geschichte verbirgt der Rabe Wild oder treibt es fort, und der Verwandler sorgt dafür, daß es wieder freigelassen wird. In solchen Geschichten wird der Verwandler zum nahrungsspendenden Schöpfer.

Eine der stillschweigenden Annahmen der indianischen Geschichtenerzähler besteht darin, daß der Schöpfer sich sexuell betätigt, während der Erlöser keusch bleibt. Da Kulturheroen sowohl Schöpfer wie auch Erlöser zu sein pflegen, wird diese Regel manchmal durcheinandergebracht und viele Geschichtenerzähler mißachten sie ganz und gar. Dennoch ist es in einem bestimmten Mythenzyklus oft so, daß Sexualität in Verbindung mit dem nahrungsspendenden Schöpfer vorkommt und Zölibat oder eine betont abschreckende Haltung gegenüber Sexualität mit Abenteuern des Erlösers verbunden ist.

Dies ist der Fall im athapaskischen Pfeil-Zyklus, in dem der Verwandler in seiner Rolle als Töter der Monster mit einem Kannibalen konfrontiert wird, der eine Tochter besitzt. Um den Helden zu prüfen, schickt ihn der Kannibale erst zum Nest eines Donnervogels, um die Federn für einen Pfeil zu holen. Danach muß er einen riesigen Elch angreifen, um die Sehnen zu erhalten, mit denen man die Federn am Pfeilschaft festbindet (der Besuch im Nest des Donnervogels und der Angriff auf den Riesenelch sind zufällig auch zwei wichtige Geschichten, die von den athapaskischen Navajo in den Süden getragen wurden). In weiteren Episoden übersteht der Held Gefahren, um Holz für die Pfeilschäfte zu holen und die fertigen Pfeile zu schmücken. Nachdem er schließlich die Schwiegersohnprüfungen bestanden hat, um einen Ausdruck der Volkskundler zu verwenden, schießt er auf die Braut und tötet sie.

In einer Kaska-Version jedoch hängt der Geschichtenerzähler noch eine Schöpfungsepisode an und bringt die ermordete Braut aus dem Totenreich zurück. Der Verwandler schlägt sich dann mit dem Raben herum, der Wild hortet, und bringt Karibufleisch für seine neue Frau heim.

In vielen dieser Geschichten symbolisieren Nerz, Wiesel oder Maus die gefährliche Komponente der Sexualität. In einer Geschichte hat eine Versucherin sowohl einen Nerz wie auch ein Wiesel in ihrem Körper verborgen. Die Tiere lauern darauf, den unvorsichtigen Liebhaber zu beißen. Der Versuchung widerstehend, tötet der Verwandler-Erlöser die Frau mit einem erhitzten Stein. Darauf bringt er auch noch ihre mörderischen Leibwächter um.

Im östlichen Teil der Region werden Geschichten dieser Art den sogenannten »Zwei Brüdern« zugeschrieben, die selten Erlöser sind, sondern meist nahrungsspendende Schöpfer.

In einer Zwei-Brüder-Geschichte der Chipewyan bricht der Jüngere von beiden ein Verbot und wird in den Himmel gelockt. Dort heiratet er zwei Jägerinnen, genannt Wieselbusen und Mäusebusen. In dem Augenblick, als er mit ihnen schläft, wird er bei lebendigem Leib begraben und eine der Frauen gebiert Mäuse, Ratten und andere böse Geschöpfe, die Krankheit, Hunger, Tod und Kälte über die Erde bringen.

Symbolische Mythen von Tod, Nahrungssuche und sexueller Liebe legen psychologische Interpretationen nahe und sind besonders für Mythologen, literarische Kritiker, aber auch für Völkerkundler interessant. Es sollte hinzugefügt werden, daß sich solche Mythen zahlreich in einfachen Kulturen wie denen der athapaskischen Region, des Plateaus und des Großen Beckens entwickelt haben – genau genommen in Regionen, die immer bei der Beschreibung der nordamerikanischen Mythen und Volkskunde übergangen worden sind.

Die Visionssuche

Einzelne in der Gesellschaft der Nordwest-Küste gewannen übernatürliche Kräfte durch Entrückung. Die Athapasken, besonders jene des östlichen Gebiets, waren an komplizierte Rituale, bei denen man von gefährlichen Geistern entführt wird, nicht gewöhnt. Sie mußten vielmehr aus eigenem Antrieb in die Wildnis gehen und sich einen hilfreichen Geist durch einen Traum oder eine Vision suchen.

Gewöhnlich war der Suchende ein Junge in der Pubertät, der hoffte, daß ihm eine Tierseele erscheinen werde. Diese verlieh ihm dann die Macht, ein erfolgreicher Jäger zu werden. Wenn man einmal seine Vision erlangt hatte, leitete sie einen durchs Leben; und wenn es notwendig wurde, den früheren Sinneseindruck wieder wachzurufen, so konnte dies durch Träumen oder durch Singen geschehen.

Solche Vorstellungen wirken sich nur selten auf die Mythen aus. Falls aber doch, dann ist ihr Einfluß so schwach, daß er unentdeckt bleibt, es sei denn, die Geschichtenerzähler sind willens zu erklären, welche Bedeutung die Mythen für jene Menschen haben, die sie benutzen.

1970 stellte sich heraus, daß der athapaskische Verwandler-Zyklus, wie er von den Biber-Indianern von Alberta und Britisch Kolumbien aufgefaßt wird, eine Visionssuche als zentrales Thema zum Inhalt hat. Dies wäre aber nicht möglich gewesen, ohne einen eingeweihten Informanten.

Der Zyklus beginnt mit einer abgeänderten Mann-im-Vogelnest-Geschichte (eifersüchtiger Vater setzt seinen Sohn auf einer einsamen Insel aus statt in einem Nest). Es folgt eine Mordszene, bei der eine gefährliche Frau befreit wird. Es schließt sich die bekannte Folge von Abenteuern an, in denen der Held Monstertiere des mythischen Zeitalters überwindet.

Zuerst ist der Name des Helden Swan. Er ist ein Junge, der eben die Pubertät erreicht hat und alt genug ist, um ein Kaninchen heimzubringen. Aber seine sich herausfordernd verhaltende Stiefmutter besteht darauf, mit ihm jagen zu gehen. Als er ein Kaninchen erlegt, läßt sie es rasch zwischen ihren Hüften verschwinden, dabei aber zerkratzt es sie noch in seinen letzten Zuckungen. Später behauptet sie gegenüber ihrem Ehemann, Swan habe sie belästigt.

Zornig nimmt der Vater Swan auf einen Jagdausflug zu einer fremden Insel mit und läßt ihn dort allein zurück. Nachdem er sich in den Schlaf geweint hat, hört der Junge eine Stimme, die ihn auffordert, auf einen flachen Felsen Pech zu streichen, damit dort Vögel kleben bleiben. Er kann sie so leicht fangen und überlebt auf diese Weise den Winter.

Im Frühjahr, als der Vater kommt, um die Knochen seines Sohnes einzusammeln, bemächtigt sich Swan des Kanus und läßt nun den Vater zurück. Als er heimgekehrt ist, schießt er einen Pfeil auf die Stiefmutter ab, die ihm zu entkommen sucht, indem sie sich ins Wasser stürzt. Der Pfeil ist heiß, so heiß, das das Wasser zu kochen beginnt und der Frau das Fleisch von den Knochen fällt. Nun nimmt der Held der Geschichte den Namen Saya an (Sonne oder Mond – die beiden Worte sind identisch) und reist um den Rand der Welt. Dabei verwandelt er die Monster in die heutigen Tiere. Endlich verwandelt er sich selbst in einen Stein. Es wird aber gesagt, er werde zurückkommen und die Dinge in die rechte Ordnung bringen, sobald das Ende der gegenwärtigen Welt gekommen sei.

Nach Ansicht derjenigen, die die Geschichte überliefert haben, handelt es sich bei der Fahrt des Helden zu der Insel um eine Visionssuche. Jungen, die nach Kraft und Beistand suchen, identifizieren sich deshalb mit Swan, und wenn sie bei ihrer Suche hinaus in den Wald ziehen, erwarten sie, eines der übergroßen Tiere zu treffen, denen ja auch Swan bei seinen Abenteuern als Saya begegnet ist. Trotz der Diskrepanz zwischen Mythe und Praxis zeigen die Interpretationen, wie die Geschichte aus dem gemeinsamen Vorrat indianischer Überlieferung zusammengesetzt ist und zu einem heiligen Text mit besonderer Bedeutung für ein bestimmtes Volk wird.

Kupferfrau

Die Athapasken hatten Zugang zu zwei wichtigen Kupfer-Fundstätten der Eingeborenen. Die eine lag am Copper River am Ahtna-Gebiet, die andere am Coppermine River und wurde von den Chipewyan und den Kupfer-Eskimo ausgebeutet. Da man aus dem Metall Messerklingen und andere Gegenstände herstellen konnte, war es sehr geschätzt.

Nach einer alten Überlieferung der Ahtna entdeckten eine verstoßene Frau und ihr Sohn die Kupfernuggets während sie im Gebirge lebten. In einem Traum vernahm der Junge eine Stimme, die sagte: »Wenn du blaue Flammen im Feuer siehst – das bin ich.« Später sah er die Flammen und holte das Kupfer aus der Feuergrube, als die Asche erkaltet war. Danach suchten die Leute jedes Frühjahr nach Kupfer, fanden es aber nur, wenn die Mutter des Jungen sie führte.

Besser bekannt ist die Chipewyan-Mythe der Kupferfrau, die von einem Eskimo entführt und geschwängert wurde. Sie entkam schließlich über das »Große Wasser«, geführt von einem Wolf.

Mit ihrem Nähwerkzeug tötete sie ein Karibu. Als sie aber merkte, daß ihr kleiner Junge den Appetit eines Untiers hatte, setzte sie ihn aus und ging allein weiter. Am Weg entdeckte sie gelbe Nuggets, die wie Feuer glühten. Als sie heimkam, war sie bereit, den Männern ihres Stammes den Fundort zu zeigen, unter der Voraussetzung, daß diese sie nicht behelligen würden. Sie führte sie an die Stelle, aber die Männer brachen ihr Versprechen. Da versank sie in den Boden.

Die Männer kehrten noch einmal zu der Stelle zurück und brachten ein Opfer an Karibufleisch dar. Sie mußten aber feststellen, daß die Frau und das Kupfervorkommen verschwunden waren. Dennoch ließen sie ihre Opfergaben da, und als sie abermals zurückkehrten, entdeckten sie, daß aus dem Fleisch Kupfer geworden war – alles brauchbar, bis auf das Teil, das die Leber gewesen war. Es war zu hart. Jenes Teil aber, das aus den Lungen entstanden war, war zu weich.

Der Hunde-Ehemann

Die athapaskische Version der Hunde-Ehemann-Geschichte weicht etwas von der Eskimo-Version ab, in der die junge Frau und ihr Hund von der Insel verbannt werden. In einer Version der athapaskischen Geschichte tötet der Bruder, nachdem er festgestellt hat, daß die Schwester einen Hund zum Geliebten genommen hat, diesen und jagt die Schwester in den Wald, wo sie sechs Hundekinder zur Welt bringt. Sobald sie den Rücken wendet, werden die Kinder zu Menschen. Schaut sie aber hin, so verwandeln sie sich wieder in Hunde.

Die Mutter fängt schließlich drei von ihnen, als sie gerade menschliche Gestalt haben, die anderen tötet sie. Von jenen, die sie behält, sind zwei Söhne, welche die Dritte, die Tochter, heiraten. Diese wird die Urmutter der Dogrib. Die Hare und Chipewyan führen ihre Herkunft auf die Hundejungen zurück, aber die meisten anderen athapaskischen Stämme erzählen die Geschichte nur als Volksmärchen ohne Verbindung zu einem Ahnenkult.

Für die Chilcotin, die südlichsten unter den nördlichen Athapasken dient der Hunde-Ehemann zur Einführung in den Zyklus des Verwandlers, wie dies auch bei den Tlingit der Fall ist. In der Chilcotin-Version sind die jungen Hunde, die menschlich werden, alle männlich und brechen jeweils umgehend zu entsprechenden Abenteuern auf. Der Hunde-Ehemann ist als beliebtes Volksmärchen, manchmal auch als Mythe, zumindest in der nördlichen Hälfte des Columbia-Beckens verbreitet. Gegen Osten hin überlebt sie hier und dort in den nördlichen Ebenen. Sie verliert sich in den Stammesgebieten der Cheyenne und der Arapaho.

Teil III
Südwesten

6. Der Aufstieg

Aztekisches Echo

Die Mythologien des Südwestens kennen zwei große Schöpfungs-epen: den Sterbenden Gott und das Aufsteigen, wozu dann noch der Erlöser-Zyklus kommt. Er thematisiert die Geschichte des Heros, der zu seiner Mutter oder Großmutter zurückkehrt.

Geschichten, die nicht in eines dieser drei Muster passen, neigen dazu, säkulare Literatur zu werden, und zwar einschließlich der Trickster-Geschichte und der Geschichten für kleine Kinder. Da alle drei wichtigen Epen Parallelen in alten Mythen der Azteken und Maya haben, hat man häufig angenommen, daß die Überlieferungen des Südwestens aus mexikanischen und zentralamerikanischen Quellen stammen.

Der Einfluß scheint am stärksten im westlichen Teil der Region, wo zahlreiche Gruppen Takic und Pima-Sprachen sprechen, die mit den Sprachen der Azteken verwandt sind. Zwei bevorzugte Handlungselemente, die Einäscherung des toten Gottes und der Diebstahl seines Herzens, erinnern an die Leichenverbrennung des aztekischen Gottes Quetzalcoatl, dessen Herz zum Himmel aufstieg, nachdem sein Körper verbrannt worden war. Außerdem weist die Form jenes Erlöser-Zyklus, den man »Flötenlockruf« nennt, gewisse Ähnlichkeiten mit dem Helden-Zyklus im Popol Vuh auf, dem Nationalepos der Quiché-Maya aus Guatemala.

Unglücklicherweise hat die indianische Mythologie des Nordens von Mexiko nicht lange genug überlebt, um aufgezeichnet zu werden, so daß die Verbindungsstücke zwischen den Mythen der USA und denen in Guatemala und dem Gebiet um Mexico City, wenn es solche gegeben haben sollte, heute nicht mehr überprüfbar sind.

Das Aufsteigen, das charakteristisch für die östliche Hälfte des Südwestens ist, hat eine südliche Parallele in der Geschichte der aztekischen Vorfahren, die sieben Höhlen entstiegen, dann nach Süden wanderten und die mexikanische Hauptstadt gründeten. Doch die Abhandlung dieses Themas geschieht im Norden weit komplexer als im Süden. Also könnte man auch behaupten, die Azteken hätten diese Geschichte aus dem Norden erhalten.

Für viele Indianer in den USA jenseits von Arizona und Neu Mexiko ist dies die wichtigste Mythe. Die Menschen kennen und achten sie, gerade so wie die Euro-Amerikaner die Schöpfungsgeschichte der Bibel.

Diese Einstellung teilen Rechtsanwälte, Lehrer, Romanautoren und Angehörige anderer Berufe, die in den Hauptstrom des modernen amerikanischen Lebens einbezogen sind.

Für sie stellt der heilige Text ein Konzept von tief religiöser Bedeutung dar, und viele behandeln ihn wie einen Glaubensartikel. Man kann von dem Aufstieg also nicht als von einem Relikt indianischer Vergangenheit sprechen.

Widersprüchliche Ansichten

Obgleich die Aufstiegs-Geschichte bei den Pueblo auftauchte, ehe sie zu den Navajo und Apachen kam, sind die vorhandenen Varianten der Navajo die vollständigsten und zahlreichsten. Sie beschreiben meist eine Folge von drei oder vier Unterwelten, eine über der anderen, durch welche die ersten Wesen kamen, ehe sie auf die Erdoberfläche gelangten.

In einer zusammenhängenden Version, auf die sich eine Gruppe von Navajo Anfang der 70er Jahre unseres Jahrhunderts verständigte, wird die erste Welt »Schwarze Welt« genannt. Klein wie eine Insel, die im Nebel treibt, war diese Welt bewohnt von den Ameisen und anderen Insektenleuten. Auch der Kojote tritt dort schon auf. Paare von Wolken berührten einander, und es entstanden der Erste Mann und die Erste Frau. Allerdings war keines der dort lebenden Wesen ganz und gar menschlich. Streitsüchtig und unzufrieden, stiegen sie durch eine Öffnung in die zweite Welt auf,

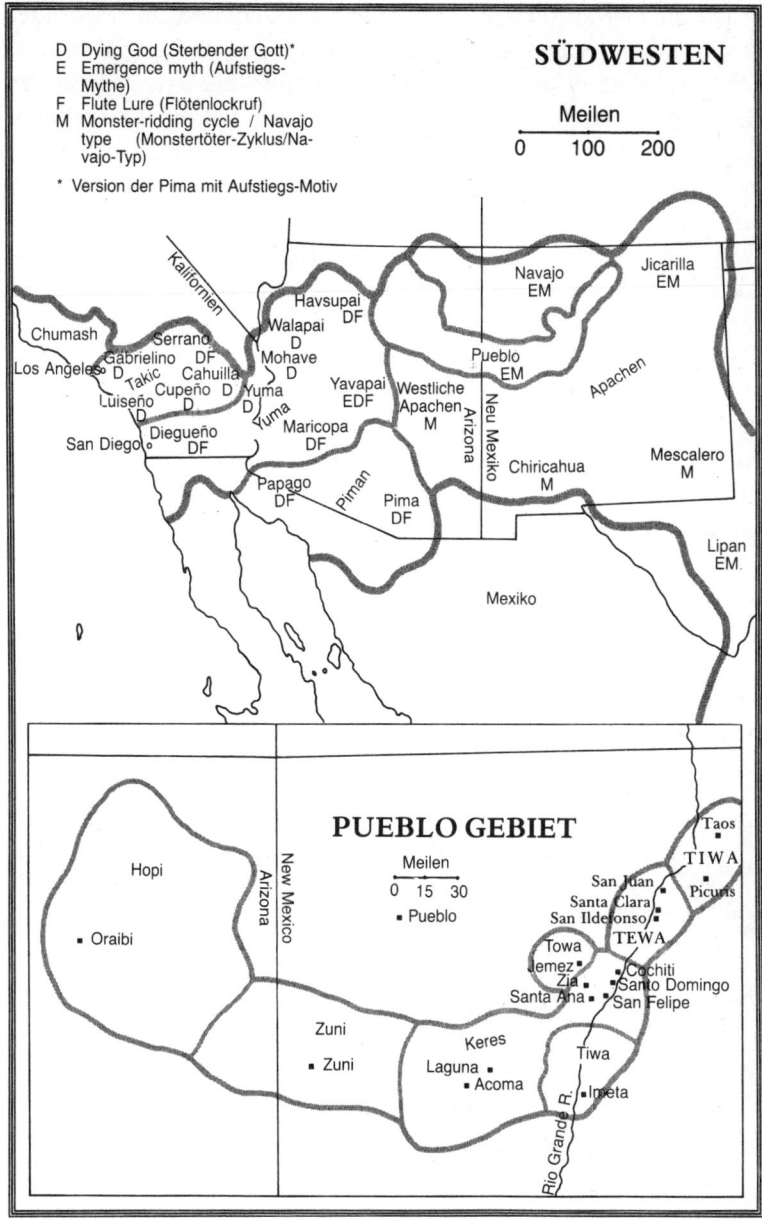

D Dying God (Sterbender Gott)*
E Emergence myth (Aufstiegs-
   Mythe)
F Flute Lure (Flötenlockruf)
M Monster-ridding cycle / Navajo
   type (Monstertöter-Zyklus/Na-
   vajo-Typ)

* Version der Pima mit Aufstiegs-Motiv

SÜDWESTEN

Meilen

0   100   200

Kalifornien

Chumash

Los Angeles
   Gabrielino   Serrano   DF
        Takic   Cahuilla
   Cupeño D   Yuma
Luiseño   D
   D
San Diego   Diegueño
             DF

Havsupai
         DF
Walapai
   D
Mohave
   D
Yuma
   Yuma

Yavapai
EDF

Maricopa
   DF

Papago
   DF
        Piman
              Pima
              DF

Navajo
EM

Pueblo
EM

Westliche
Apachen
   M

Arizona   Neu Mexiko

Jicarilla
EM

Apachen

Chiricahua
   M

Mescalero
   M

Lipan
EM.

Mexiko

PUEBLO GEBIET

Hopi

Oraibi

Arizona   New Mexico

Meilen

0   15   30

■ Pueblo

Taos

TIWA

San Juan
Santa Clara   ■ Picuris
San Ildefonso■

Towa   TEWA
Jemez■   ■Cochiti
   Zia■   ■Santo Domingo
Santa Ana ■   ■San Felipe

Zuni
■ Zuni

Keres

Laguna ■
   ■ Acoma

Tiwa

Isleta■

Rio Grande R.

wo sie größere Insekten und gefährliche Säugetiere antrafen. Der Streit dauerte weiter an, und sie setzten ihren Aufstieg fort.

In der dritten Welt entführte der Kojote bösartigerweise das Baby der Wassermonster mit dem Ergebnis, daß die Wasserfluten zu steigen begannen. Der Erste Mann pflanzte ein Gras, das rasch in den Himmel wuchs. Die Menschen betraten den Grasstengel und stiegen aufwärts in die gegenwärtige, die vierte Welt. Die Geschichte setzt sich dann mit einer Reihe Episoden nach dem Aufstieg fort. Zu ihnen zählen die Geschichten um die Zwillings-Kriegsgötter, der Feldzug gegen die Monster und die Errichtung der Navajo-Clane.

Für die Navajo war die Reise aufwärts mit großen Schwierigkeiten verbunden. Zwei Heilungszeremonien der Navajo, der »Rote-Ameisen-Weg« und der »Weg derer, die nach oben unterwegs sind«, beziehen sich ausdrücklich auf den Aufstieg, mit der Vorstellung, den Patienten von den giftigen Übeln der Unterwelt zu erretten. Bezeichnenderweise betonen die Navajo-Versionen der Mythe Gefahr und Anstrengung.

Im Gegensatz dazu sehen die Hopi in der Aufstiegs-Geschichte eine Charta oder Urkunde für die Initiation ins Erwachsenen-dasein. Zunächst lebten die Wesen in der tiefsten Unterwelt zufrieden und in einer Art von Paradies. Mit der Sexualität kommen dann die Probleme. Der Diebstahl von Frauen wird

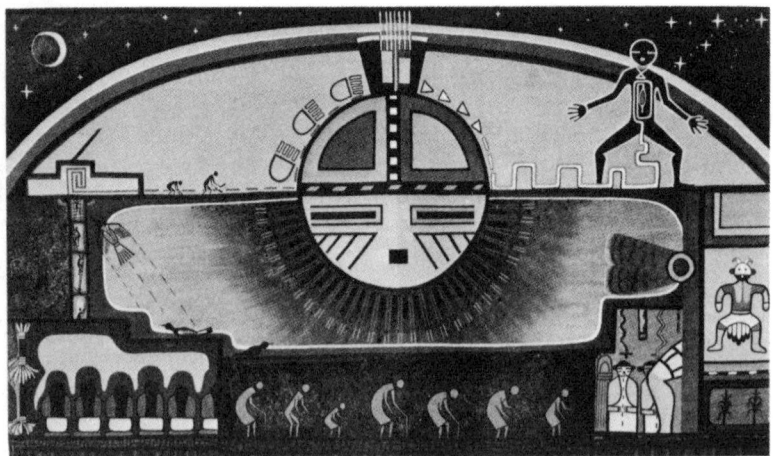

Der Aufstieg (Emergence), Acrylbild 1974 von Dakawema (Milland Loma-kema, Sr.), einem Hopi.

Überirdische Helfer segnen die neue Ernte. Acrylmalerei des Hopi Milland Lomakema.

erwähnt. Ihre einfache Welt verdarb, die Wesen zogen nach oben, angeführt von den Zwillings-Kriegsgöttern. Als sie auf der Erdoberfläche herauskamen, trafen sie Másawu (Geist), den Gott des Todes, der ihnen zeigte, wie man Mais anbaut. Bereits vertraut mit den einfachen Versionen der Geschichte, lernen die Jungen die vollständige Form der Mythe erst später als Pubertätsmythe (Wúwuchim) kennen.

Auch die Zuni betrachten die Erzählung der Aufstiegs-Mythe als Teil der Initiation eines jungen Mannes. Alle vier Jahre, im April, so unterstellt man, wird die Mythe von dem Verkünder-Gott »Kyáklo«, der eine spezielle, etwas kryptische Version intoniert, aus der Unterwelt heraufgebracht.

Begleitet von zehn Clowns, muß der Darsteller des Kyáklo auf einer bestimmten Route in den Ort einziehen (da heute ein Teil des Territorium jenseits des traditionell benutzten Weges liegt, müssen die Clowns durch einen bestimmten Hof und über die Dächer eines Hauses gehen). Eingeweihte und andere Stammesmitglieder erwarten die Verkündigung in Zeremonialkammern, genannt Kivas. Wie in den meisten Hopi-Varianten, so wird auch in der Zuni-Geschichte der Aufstieg von den Zwillings-Kriegsgöttern angeführt.

Östlich der Zuni, in Isleta und in den Pueblos der Keres, wird in der Aufstiegs-Geschichte die Fruchtbarkeit der Unterwelt betont. Noch weiter nach Osten, unter den Jicarilla-Apachen, wird die Mythe zu einer eindeutigen Allegorie von Zeugung und Geburt, mit einem anschwellenden Untergrund und einem Aufstieg durch die Öffnung an der Spitze des Gebirges. Ein Jicarilla-Erzähler kommentierte: »Als wir auf die Erde kamen, war es, als werde ein Kind von der Mutter geboren.«

Für die Einwohner von Isleta und die Keres ist die Unterwelt die Heimat oder der Geburtsort der zwei Schwestern-Gottheiten. Eine von ihnen ist die Maismutter. Im allgemeinen werden die beiden von einer höheren Macht, die entweder mit der »Frau der Gedanken« (Thought Woman) oder mit der »Spinnenfrau« (Spider Woman) identifiziert wird, beraten. In einer Version gibt die »Frau der Gedanken« noch vor dem Aufstieg den beiden Schwestern Körbe mit Saatgut und Bilder, die alle zukünftig noch zu schaffenden Wesen darstellen. In einer anderen Version pflanzt die Maismutter ein Stück ihres Herzens, aus dem sich der Mais entwickelt. Danach erklärt sie: »Dieser Mais ist mein Herz und soll meinem Volk sein wie Milch von meinen Brüsten.«

In diesen östlichen Pueblo-Varianten gibt es nur eine Unterwelt statt der drei oder vier in der Zuni- und Navajo-Überlieferung, und die Öffnung, der »Sípapu«, so glaubt man, liegt direkt unter einem bestimmten See. Da die meisten Leute der östlichen Pueblos sehr verschwiegen sind, was die Überlieferung betrifft, sind die Aufstiegs-Varianten aus dieser Gegend eher fragmentarisch, und die Lage des Heiligen Sees ist nur ungenau dokumentiert.

Der Stamm der Taos, der verschwiegenste und vielleicht konservativste aller Indianerstämme, kennt weder eine Aufstiegs-Mythe noch Einzelheiten, welche die mit ihr verbundenen Rituale preisgeben. Der Aufstiegs-See der Taos ist nach einigen Berichten die ausgetrocknete schwarze Quelle nahe Alamosa in Colorado. Andere verweisen auf den Blue Lake, etwa zehn Meilen nordöstlich des Taos-Pueblo. Wie wir wissen, war der heilige Blue Lake, zu dem die jungen Leute der Taos gebracht wurden, um sich initiieren zu lassen, Gegenstand eines historischen Gesetzgebungsaktes: Am 2. 12. 1970 gab der US-Senat, eingedenk der politischen und religiösen Bedeutung des Heiligtums, den Blue Lake mit 48 000 Morgen umliegenden Weidelandes an die Taos zurück.

Götter

Die bekanntesten Götter des Südwestens sind die »Kachinas«, die maskierten Götter des Pueblo-Rituals, die besonders bei den Tänzen der Winterzeit erscheinen. Sie korrespondieren mit den »Crown-Dancers« der westlichen und südlichen Apachen, den »Gáhe«, die bei den Jicarilla und Lipan »Hastshín« genannt werden. Die maskierten »Yei«, die im Nachtgesang (Night Chant) der Navajo erscheinen, sind entfernt mit ihnen verwandt. Unter den Zuni werden Kachinas und andere Geister, an die man sich in Gebeten wendet »Awonawillapona« (jene, die unseren Weg bestimmen) genannt. Solche Götter gehören in den Bereich des Rituals, nicht in den der Mythologie. In vielen Fällen jedoch stehen sie mit der Aufstiegs-Mythe in Beziehung, und einige gehören fest zu dieser Geschichte.

In einer ungewöhnlichen, aber berühmten Version der Aufstiegs-Mythe der Navajo erschaffen die »Yei« den Ersten Mann

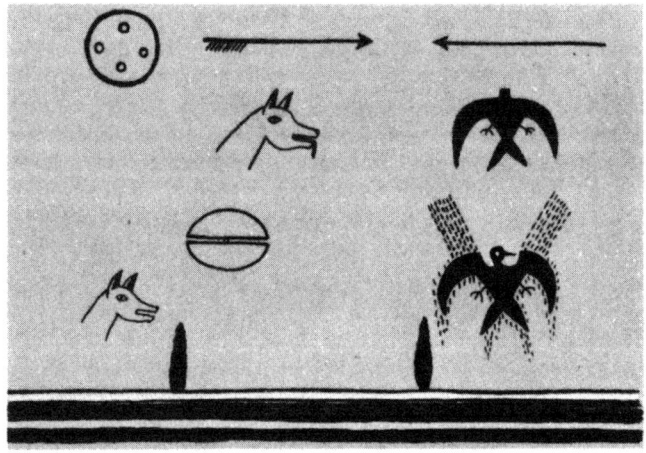

Koyote-Clan versus Schwalben-Clan. Wandmalerei der Hopi, aus einer Kiva in Sikyatki. Die Punkte im Kreis links oben symbolisieren die vier Führer des Koyote-Clan, denen vermutlich rechts oben ein ebensolches Symbol des Schwalben-Clan gegenüberstand. In mittlerer Ebene links der Kopf des Koyoten, rechts eine Schwalbe mit abgeschnittenem Kopf. Darunter das taweyah, der magische Schild, mit dessen Hilfe man fliegen kann. Unten links Koyote-Kopf vor schwarzem Obsidianmesser – rechts die Entsprechung mit Schwalbe, auf die der Regen fällt.

und die Erste Frau, indem sie zwei Maiskolben unter ein Hirschfell legen; der Wind fährt darunter, und, nachdem die Zauberbildleute viermal im Kreis darum herum getanzt sind, werden aus Mais Menschen.

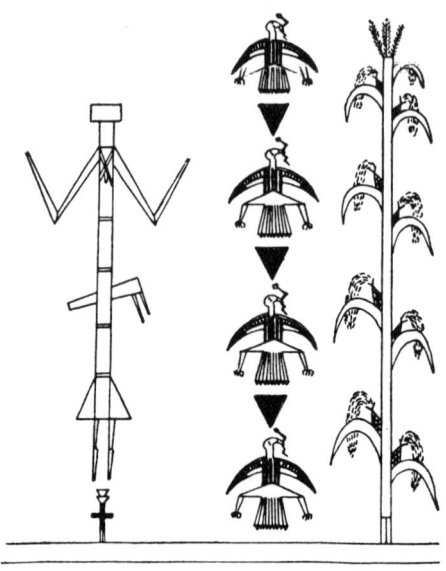

»Der Held des Mythos«, Sandgemälde der Navajo. Ein Navajo-Jüngling (links) mit vier Adlern, die er jenseits des Himmels gefunden hat und die ihm Medizin gaben (die schwarzen, nach unten gerichteten Dreiecke). Rechts eine Maisstaude, die für die Nahrung steht, die der junge Navajo von den Hopi erhielt.

Hopi-Kachina »Másawu«, die gerade aus der Unterwelt aufgestiegenen Wesen begrüßend, spielt eine wichtige Rolle in allen Versionen der Aufstiegs-Mythe (bei dem Tanz trägt der Darsteller des Másawu eine Skelettmaske mit riesigen weißen Augäpfeln). Bei den Zuni und den Pueblo des Ostens gibt es in der Aufstiegs-Mythe wenigstens eine kurze Episode, die vom Ursprung der Kachinas als Gruppe erzählt oder mit einem bestimmten Aspekt des Rituals begründet wird.

Am Anfang

Da die Aufstiegs-Mythe erzählt, wie Menschen, Nahrung, Arbeit und fast alle Sitten entstanden, kann man sie auch eine Schöpfungsgeschichte nennen, obwohl sie über den Ursprung der Welt selbst nichts aussagt.

Als ob sie diese Unterlassung wettmachen wollten, fügen die Erzähler in den Aufstiegs-Zyklus manchmal eine Beschreibung des Anfangs aller Dinge ein. In der Jicarilla-Version erfährt man, daß es »Hastshín« war, der im Anfang existierte, als es sonst nur Dunkelheit, Wasser und die Zyklone gab. Da er im Besitz der Materie war, aus der alles geschaffen wurde, machte »Hastshín« zuerst die Erde und die Unterwelt, dann den Himmel. In der Unterwelt gab es alle Arten von »Hastshín« und von dort aus begann der Aufstieg.

So wie der Begriff »Hastshín« hier benutzt wird, bezieht er sich nicht auf die maskierten Tänzer, sondern auf Geister und Persönlichkeiten, die in Dingen und Lebewesen wohnen.

Ähnliche Mythen waren einst unter den Zuni verbreitet, die die Schöpfer mit den »Awonawillapona« identifizierten, oder Göttern, die sie im Gebet anriefen.

In einer Version, die aufgezeichnet worden ist, heißt es, daß »Awonawilona« (Singularform von »Awonawillapona«) allein im Nichts existierte. Aus seinen Gedanken erschuf er Nebel und verwandelte sich dann in die Sonne. Nachdem der Nebel dick geworden war, fiel er als Regen, und aus diesem entstand der Ozean. Als nächstes nahm Awonawilona etwas von seinem Fleisch und legte es auf die Oberfläche des Wassers. Es dehnte sich zu einem Klumpen aus, der schließlich die Form von Mutter Erde und Vater Himmel annahm. Als sie zusammen schliefen, zeugten sie alles Leben in dem vier Kammern umfassenden Leib der Erde, aus dem hervor dann der Aufstieg wie in den anderen Versionen der Geschichte erfolgte.

Im Einflußbereich der Pueblo wurden Erzählungen dieser Art nur im Gebiet der Apachen hervorgebracht. Bei den Chiricahua, den Meskalero- und den westlichen Apachen fällt der Aufstieg selbst aus, und die Erzählung vom Ursprung der Welt führt unmittelbar zum Zyklus, der davon berichtet, wie die Monster vertilgt wurden.

Im Unterschied zu den Pueblo, die die Aufstiegs-Mythe bei den männlichen Initiations-Zeremonien benutzen, ist bei den Apachen der Schöpfungszyklus mit der Pubertätsmythe der Mädchen verbunden, einer wichtigen Stammeszeremonie, die auch heute noch abgehalten wird. Die Meskalero sehen diese jährliche Rite, die junge Frauen auf die Mutterschaft vorbereiten soll, als entscheidend für die Zunahme der Stammesbevölkerung an, die von fünfhundert um die Jahrhundertwende auf mehr als zweitausend in den 70er Jahren unseres Jahrhunderts anstieg.

Die Schlangenpriester der Hopi verlassen ihre Kiva in der heiligen Stadt Oraibi. Das Emporsteigen aus der Kiva hat für die Pueblostämme symbolische Bedeutung, vgl. ihre Aufstiegs-Mythen.

Eine verzweigte Mythologie

Für die Navajo ist die Aufstiegs-Geschichte ein Sammelbecken für alle Mythen und Märchen, die in der Navajosprache bekannt sind, ausgenommen davon sind nur die komischen Geschichten des Kojoten und Geschichten über eine Figur, die »Zahnfleischfrau« genannt wird.

Mythen werden integriert, indem man sie entweder in den Hauptstrang der Handlung einschiebt oder sie an zwei bestimmten Stellen abzweigen läßt; entweder dort, wo die Leute gerade aus der unteren Welt hervorgetreten sind oder dort, wo die Zwillings-Kriegsgötter gerade die Monster erschlagen haben.

Theoretisch sind Ursprungsmythen aller großen Navajo-Zeremonien in diesen mythologischen Zweigen enthalten. Um jede auf die ihr angemessene Weise zu erzählen, muß man beim Aufbruch aus der tiefsten der Unterwelten beginnen. Das gesamte Konvolut stellt eine der eindrucksvollsten indianischen Mythologien dar und gewiß ist sie auch jene, die am ausführlichsten dokumentiert ist, mit vielen Dutzenden von veröffentlichten Bänden, die nur Teile des Ganzen genau aufzeichnen.

Die Zeremonien bestehen aus Heilungsritualen; jedes umfaßt eigenständige Prozeduren, Lieder und heilende Sandmalereien. Der »Nachtgesang« (Night Chant), der »Gebirgsgesang« (Mountain Chant), der »Perlengesang« (Bead Chant), der »Schießgesang« (Shooting Chant) und der »Weg des Kojoten« (Coyoteway) gehören zu den fünfundzwanzig und mehr Zeremonien, die überliefert sind. Für jede Zeremonie existiert eine vollendete Gründungs-Mythe. Im allgemeinen handelt sie von einem Heros, der den fernen Aufenthaltsort übernatürlicher Wesen aufsucht, die Zeremonien erlernt und sie dann zu seinem Stamm heimbringt.

In der Praxis jedoch sind die zeremoniellen Mythen überhaupt nicht mit der Aufstiegs-Geschichte verbunden oder, wenn dies doch der Fall ist, wird diese Verbindung unterdrückt. Manchmal beginnt ein Erzähler mit dem Satz: »Nachdem die Monster getötet wurden...«, oder einer ähnlichen Formel. Im Fall des Perlengesangs, einer der genauer bekannten Zeremonialgeschichten, wird die Verbindung dadurch hergestellt, daß der Heros »ein Junge ist, den die ersten Wesen erschaffen haben« oder daß er als Sohn der Perlenfrau, geboren von der Sich Wandelnden Frau, der Mutter der Zwillings-Kriegsgötter, vorgestellt wird.

Aus volkskundlicher Sicht ist der Perlengesang eine Geschichte vom Typ des Menschen im Vogelnest, in die eine andere weit verbreitete Geschichte, jene vom Besuch im Nest des Donnervogels, einbezogen wurde. Naheliegenderweise tauchen die Mythe und die mit ihr zusammenhängende Zeremonie unter den westlichen Apachen auf, deren Rituale mehr als die jeder anderen Gruppe der Apachen denen der Navajo ähnlich sind.

Der Mann im Vogelnest

Die westlichen Apachen sprechen nicht vom Perlengesang, sondern von einer Zeremonie, um jemanden zu heilen, der dadurch erkrankt ist, daß er seine Pfeile mit Adlerfedern verzierte. Der Entstehungsmythe dieser Zeremonie zufolge ging ein Mann, der eine Frau und zwei Söhne hatte, auf einen Jagdzug mit dem Kojoten. Sie lagerten in der ersten Nacht. Am Morgen zog der Kojote dann allein aus. Er erspähte ein Adlernest auf halber Höhe eines steilen Abhangs. In dem Nest befanden sich junge Adler.

Der Kojote kehrte ins Lager zurück, erzählte dem Mann von seiner Entdeckung und bat ihn, ihm zu helfen, zu den jungen Adlern zu gelangern, denn er brauche deren Federn für seine Pfeile, wie er sagte. Der Mann stimmte zu und sie gingen zu den Felsen. Der Kojote ließ den Mann in das Nest hinab.

»Bist du schon bei den Adlern?«

»Noch nicht«, erwiderte er.

»Hast du das Nest erreicht?«

»Ja.«

Da ließ der Kojote das Seil fallen und rief: »Vetter, jene, die deine Frau ist, wird jetzt meine Frau werden!«

Als nun der Mann in dem Nest bei den jungen Adlern saß, fragte er sie, was für Wetter es sein werde, wenn ihr Vater heimkomme. Sie antworteten: »Mannhafter Regen!« (nämlich Regen mit Donner), und bald erschien tatsächlich der Vater begleitet von Donner.

Als der Mann dem Adler erklärte, daß der Kojote ihn in das Nest herabgelassen hatte, und daß er die jungen Adler vor Leid bewahren würde, sagte der Adlervater zu ihm, er könne bleiben. Er flog fort und kam mit einem Trinkgefäß aus Türkis zurück, damit der Mann etwas Flüssiges zu sich nehmen konnte. Später kam auch die Adlermutter herbei, begleitet von weiblichem Regen (nämlich Regen ohne Donner). Sie brachte dem Mann eine Schale mit gekochtem Mais, die sich immer wieder von selbst auffüllte, wenn er daraus aß.

Vier Tage darauf versammelten sich alle Adlerleute. Sie gaben dem Mann ein Adlerhemd und forderten ihn auf, es anzulegen. »Wohin gehe ich?« fragte er.

Dann sang er:

Wo das schwarze Spiegelbild im Mittelpunkt des Himmels
steht, geh ich hinauf.
In den Schatten der dunklen Schwingen gerate ich.
Wo das blaue Spiegelbild im Mittelpunkt des Himmels steht,
geh ich hinauf.
Im Schatten seiner blauen Schwingen komme ich.
In den Mittelpunkt des Himmels geh ich hinauf. Im Schatten
der gelben Flügel komme ich.
Wo das weiße Spiegelbild im Mittelpunkt des Himmels steht,
geh ich hinauf.
Im Schatten der weißen Schwingen komme ich.
Zwischen die zwei, die auf dem weißen Himmel sitzen, geh
ich hinauf.
Wo die weißen Wolken im Mittelpunkt des Himmels weiß
aufragen, geh ich hinauf.
Wo das schwarze Haus des Adlers hervorragt, komme ich her.
Wo das blaue Haus des Adlers hervorragt, geh ich hinauf.
Wo das rote Haus des Adlers hervorragt, geh ich hinauf.
Wo das weiße Haus des Adlers hervorragt, geh ich hinauf.

Als sie nun die Himmelswelt erreicht hatten, luden die Adler den
Mann in eines ihrer Häuser ein, er aber lehnte ab. Stattdessen ging
er hinaus in die Nacht und tötete den Einen-mit-dem-Schädel-der-
alle-tötet. Dann tötete er die Bienen, die die Adler immer totgesto-
chen hatten, dann die Wespen, dann die Hornissen, und die giftigen
Unkräuter vernichtete er auch.

Als er diese Abenteuer bestanden hatte, zeigten ihm die dankba-
ren Adler, wie er zur Erde zurückfliegen könne. Dort traf er auf
den Kojoten, der mit seiner Frau zusammenlebte und die Kinder
des Mannes schlecht behandelte. Die Frau roch schlecht. Sie roch
nach Kojote.

Der Mann nahm Rache. Er zwang den Kojoten, zwei heiße
Steine zu verschlingen, die seine Frau im Feuer gebacken hatte.
Doch der Mann mochte nun auch nicht mehr länger auf Erden
leben. Er verwandelte sich wieder in einen Adler und flog in den
Himmel (in der Navajo-Version wird ausdrücklich vermerkt, daß
der Adler den Heros den Perlengesang lehrte, den dieser wiederum
nach seiner Rückkehr auf die Erde an die Menschen weitergab).

Drei Szenen der Mythe des Menschen im Vogelnest, dargestellt in einem Sandbild zum Navajo-Perlengesang: Der Held und zwei junge Adler im Nest, umgeben von nahrungsspendenden Tieren; ganz oben die Adlereltern –

Wie schon angemerkt, ist diese Geschichte, jedenfalls in der Navajo-Version, theoretisch Teil des Aufstiegs-Zyklus, dessen weitausladende Äste die ganze Mythologie der Navajo durchziehen.

Stile des Aufstiegs

Der eigentümliche, bildhafte Stil des Liedes vom Mann im Adlernest mit seinen sich verändernden Farben gehört hauptsächlich zur Überlieferung der Navajo, wenngleich er auch die Jicarilla-Mythen und jene der westlichen Apachen beeinflußt zu haben scheint. In einer alten Navajo-Variante beginnt die Aufstiegs-Geschichte mit einer charakteristischen Litanei von Bildern, die die Szene in der Schwarzen Welt umreißen: »Sie hieß Wasser überall, Schwarze Welt, ein Wort (sic), und stehende Bäume. Sie wurde auch genannt weiße Muschelwellen, Türkiswellen, weiße Muschelsäulen und Türkissäulen. Hier wo in Zukunft die Sonne aufgehen würde, erhob sich die Schwärze und erhob sich die Weiße. Dort, wo Schwarz und Weiß sich zusammen erhoben, entstand der Erste Mann.«

Passagen wie diese machen aus der Aufstiegs-Mythe ein visionäres Erlebnis, sehr im Unterschied zu der Methode der Pueblo-Erzähler, die darin eine Art von historischem Roman sehen, der über vertraute Sitten und Gegebenheiten reflektiert. In Varianten der Zuni-Pueblo beginnt die Geschichte mit einem höflichen Wortwechsel zwischen den Wesen der Unterwelt und den beiden Zwillings-Kriegsgöttern, die gekommen sind, um sie hinaufzuführen: »Sie gelangten in die unterste Welt. Es war schwarz dort. Die Leute konnten einander nicht sehen. Sie fühlten einander mit den Händen und betasteten die Gesichter. Sie sprachen: ›Irgendein Fremder ist gekommen. Wo kommt er nur her? Es sind unsere Väter, die Bogen-Priester (Kriegsgötter).‹ Sie rannten hin, um sie zu berühren und sprachen: ›Väter, sieh da, ihr seid gekommen. Lehrt uns, wie man hier herausfindet. Wir haben von unserem Vater Sonne gehört und wollen ihm begegnen.‹ Die beiden antworteten: ›Wir sind gekommen, um euch in die andere Welt zu bringen, wo ihr ihn sehen könnt. Wollt ihr mit uns kommen?‹ Die Leute antworteten: ›Ja, das wollen wir.‹«

Solch höfliche Umgangsformen erinnern an die Beschreibung der Pueblo, wie sie die Pueblo-Spezialistin Ruth Benedict 1930 gab. Sie fand dieses Volk »cool«, eine »apollonische« Insel, umgeben von Kulturen, die unter dem Zugriff eines »dionysischen Dogmas« stehen. Es war dies ein Vergleich, der dem Gegenstand der Studien schmeichelte. Gladys Reichard, eine andere Anthropo-

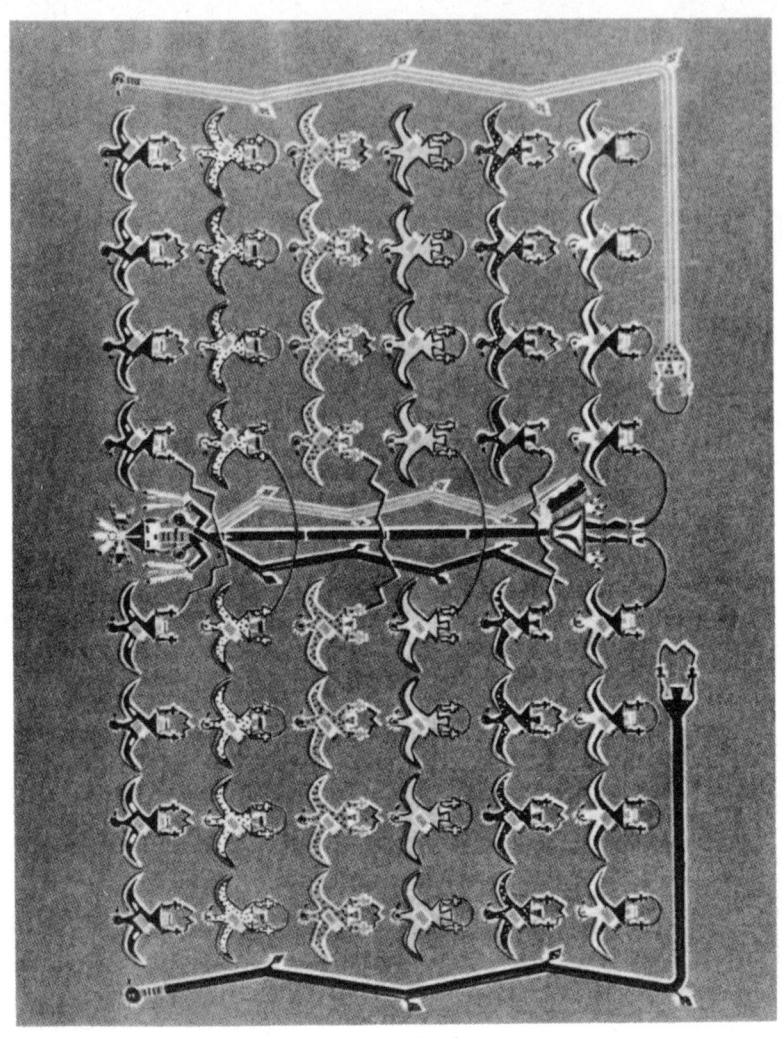

– der Aufstieg des Helden, von Adlern begleitet;

login dieser Zeit und Sachverständige für Navajo-Kunst, konterte mit der Feststellung, die Pueblo seien uninspiriert. Verallgemeinerungen wie diese, die nun in Mißkredit geraten sind, gingen von der Annahme aus, daß diese Menschen nicht lesen würden, was man über sie schrieb. Eine solche Annahme, die damals schon keine Berechtigung mehr hatte, wäre heute undenkbar.

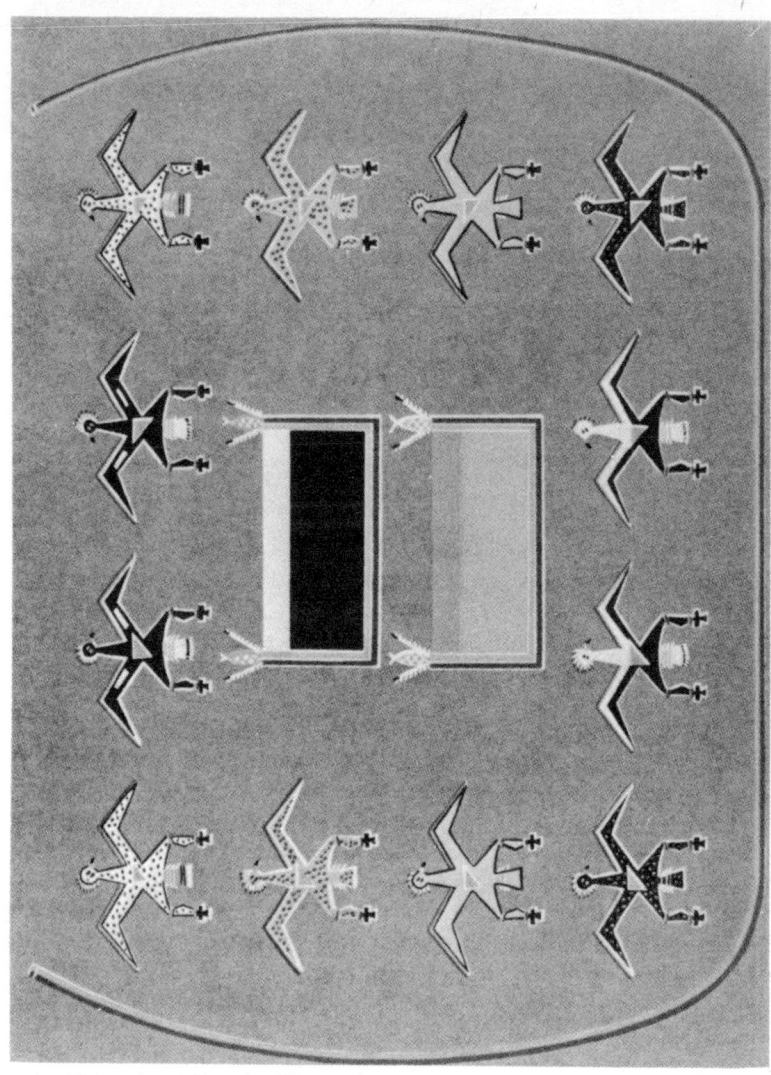

– das Heim des Adlers im Himmel.

7. Heroen und ihre Großmütter

Die alte Frau Momoy

Die Mythen der Chumash, deren heute ausgestorbene Kultur einst die Gegend nordwestlich von Los Angeles beherrschte, waren unbekannt, bis die Feldforschungsnotizen des verstorbenen J. P. Harrington in den 70er Jahren dieses Jahrhunderts durchgesehen und ausgewertet wurden.

Es ist noch zu früh, um endgültig sagen zu können, ob die Chumash-Mythologie mehr zum Südwesten oder zum mittleren Kalifornien gehört, wahrscheinlich aber gehört sie zu letzterem.

Doch die bei weitem am unversehrtesten überlieferten Geschichten, die Harrington von der letzten Chumash-Sprecherin erhalten konnte, sind sechs Varianten eines Monstertöter-Zyklus, der mit dem aus dem Südwesten bekannten Muster der kindlichen Heroen, die von einer Großmutter gelenkt werden, übereinstimmt.

Die alte Frau wird in der Geschichte »Momoy« genannt, ein Wort der Chumash für die halluzinogene Droge »Toloache«, hergestellt aus Stechapfel oder Jimson-Kraut. In einer der Varianten wird gesagt, daß Momoy einfach ihre Hände in einer Schüssel voll Wasser wusch und diese dann ihrem Enkel zu trinken gab, der dadurch tapfer und männlich wurde. Ihre Fähigkeit, Gefahren vorherzusagen – ein Standardmotiv in Mythen dieses Typs – , führte wahrscheinlich dazu, daß man sie mit der Droge identifizierte.

In einer der Geschichten war der Heros das Kind von Momoys Tochter. Diese wurde von einem Bären verführt und gefressen, als er feststellte, daß sie schwanger geworden war (vom Bär wird behauptet, er könne es nicht ertragen, schwangere Frauen zu Gesicht zu bekommen, ohne sie töten zu müssen). Nach dem Verbrechen suchte Momoy die Stelle, an dem es geschehen war, ab und fand einen Blutfleck auf einem Erlenblatt. Weinend nahm sie das Blatt mit heim und steckte es in einen Korb. Nach einiger Zeit verwandelte es sich in einen kleinen Jungen. Als das Kind heranwuchs, machte ihm Momoy einen großen Bogen und Pfeile. Schließlich brach er auf und tötete mit dieser Waffe die Monster.

In einigen Varianten sind es auch Zwillingsheroen, und manchmal nimmt der Kojote den Platz von Momoy als kluger Helfer ein. Unter den Feinden der Zwillinge befinden sich »Haphap«, ein saugendes Monster, das die Menschen allein durch den Sog seines Atems verschlingt, ein wüstes weibliches Untier, »Brennerin« genannt, ein mörderisches Wiesel und der Bär, der Momoys Tochter umbrachte. Nach jedem Abenteuer kehrt der Heros (oder die Heroen) zu Momoy zurück, die ihn vor der nächsten Gefahr warnt. Am Ende jedoch reist er in ein fernes Land oder zum Himmel, um dort mit der Sonne zu leben.

Flötenlockruf

Die Geschichte von dem lockenden Flötenspieler ist die kleinere von zwei Mythen aus der westlichen Hälfte des Südwestens (die andere ist die alles umfassende Schöpfungsgeschichte vom Sterbenden Gott). Die Helden der Geschichte haben manche Eigenschaften mit dem typischen indianischen Erlöser gemeinsam, doch ist die Geschichte im strengen Sinn kein Zyklus des Monstertöters. Reminiszenzen von subarktischen athapaskischen Mythen um Tod und Sexualität finden sich in diesen Geschichten von gefährlichen Frauen, die der Held am Ende überwindet.

In einer Papago-Version von einiger Komplexität werden Zwillinge einer Frau geboren, die sich schmerzerfüllt durch das Gebirge schleppt und singt:

> Sich auftürmender Felsen,
> Klagedurchwehter Abend.
> Mit ihnen
> klage ich.

Nachdem die Kinder zur Welt gekommen sind und sie rasch heranwachsen, schickt sie diese zu einem Adlernest, um Federn für Pfeile zu bekommen, zeigt ihnen, wo sie Holz für ihre Bogen finden und singt dann:

> Die Bogen sind jetzt bereit.
> Die Pfeile sind jetzt bereit.
> Gen Westen hin wollen wir sie erproben.
> Ihr könnt sehen, wie die Pfeile fliegen, meine Jungen.

Als nächstes schickt sie sie nach Rohr aus, um Flöten anzufertigen, und mit ihrem Flötenspiel locken die Zwillinge die beiden Töchter des Bussards an. Sie heiraten die Mädchen auf der Stelle und kehren mit ihnen in das Lager der Bussarde zurück, wo sie vom Vasallen des Bussards, dem Blauen Falken, getötet werden. Dieser singt:

> Bewegungslos hänge ich unter dem Himmel,
> Schrecklich jedoch ist meine Macht
> Zu zerstören.

Aber eines der beiden Mädchen ist bereits schwanger. Sie bringt einen Heros zur Welt, der mit der Mutter seines getöteten Vaters reist und von ihr magische Kräfte erhält. Er kehrt zurück, um den Bussard zu töten: »Wer ist der Mann, der einen Feind tötete und daran keine Freude hätte?« Er reist zur Großmutter zurück, zeigt ihr den Skalp und zusammen frohlocken sie.

Die Großmutter reist in ein »anderes Land«, jenseits des Ozeans, während der Heros seine Mutter besucht. Als er dann zur Suche seiner Großmutter aufbricht, wird er von der Mutter und deren Schwester verfolgt. Diese singen:

> Woher renne ich fort, daß ich hierher komme?
> Bin ich eine verrückte Frau mit einem bemalten Gesicht?

An der Küste legt er seinen Bogen aufs Wasser, und aus diesem wird die Regenbogenbrücke, die sich über den Ozean spannt. Als er die ferne Küste erreicht und den Bogen umdreht, stürzen die Frauen, die ihn verfolgen, ins Wasser und werden Vögel auf dem Strand. Er findet seine Großmutter, und die beiden leben von da an zusammen.

Die Spinnenfrau und die Zwillinge

Im Aufstiegs-Zyklus der Pueblo, besonders in der Version, die bei den Zuni erzählt wird, helfen die Zwillings-Kriegsgötter den ersten Wesen, von der Unterwelt aufzusteigen, und zwar indem sie Kräuter und Bäume pflanzen, über die das Volk dann nach oben klettert. In einer seltenen Hopi-Version sind die Zwillinge die Enkel der Spinnenfrau, die selbst das Schilfrohr pflanzte, welches das Himmelsgewölbe der Unterwelt durchsticht.

Der Zyklus des Monstertöters mit der Großmutter als Ratgeberin ist eine völlig andere Geschichte, die bei den Pueblo nicht so ernst genommen wird wie bei deren Nachbarn. Ältere Versionen von Zia, Acoma und einigen anderen Ortschaften handeln das Thema mit einer gewissen Würde ab. Doch für viele Pueblo-Geschichtenerzähler ist es zu einer bloßen Abenteuergeschichte geworden, oft durchsetzt mit farcehaften Elementen, auch wenn die Hauptfiguren die Spinnenfrau und die heiligen Zwillinge sind.

Obwohl sie in den Dörfern als Kriegsgötter gelten, betrachtet man die Zwillinge doch auch als kleine Jungen. Bei den Zuni heißen sie »Ahayúta«. In den Tewa-Dörfern sind sie die »Towa é« (Kleine Leute). Unter den Hopi trägt der ältere von beiden den Namen »Pohánghoya« oder »Pókang« und das Paar ist im Englischen als »die Pokangs« bekannt.

In einer Geschichte, die erst vor kurzem aufgezeichnet wurde, lachen die Pokangs, nachdem sie die Großmutter mit einem toten Bussard zu Tode erschreckt haben, und graben ihr ein Grab an einem Abhang. Als sie unerwartet dazukommt, binden sie ihr die Hände und rollen sie ein paarmal den Abhang hinunter, immer weiterlachend, ehe sie sie wieder heimbringen.

In den östlichen Pueblos gehören die Mythen und Anekdoten über die Kriegsgötter eindeutig in die große Klasse von Geschichten, die man Märchen nennen könnte. Hier vielleicht mehr als in irgendeiner anderen Gegend können wir von einer mündlich überlieferten Literatur sprechen, die für Kinder bestimmt ist. Manchmal sind auch die Kinder selbst Geschichtenerzähler.

Nach einem alten Bericht aus Taos versammeln die Großeltern an einem Winterabend bis an die zwanzig Enkel zum Geschichtenerzählen, und jeder Gast muß seinerseits eine Geschichte vortragen. Wenn die Zuhörer langsam ermüden, werden die Geschichten kürzer. Wenn es gegen Tagesanbruch geht und der Erzähler sich gerade mitten in einer langen Geschichte befindet, sagt jemand aus der Zuhörerschaft: »Laßt uns ihn (nämlich den Geschichtenerzähler, der nicht aufhören kann) ›lamopolúna‹ (herabrollen).« Man schlägt den Betreffenden dann in eine Decke ein, trägt ihn hinaus zum Aschenhaufen und läßt ihn von oben herabrollen. Wenn er sich befreien und jemanden einfangen kann, ist der Betreffende dann an der Reihe, heruntergerollt zu werden, und die anderen laufen zurück ins Haus.

Die Sich Wandelnde Frau

Die Mythologie der Navajo und Apachen überträgt die sonst übliche Großmutterrolle auf die Mutter des Helden, die zur Hauptfigur in der Religion dieser Stämme wird, besonders bei den Navajo. Sie ist die Göttin »Estsánatlehi« (Sich Wandelnde Frau, Changing Woman). Sie heißt so, weil sie die Fähigkeit besitzt, alt und wieder jung zu werden wie die Erde zwischen Winter und Sommer.

Im Gegensatz zu den meisten Geschichten, in denen die Monster erschlagen werden, ist der Navajo-Zyklus keine Allegorie, deren Bedeutung erraten werden muß. Er ist tatsächlich eine Doktrin, die den Ursprung der Monster erhellt und deren Tod mit der Erlösung der Welt verbindet. Die Folge von Ereignissen beginnt mit der Trennung der Geschlechter, von der einige sagen, sie habe schon in der Unterwelt stattgefunden, während sie sich nach anderen Versionen kurz nach dem Aufstieg ereignete. Um zu beweisen, daß Frauen nicht für sich allein leben können, ließen die Männer sie allein und zogen auf die andere Seite des Flusses. Während der Trennung benutzten die Frauen Stöcke, Kakteen und andere Gegenstände, um ihre sexuellen Bedürfnisse zu befriedigen. Das führte dazu, daß sie Monster zur Welt brachten.

Als die Monster oder »feindlichen Götter« die Erde einige Jahre terrorisiert hatten, nahm die Bevölkerung in gefährlichem Maße ab. Da entdeckte der Erste Mann und die Erste Frau ein weibliches Baby in einer Regenwolke auf der Spitze des Gebirges. Dies war die Sich Wandelnde Frau. Ernährt mit Pollen und Tau, wuchs das Mädchen rasch heran und konnte sich bald der Pubertätszeremonie unterziehen. Danach setzte sie ihren Körper der Sonne und tropfendem Wasser aus und gebar die Zwillingshelden »Nayénezgani« (Monstertöter) und »Tobadjishtchíni« (Kind des Wassers oder Wassergeborener).

Der nächste Teil der Geschichte heißt »Die Zwei kommen zu ihrem Vater«. Er handelt von der Reise der Zwillinge zu Vater Sonne, der sie prüft und sehen will, ob sie Pfeife rauchen und die Hitze in einem glühendheißen Ofen aushalten können. Als sie diese Prüfung bestehen, erkennt der Vater sie als seine Kinder an und gibt ihnen magische Waffen gegen die feindlichen Götter. In diesen Episoden mischt sich zeitweilig die Spinnenfrau ein und erteilt gute

Ratschläge, die es den beiden jugendlichen Heroen ermöglichen, die Prüfungen ihres Vaters zu bestehen.

Die Jungen kehren nun zu ihrer Mutter zurück, und der Zyklus setzt sich fort mit einem Epos, das »der Monsterweg« genannt wird. Zunächst töten die Zwillinge den Riesen Yéitso, der die Menschen in einem Korb wegzuschleppen pflegt. Als sie seinen Skalp der Sich Wandelnden Frau heimbringen, veranstaltet diese einen Tanz, um diesen Sieg zu feiern. Es folgt »Der Angriff auf den Riesenelch«, eine Episode, in der ein Tier die Heroen unmittelbar unter das Herz des Monsters führt. Darauf folgen die Expeditionen gegen den Riesenvogel, gegen das ausschlagende Monster, das Blick-Ungeheuer (welches in der Lage ist, mit einem Blick zu töten) und den kannibalischen Bären. Dann ruft die Sich Wandelnde Frau selbst einen Sturm herbei und tötet die noch verbleibenden feindlichen Götter, von denen lediglich Hohes Alter, Kalte Frau, Hunger, Armut und einige wenige andere am Leben bleiben.

Nachdem sie so ihre Arbeit beendet haben, ziehen sich die Zwillinge in den Norden zurück, und Sich Wandelnde Frau fährt auf eine Insel auf der entlegenen Seite der westlichen See, wo ihr Gemahl Sonne sie am Ende jedes Tages besuchen kommt. Umgeben ist ihr neues Heim von vier Bergen, Nachbildungen der heiligen Berge, welche die Grenzen des Navajo-Gebietes in den vier Himmelsrichtungen bezeichnen. Indem sie zu jedem der Reihe nach hintanzt, bringt sie Regenwolken hervor (Osten), schafft sie Gewebe und Juwelen (Süden), Pflanzen aller Art (Westen) sowie Mais und Tiere (Norden).

Die Geschichte der Sich Wandelnden Frau, stark verkürzt und unter Abschwächung oder Auslassung der Monster-Episode, steht für den Ursprung des Navajo-Rituals mit der Bezeichnung »Segensweg« (Blessingway). Ausgeführt »in guter Hoffnung«, umfassen die Lieder und Prozeduren des Segensweges Geburtsriten, Pubertätsriten für Mädchen, Hochzeitsriten und die Einsegnungszeremonie für ein neues Heim.

Aus dem »Monsterweg«-Epos stammen andererseits Lieder des Exorzismus, die in den Navajo-Nachtgesang und andere Heilungszeremonien eingefügt werden können. Für die meisten Gruppen der Apachen war das Epos der Monstertötung einmal die wichtigste Mythe. Während einige Gruppen vor allem den Monstertöter herausstellten, war es sein Bruder, der Wassergeborene, der in der Geschichte bei den Chiricahua und den Mescalero-Apachen die Hauptrolle spielte. Für diese Stämme war der Wassergeborene ein Kulturbringer.

Unter den Navajo nimmt die Überlieferung um die Sich Wandelnde Frau eine bevorzugte Stellung ein. Aus der Sicht der Eingeborenen, die die Rituale vollziehen, beherrscht der Segensweg, der auf der Mythe von der Wiederverjüngung der Göttin basiert, das gesamte Zeremoniensystem. Das heißt: jede Zeremonie muß wenigstens ein Segensweglied enthalten, um sie zu heiligen. Dies stützt die Beobachtung, die wiederholt von Fremden gemacht worden ist, daß nämlich die Sich Wandelnde Frau die zentrale Göttin der Navajo-Religion darstellt.

8. Der Sterbende Gott

Kröten und Frösche

Die Vorstellung des mythischen Zeitalters, daß die Leute Tiere waren, wird von den Geschichtenerzählern im Südwesten als gegeben hingenommen, genauso wie dies entlang der Nordwestküste und in anderen Regionen der Fall ist. Für die Pueblo und ihre unmittelbaren Nachbarn bestand in der Unterwelt vor dem Aufstieg ein prähumaner Zustand. In einigen Versionen, der Zuni zum Beispiel, wird gesagt, daß die Menschen wie Kröten krochen, als sie die Erdoberfläche erreichten. Die Zwillings-Kriegsgötter verwandelten sie in Menschen, indem sie ihnen die Schwänze und Hörner abschnitten und ihre mit Häuten bedeckten Hände zu Fingern formten.

Später begannen die Menschen gegen den Mittelpunkt der Welt hin zu wandern. Dort bauten sie das Zuni-Pueblo, einige ihrer Kinder verwandelten sich in Kröten und Eidechsen, während sie den flachen Fluß durchquerten. Sie sanken zurück in die Unterwelt, und das waren die ersten Todesfälle.

In irgendeiner Form findet sich das Thema des Todes in fast jeder gut ausgebildeten indianischen Mythologie. Die Einsetzung des Todes geht entweder der Menschwerdung voraus oder erfolgt bei der Verwandlung der Tiere in die Menschengestalt. Für die Takic und Yuma-Völker des westlichen Südwestens wird dies zum großen Thema, das in dem Schöpfungszyklus gipfelt, der als grundlegende Mythe für die Begräbnisse und Trauerjahrestage dient, welche die wichtigsten Zeremonien bei diesen Stämmen darstellen.

Vertreter des Todes ist der Frosch und sein (oder ihr) Opfer ist der Schöpfer und der Kulturheros selbst, also der sogenannte Sterbende Gott.

Für jene Eingeborenen, die ursprünglich im Gebiet von Los Angeles wohnten, für die Gabrielino und Luiseno, beginnt die Geschichte mit der Vereinigung der weiblichen Erde mit dem männlichen Himmel, von denen es heißt, sie seien Schwester und Bruder. Aus dieser Vereinigung gehen die Menschen des mythischen Zeitalters hervor, unter ihnen auch »Wiyót«, der ihr Führer war. Aus Gründen, die von Erzähler zu Erzähler verschieden sind, beschließt der Zauberer Frosch, »Wiyót« zu töten. Einigen Versionen zufolge ging es dabei einfach um die Einsetzung des Todes schlechthin. Andere sagen, »Wiyót« war ein zu strenger Führer geworden oder er hatte den Frosch beleidigt, indem er sich in Gedanken vorstellte, wie armselig mager der Frosch war, und dieser hatte seine Gedanken lesen können.

Durch die Zauberei des Frosches wurde »Wiyót« totkrank. Als er gestorben war, sammelten die Leute Holz für eine Totenfeier und hielten die erste Leichenverbrennung ab. Als der Körper bis auf das Herz verbrannt war, bahnte sich der Kojote seinen Weg durch die Menge der Zuschauer, griff sich das Herz und fraß es. Später stieg »Wiyót« als Mond auf in den Himmel. Das regelmäßige Wiedererscheinen des Gestirns war ein Zeichen für die Kontinutität des Lebens.

Bei den Begräbnissen der Luiseno in alten Tagen schnitt einer, der das Ritual zelebrierte, Fleischteile aus dem Rücken und der Schulter des Leichnams und aß sie auf oder tat zumindest doch so als esse er sie, und zwar unter den Blicken aller Trauernden. Dies sollte daran erinnern, daß der Kojote das Herz des Kulturheros gefressen hatte.

Brüderliche Götter

Die Yuma-Version der Geschichte vom Sterbenden Gott beginnt ebenfalls mit der Vereinigung von Mutter Erde und Vater Himmel – eines der charakteristischen Motive der Überlieferung im Südwesten. Doch hier werden dem Paar zwei Schöpfungsgötter geboren, nicht nur einer. Nach der Mythe der Diegueno – der westlichsten der Yuma-Gruppe – waren die Eltern Erde und Wasser, von denen die neugeborenen Brüder getrennt wurden, indem das Wasser nach oben geworfen wurde und den Himmel bildete.

Bei den Mohave beginnt die Geschichte mit der Berührung von Erde und Himmel weit im Westen, die dann die Geburt aller Wesen, einschließlich »Matavilya« und seines jüngeren Bruders »Mastamho« zur Folge hat. Indem er seine Arme ausstreckt, bestimmt »Matavilya« den Mittelpunkt der Erde. Er führt die

Menschen in vier Schritten zu jener Stelle und errichtet da das erste Haus. Dort beleidigt er seine Tochter, die Fröschin, durch ein Verhalten, das von ihr als unschicklicher Annäherungsversuch aufgefaßt wird, von ihm hingegen nicht so gemeint war. Um ihn zu strafen, verschafft sich die Fröschin Kontrolle über seinen Körper, indem sie seine Exkremente verschlingt und »Matavilya« behext, der dann krank wird und stirbt. Darauf folgt die bekannte Episode der ersten Feuerbestattung, danach stiehlt der Kojote das Herz des Gottes.

Nach dem Tod seines Bruders führte »Mastamho« das Volk in den äußersten Norden; wiederum geht das in vier Schritten vonstatten. Er durchbohrt die Erde mit seinem »Rohr aus Atem und Speichel«, und so entsteht der Colorado River.

Schließlich wird das Wasser zu einer Flut, aber »Mastamho« nimmt sein Volk auf die Arme und trägt es sicher ins Gebirge »Avikwamé« (in die Newberry Mountains, nördlich des Ortes Needles in Kalifornien).

Auf dem Gebirge verleiht er den zukünftigen Schamanen ihre Traumkraft, während sie entweder als ungeborene Kinder oder kleine Jungen vor ihm stehen. Danach lehrt er die Mohave das Land zu bestellen, zu kochen, zu reden und zu zählen, verwandelt sich in einen Fischadler und fliegt davon, »ohne die Fähigkeit, sich zu erinnern, töricht und von Ungeziefer befallen«.

Unter dem Eindruck der Vorstellung, daß die brüderlichen Götter aufgehört hatten göttliche Wesen zu sein, beteten die Mohave nicht länger zu ihnen. Aber alle Schamanen der Mohave glauben, als Kinder auf dem Gebirge vor »Mastamho« gestanden zu haben. Was nun »Matavilya« angeht, so war mit seinem Tod das Muster für die wichtige mohavische Feuerbestattungszeremonie vorgegeben, die bis in moderne Zeiten fortdauert.

Wie die Mohave, so glauben auch die weiter landeinwärts wohnenden Takic an zwei Hauptgottheiten, die gewöhnlich als Brüder, manchmal aber auch als Vater und Sohn bezeichnet werden. In beiden Fällen sind sie Sterbende Götter. Einer von ihnen versinkt übergelaunt in die Unterwelt, nachdem er eine mißratene Rasse schuf, von der er gehofft hatte, daß sie menschlich würde. Der andere schafft normale Menschen, unterliegt aber der Zauberei des Frosches. Er stirbt und wird auf die bekannte Art eingeäschert und beigesetzt.

Wie die meisten anderen Stämme des Südwestens (mit Ausnahme der westlichen Pueblo) besteht bei den Takic die starke
Neigung, eine Mythe immer wieder mit Liedern zu unterbrechen.
Als Zeremonie können die Lieder, die sich auf den Sterbenden Gott
beziehen, auch ohne die sie verbindende Erzählung gesungen
werden. Sie aufzuführen, heißt »die Schöpfungsgeschichte zu
singen«. Dies geschieht noch heute bei den Takic-Begräbnissen in
den Reservationen südöstlich von Los Angeles.

Älterer Bruder

Verglichen mit ihren Nachbarn im Westen, kümmern sich die
Pima-Stämme des südlichen Arizona wenig um den Tod und
ziehen private Beerdigungen den öffentlichen Feuerbestattungen
vor. Nach ihrer Vorstellung gehört das zeremonielle Erzählen der
Schöpfungsgeschichte nicht zu den Begräbnissen, sondern zur
Wintersonnenwende, einem Zeitpunkt, zu dem die Mythe bei
einer viertägigen Sitzung rezitiert wird. Volkskundlich jedoch
entspricht die Geschichte der des Sterbenden Gottes der Yuma und
Takic, nur daß die Pima noch ein Aufstiegs-Motiv hinzufügen, das
sie von den Pueblo entliehen haben.

Nach der Vorstellung dieser Stämme schuf der Erdenschöpfer
am Anfang Himmel und Erde; die beiden vereinigten sich und
brachten eine zweite Gottheit hervor, die Älterer Bruder genannt
wurde. In einigen Versionen hilft der Kojote beim Akt der
Schöpfung mit, und in einer Variante stiehlt der Kojote das Herz
des Leichnams nach dem ersten Tod (eines Sterblichen, nicht des
Gottes). In anderen Berichten ereignen sich keine Tode bis zur
Sintflut, zu der es durch die Tränen ausgesetzter Babies kommt.

Nach der Flut, bei der die ersten Sterblichen getötet werden,
bilden Erdenschöpfer und Älterer Bruder die Menschen aus Lehm.
Aber die Schöpfungen des Erdenschöpfers sind mißgestaltet, und
nachdem er sich mit Älterem Bruder gestritten hat, versinkt er in
der Erde.

Die Schöpfungen des Älteren Bruders sind die »Hohokam« (eine
fortgeschrittene Kultur von Stadtbewohnern, die um 1450 unter-
ging). Alles ging gut, bis der Schöpfer einige Mädchen während
ihrer Pubertätszeremonie belästigte. Aus Rache töteten die Leute

Älteren Bruder. In anderen Versionen wird er vom Zauberer Bussard mit Sonnenstrahlen erschossen.

Nach vier Jahren jedoch ersteht Älterer Bruder wieder auf und folgt der untergehenden Sonne in die Unterwelt. Von dort aus führte er den Aufstieg eines neuen Volkes, der gegenwärtigen Pima, als eine Armee gegen die Hohokam an. Als die Hohokam vertrieben worden waren, erschuf Älterer Bruder für die Pima das Reh als Jagdtier, setzte die Wintersonnenwende als Festtag ein und zog sich dann in die Unterwelt zurück.

Da der Sterbende Gott als Anführer einer Armee zurückgekommen war, wurde Älterer Bruder der natürliche Schutzpatron der Kriegsriten, die vor einem Feldzug ausgeführt werden. Zur Eröffnung des Rituals rezitiert der Redner eine jener typischen geheimnisvollen Reden der Pima, die die Reise eines Heros auf der Suche nach übernatürlichen Kräften beschreiben. In diesem Fall war Älterer Bruder der Heros, der dem Lauf der Sonne über den Himmel in die Unterwelt folgte, ehe er als Kriegshäuptling wiedererschien.

Wenn sie sich mit Älterem Bruder identifizieren, gewinnen die Krieger für ihren Auftrag Kräfte. Dies jedoch ist nicht ohne Risiko. Nach Vorstellung der Pima kann jemand sich durch die Teilnahme an einem bestimmten Ritual eine Krankheit zuziehen. Wenn es sich um eine konträre Folge-Krankheit handelt, wird zur Heilung die Rede des Älteren Bruder wieder rezitiert, um die fehlgeleitete zeremonielle Kraft nun in heilender Weise zur Wirkung kommen zu lassen.

Das Pima-Kriegsritual wurde zum letzten Mal 1950 zelebriert, und es ist fraglich, ob dies jemals wieder der Fall sein wird. Aber die konträre Folge-Krankheit kann immer wieder ausbrechen, solange irgend jemand, der an der Zeremonie teilgenommen hat, noch am Leben ist.

Letzte Ursprünge

Die Stämme des westlichen Südwestens haben nicht immer die Abstammung des Kulturheros auf die Vereinigung von Erde und Himmel zurückgeführt. In einer Version in Cahulilla, einer der Sprachen der landeinwärts lebenden Takic, werden die Zwillingsheroen in einem dünnen Kokon geboren. Dieser entsteht durch den Zusammenprall von roten und weißen Blitzen im Urnichts. Nach einer Version der Pima existierte, wie wir gesehen haben, einer der beiden Schöpfer vor der Entstehung von Erde und Himmel, und in einer besonders schönen Variante wird berichtet, daß dem ersten Schöpfer die Dunkelheit vorausging, die sich zu einer großen Masse verdichtete. In ihr entwickelte sich der Geist der Gottheit, der sich hin und her bewegte wie eine »flauschige Flocke Baumwolle«.

Für die Luiseno waren Himmel und Erde die Ursprünge von allem. Jedoch erklären eingeborene Theoretiker in Äußerungen um die Jahrhundertwende, dieses Paar sei nicht immer so gewesen wie es sich heute darbiete, vielmehr sei es aus dem Nichts durch eine Folge mystischer Veränderungen entstanden. Zuerst war alles Nichtigkeit und Leere, diese verwandelten sich in Blaßweiß und Nichtlebendiges Wesen. Aus diesen wiederum wurden Aufschwung und Abschwung und daraus schließlich die Nacht (der Himmel) und die Erde.

Nach einer Variante war das erste Wesen Vakante Leere. Es durchlebte acht Zeiträume, die hießen Nichtlebendiges Wesen, Aufschwung, Abschwung, Werken im Dunkeln, Zusammenarbeit tief unten, Blaßweiß, Unsicheres Zwielicht und endlich die Periode, die Stillstand der Dinge heißt. Dann erschuf Vakante Leere Himmel und Erde und die beiden wurden »einander bewußt«.

In diesen sehr ungewöhnlichen Versionen wird eine neue Gottheit mit dem Namen »Chingichngish« erwähnt, die in einer der Geschichten »Wiyót«, den traditionellen Kulturheros der Luiseno, völlig ablöst. In einer veränderten Geschichte wurde »Chingichngish« auf der Erde geboren, die ihn sofort verstecken mußte, da er ihren anderen Kindern Schrecken einjagte. Sie lehrte diese jedoch, ihn anzubeten, und wenn sie sich gegen seine streng moralische Verhaltensweise auflehnten, wurden sie von »Rächern«, den Klapperschlangen, Bären, Skorpionen, Rosenbüschen und anderen gebissen oder gestochen.

Die Verehrung von »Chingichngish« scheint unter den Gabrielino zu einer frühen Zeit (1771–1833) entstanden zu sein, vielleicht auch um das Eindringen des Christentums zu verhindern. Obwohl der Kult sich bis zu den Diegueno nach Süden ausbreitete, hatte er seine stärkste Wirkung bei den Luiseno, etwa in der Mitte zwischen Los Angeles und San Diego. Heute hat die »Chingichngish«-Religion immer noch einige Anhänger unter den Luiseno in den kleinen Reservaten Rincon und Pauma im nördlichen County von San Diego.

Montezuma

Weniger klar definiert als »Chingichngish« ist die heroische, manchmal christusähnliche Gestalt, die in den revisionistischen Mythen von Arizona und Neu Mexiko unter dem Namen »Posayamo« oder unter dem importierten Titel »Montezuma« auftritt. Die Geschichten reichen vom Mythischen bis zum Legendären, mit gelegentlichen Anleihen bei den christlichen Evangelien und der Geschichte der spanischen Eroberung Mexikos.

Posayamo ruft die nahrungsspendenden Tiere. Aquarell von Richard Martinez, San Ildefonso. Museum of Fine Arts, Houston.

Während des 19. Jahrhunderts gab es einen gut entwickelten Kult des Montezuma in den östlichen Pueblos, wo die heiligen Feuer ihm zu Ehren brannten und man den Tag erwartete, an dem er wiederkehren und die Indianer von den nichtindianischen

107

Eindringlingen erlösen werde. Wie in einer Geschichte der Tewa erklärt wird, wurde der Held von einer Jungfrau geboren, die dadurch schwanger geworden war, daß sie einen Pinienkern verschluckte. Obwohl er als Kind wie ein Outcast behandelt wurde, hatte er einen Geister-Vater, der zu ihm sprach und ihn wissen ließ, er werde eines Tages »über alle Indianer herrschen«. »Dieser Montezuma ging nach Süden«, kommentierte der Geschichtenerzähler. Doch wenn er zurückkehrt, werden alle Mexikaner und Anglos verschwinden, »und dies wird unsere reiche Zeit sein«.

Früher erzählten die Pima-Stämme eine Version der Schöpfungsgeschichte, in der der Sterbende Gott nicht Älterer Bruder, sondern Montezuma war. Nachdem er die Pima zur Oberfläche der Erde heraufgeführt und das Volk geschlagen hatte, das ihn tötete, ging er gen Süden, nach Mexiko. Älterer Bruder, so wird man sich erinnern, hatte sich in die Unterwelt zurückgezogen.

Eine feiner gesponnene Adaption der Zuni aus dem 19. Jahrhundert nennt das erste Wesen, welches die Erdoberfläche erreichte, »den vordersten der Menschen«, den heiligen »Poshayanki« (die Zuniform von Posayamo). Der Heros hatte Mitleid mit den Menschen in der Unterwelt. Er zeigte ihnen den Weg ans Licht und fungierte als ein Vermittler zwischen ihnen und Vater Sonne, den er bat, die Menschen aus der Finsternis zu erlösen. Daraufhin erschuf die Sonne die Zwillings-Kriegsgötter, die die Menschen heraufführten.

Neuere Zuni-Versionen lassen den Vermittler aus, und ganz allgemein haben sich die Eingeborenen des Südwestens daran gewöhnt, sich immer weniger auf Mythen zu verlassen, die nicht traditionell sind. Ein Reinigungskult wie die »Chingichngish«-Religion oder eine messianische Mythe wie die von Montezuma-Posayamo ist dort überflüssig, wo politische Aktionen und Rechtsstreitigkeiten, die vor Gerichten ausgetragen werden, viel wirksamere Mittel sind, um mit Außenseitern zurechtzukommen.

Tatsächlich zeigen Indianer, die ihre alten Mythen unverändert erzählen, daß sie in Verbundenheit mit ihren kulturellen Wurzeln leben, was die Geschichte und die Gesetzgeber beeindruckt. 1970 scheiterten die Mashpee in Massachusetts bei ihrem Versuch, Landrechte auf Cape Cod zugesprochen zu bekommen. Der einzige Grund: sie konnten nur unzureichend Überlieferungen nachweisen, um als eigenständiges Volk anerkannt zu werden. Für die typischen Stämme des Südwestens wäre das kaum ein Problem gewesen, wenn auch darauf hingewiesen werden muß, daß es einige wenige gibt, wie beispielsweise den winzigen Rest der Chumash, die ihre alte Überlieferung sich nur vergegenwärtigen können, indem sie diese in Büchern nachlesen. Wieder andere, so die Gabrielino, bestehen in unserer Erinnerung nur als ein verdörrter Zweig des amerikanischen Stammbaums.

TEIL IV
Zentraler Westen

9. Schöpfer aus Kalifornien

»Die Sonne stand still«

So wie hier gebraucht, bezieht sich der Name Kalifornien nur auf etwa Zweidrittel des Staates, der sich von der Nordostecke bis zu einer Trennungslinie zweihundert Meilen südlich von San Francisco erstreckt. Vor dem Goldrausch 1849 war dies eine Region von Dorfbewohnern, die keinen Ackerbau betrieben, selten reisten und fast nie in den Krieg zogen. Die Jagd- und Fischgründe waren gut, und eßbare Eicheln gab es in dieser Region in solcher Hülle und Fülle, daß sich eine Bevölkerung zu ernähren vermochte, die dichter angesiedelt war als in vielen Gegenden mit Ackerbau.

Obwohl die Menschen dort mit Freizeit und Muße gesegnet waren, blieben die künstlerischen Fertigkeiten bescheiden – mit Ausnahme von zwei Bereichen: der hauptsächlich von Frauen betriebenen Kunst des Korbflechtens, wie es sie auf der Welt kaum in besserer Qualität gibt, und der hauptsächlich von Männern betriebenen Kunst der Mythenerfindung, berühmt durch besonders einfallsreiche Schöpfungsgeschichten. Auch noch heute ist das Korbmachen ein lebendiges, wenn auch kleines Handwerk. Die Erfindung von Mythen, eine weitaus fragilere Tätigkeit hingegen, hat nach 1930 fast völlig aufgehört und dürfte wohl auch nicht wiederzubeleben sein.

Das Ausmaß, in dem es immerhin noch um 1920 eine höchst lebendige Kunst war, ist belegbar durch eine Passage aus dem Werk des Pomo-Mythenerfinders W. Ralganal Benson. Um folgenden Ausschnitt in seiner vollen Bedeutung zu erfassen, bedarf es eines Moments des Nachdenkens: »Er ging über den Hügel. Auf

111

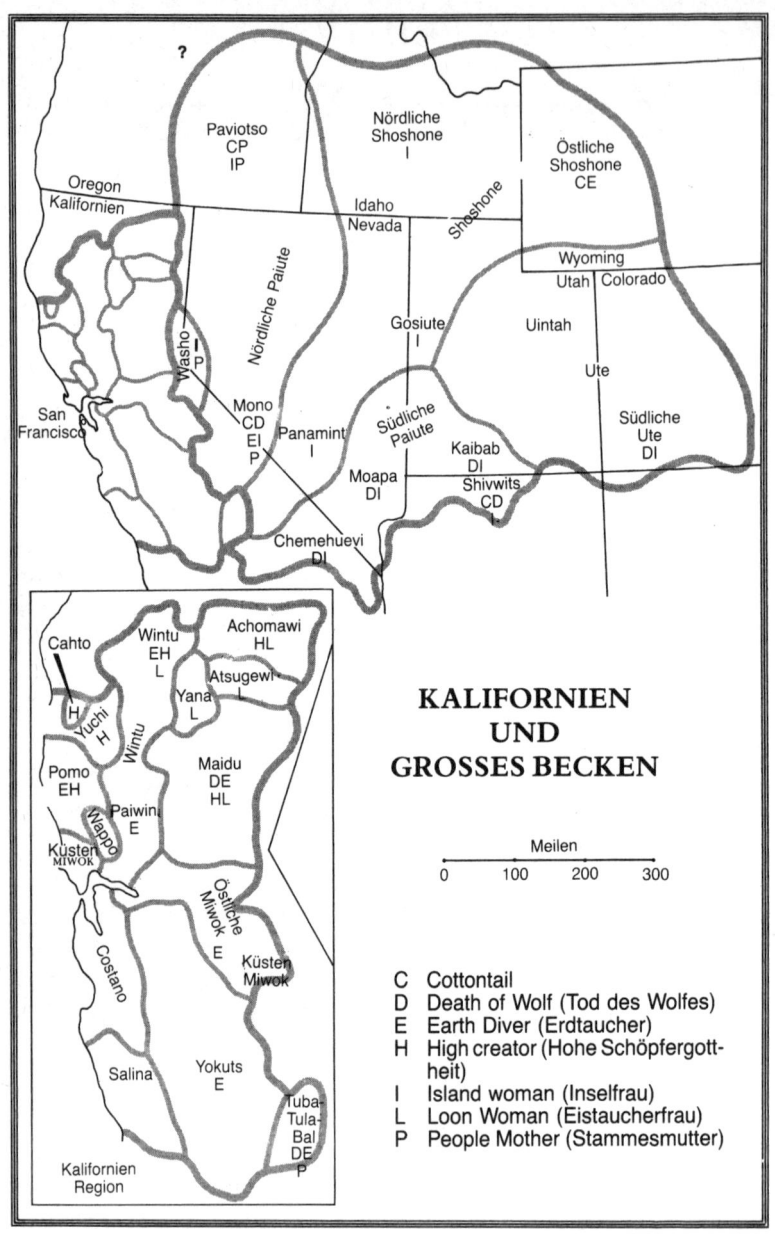

KALIFORNIEN
UND
GROSSES BECKEN

Meilen

0	100	200	300

C   Cottontail
D   Death of Wolf (Tod des Wolfes)
E   Earth Diver (Erdtaucher)
H   High creator (Hohe Schöpfergott-
     heit)
I   Island woman (Inselfrau)
L   Loon Woman (Eistaucherfrau)
P   People Mother (Stammesmutter)

der anderen Seite war es dunkel. Er setzte sich hin, es gab kein Licht. Er ging weiter. Am Himmel war Licht. Da rollte er die Erde herum, sie fiel um, er stieß sie um. ›So wollen wir es anstellen‹, sprach Madúmda, ›jetzt ist es dunkel, jetzt ist es hell, und jetzt ist Sonnenlicht.‹ Da war es vollbracht.«

Die Idee wird auch in einer ähnlichen Mythe der Achomawi aus etwa derselben Zeit ausgedrückt: »Dann griff der alte Mann hinab und zog etwas unter sich hervor. Er schüttelte es über dem Osten und warf es gen Westen. Die Erde bebte, die Welt begann sich umzuwälzen, der Mond trieb davon, die Sonne stand still.«

Dies sind Geschichten, die von der Erdrotation berichten, ein Thema, das sich außerhalb Kaliforniens nicht findet und auch in dieser Region erst in moderner Zeit auftauchte. Auch wenn sie neueren Datums sind, rühren solche Spekulationen doch von einer starken und ohne Zweifel alten Wesensart poetischer Erörterung des Ursprungs der Welt her.

Der Rat der Tiere

Als Ganzes konzentriert sich die Mythologie Kaliforniens mehr auf die Erschaffung als auf die Errettung, dabei übernehmen die übernatürlichen Tiere des mythischen Zeitalters bestimmte Aufgaben oder arbeiten bei den verschiedenen Schöpfungsakten zusammen. Sintflut und Weltenbrand sind die charakteristischen Wendepunkte, die Gelegenheit dazu bieten, den Prozeß immer wieder von vorn beginnen zu lassen. Endlich verwandeln sich die Tier-Wesen in die heutigen Tiere, mit oder ohne die Hilfe eines Verwandlers, und das mythische Zeitalter kommt zu einem Ende.

An der Überlieferung der südlichen Stämme läßt sich möglicherweise ablesen, daß die mythischen Tiere Ahnen-Gestalten sind, da Adler, Kojote, Falke, Fuchs und andere Clan-Namen zugleich auch die Namen der Schöpfer sind. Im Süden ist der Adler oft der Häuptling, hinzu kommt der Kojote, der eine wichtige Rolle als Helfer oder als Gegner spielt. Wenn man nach Norden geht, findet man, daß der Kojote von der Gestalt eines anthropomorphen Schöpfers überblendet wird, der eventuell seine Tiernatur verloren hat. So jedenfalls stellen es die genauer differenzierenden Mythenerfinder dar. Doch auch hier werden die minderen

Aspekte der Schöpfung den Tierkräften zugeordnet, und der Kojote erscheint wieder als sein altes Selbst.

Örtliche und individuelle Varianten bilden einen Flickenteppich aus Mythen, von denen viele einzigartig sind. In einer Geschichte der Küsten-Miwok entsteht die Erde als der Kojote seine Bettdecke über dem Ur-Gewässer schüttelt und es so austrocknet. In einer Mythe der Wappo beklagt sich der Hühnerhabicht beim Kojoten, daß die ersten Menschen nicht sprechen können. Der Kojote geht zum Alten Mann Mond und kommt mit einem Beutel voller Worte zurück. Es würde schwer fallen und ist vielleicht sogar unmöglich, Duplikate dieser Geschichten zu finden. Doch es gibt andere, die weit genug herumgekommen sind, um typisch genannt zu werden:

Erdtaucher: Dies ist die sehr verbreitete Geschichte östlich der Rocky Mountains und in der subarktischen athapaskischen Region. In Kalifornien ist es gewöhnlich die Schildkröte oder die Ente, die den Schlamm heraufbringt.

Menschen aus Stöcken: Der Kojote steckt Stöcke in ein Schwitzhaus und sagt: »Nun mögen sie zu Menschen werden!« und genau dies geschieht. In einigen Versionen treten Federn an die Stelle der Stöcke.

Eidechsen-Hand: Der Kojote hat eine geschlossene Faust und will, daß auch die Menschen solche Hände bekommen. Aber die Eidechse sagt: »Nein, sie sollen meine Hände bekommen.« Die Eidechse gewinnt bei diesem Streit, deswegen haben wir eine offene Hand mit fünf Fingern.

Ursprung des Todes: Der Wolf sagte: »Kojote, die menschlichen Wesen müssen zwei Tode haben. Das soll die Regel sein.« Doch der Kojote entgegnete: »Wozu sollen zwei Tode gut sein? Wenn jemand stirbt, müssen wir weinen. Die Tränen müssen auf unseren Wangen trocknen.« In diesem Streit obsiegte der Kojote.

Obwohl weniger wichtig als die Schöpfungsgeschichten, sind auch Zyklen von der Vernichtung der Monster vorhanden. In einem kleineren Epos der Salina töten die Heroen Falke und Rabe die doppelköpfige Schlange, einen Skunks, einen einfüßigen Kannibalen und einen Stein, der Menschen in einen Schwarm menschenfressender Vögel wirft. Die Östlichen Miwok hatten einst einen ähnlichen Zyklus mit dem Kojoten und dem Präriefalken als Heroen. Unter den Costano war das Wesen, das die Monster vernichtete, der Enten-Habicht.

Der »Utentbe«-Stil

Wie klangen solche Geschichten, wenn sie erzählt wurden? In den runden Erdhütten der Östlichen Miwok wurden sie manchmal singsanghaft rezitiert, meist von berufsmäßigen Mythenerzählern, den »Utentbe«, die ihre Runden durch die Dörfer machten und mit Körben und anderen Wertsachen bezahlt wurden.

Die Mythen wurden bei Nacht erzählt, der einzig angemessenen Zeit für die Rezitation von Geschichten, und wenn der Rauch vom Feuer zum Loch in der Mitte des aus schweren Balken gefügten Daches aufstieg, begann der »Utentbe« vielleicht zu erklären, wie die Tierwesen sich für die Sintflut bereitmachten:

»Der Präriefalke sagte den Leuten, sie sollten sich bereitmachen. Er sprach: ›Mach dich fertig, Adler, mach dich fertig, Specht. Mach dich fertig, Taube, mach dich fertig, Buntspecht, mach dich fertig, Wachtel, mach dich fertig, Eisvogel, mach dich fertig, Kolibri. Wir gehen, Wir gehen. Wir gehen, gehen gen Norden. Beeil dich, mach dich bereit, denn wir müssen gleich gehen, wir müssen auf der Stelle gehen.‹ So sprach er, als er seinen Leuten sagte, sie sollten sich bereit machen. ›Wir werden das Volk bringen. Wir werden das Volk an den Ort bringen, an den mein Vater immer geht.‹

Präriefalke sprach zum Adler: ›Sag es jedem, Adler. Sag es jedem, Adler. Achte darauf, daß deine Leute bereit sind. Sag dem Kalifornien-Eichelhäher, er soll kommen. Sag dem Kojoten, er soll kommen. Sag dem Kolibri, er soll kommen. Wir wollen auf die Spitze des Gebirges steigen!«

Wenn man dieses gemütliche Tempo bedenkt, erstaunt es nicht, daß eine Erzählrunde oft die ganze Nacht über dauerte. So war es in der Region Sitte. Während die Nacht verstrich, endete unter den Pomo jede Geschichte mit dem obligatorischen Gebet: »Vom Osten und vom Westen mögen die Wildenten-Mädchen herbeieilen und den Morgen bringen.«

Die Eistaucherfrau

Die Lieblingsgeschichte der nördlichen Stämme war die Mythe der Eistaucherfrau, von der einige Mythenerzähler sagten, sie sei verantwortlich für den Weltenbrand. Bei Beginn der Geschichte steht sie am Rand eines Teiches, fasziniert vom Anblick eines langen, an der Oberfläche dahintreibenden Haares.

»Sie sah ein Haar, sie nahm es auf, sah es an, betrachtete es, Haar um Haar; sie betrachtete das Haar, das sie gefunden hatte. ›Wessen Haar ist es? Das möchte ich wissen.‹ Sie betrachtete es lange, betrachtete das Haar, ein langes Haar. Die Frau dachte: Wessen Haar ist das?, dachte sie.« (Man beachte den wiederholenden utentbe-artigen Stil in diesem Abschnitt einer Wintu-Variante.)

Nach Haus zurückgekehrt, verglich sie es mit dem Haar auf dem Kopf ihres ältesten Bruders und verliebte sich hoffnungslos in diesen. Ohne ihr Geheimnis zu verraten, wußte sie es so einzurichten, daß ihr Bruder sie auf einer Reise begleitete. Während der ersten Nacht unterwegs kroch sie zu ihm, während er schlief und legte ihre Arme um seinen Leib.

Der Bruder erwachte als erster. Er erschrak, daß ihn seine Schwester umarmte. Vorsichtig, um sie nicht zu wecken, befreite er sich und legte ihr einen verfaulten Baumstamm in die Arme. Dann lief er heim und verkündete die fürchterliche Neuigkeit. Um einer Katastrophe zu entgehen, sprangen alle in einen Korb, der sie in den Himmel bringen sollte. Untereinander warnten sie sich, keiner sollte hinausschauen, sonst werde der Korb hinabstürzen.

Unterdessen war die Schwester erwacht. Sie eilte heim, sah den steigenden Korb und legte voller Wut Feuer an die Hütte ihrer Familie (oder an die ganze Welt, wie andere erzählen). Als der Korb immer noch stieg, schaute der Kojote herab. Der Korb fiel, fing Feuer und die Familie verbrannte in den Flammen. Als die Asche ausgekühlt war, nahm die Schwester die geschwärzten Herzen der Opfer an sich, um sie als Halskette zu tragen – von daher rührt das schwarze Halsband der Tauchervögel.

Man beachte, daß der Kojote ein Familienmitglied zu sein scheint. Den Worten eines Achomawi-Geschichtenerzählers zufolge, wurden menschliche Wesen im genauen Sinn der Wortbedeutung erst geschaffen, nachdem die »verrückte Eistaucherfrau« die Welt verdorben hatte.

Als Kojote die Reservation verließ. Acrylbild 1980 von Harry Fonesca, Maidu. Heard Museum, Phoenix.

Hohe Schöpfer

Eine Generation nach dem ersten Schock durch den Goldrausch begannen wiederbelebte Kulte sich bei den Stämmen im nördlichen Kalifornien auszubreiten, erst der Geistertanz von 1870, dann die Erdhütten- und die Bole-Maru- oder Träumer-Religion. Diese Bewegungen, die die Veränderung betonten, verliehen persönlicher Inspiration gegenüber überkommener Weisheit Autorität und ebneten offensichtlich den Weg für eine neue Ära der Entstehung von Mythen.

Norelputus von den Wintu, der berühmteste unter den neuen Mythendichtern, wirkte aktiv mit bei den Religionen, die nach dem Goldrausch entstanden. Nicht ohne Unterstützung durch andere Stammesangehörige, erfand er Mythen, die von der üblichen Stammesüberlieferung abwichen und schuf eine sorgfältig ausgearbeitete Mythologie um den hohen Gott »Ólelbis« (einer, der oben ist) und seine Gefährtin »Mem Loimis« (Wasserfrau).

Unter den Achomawi fand der Volkskundler C. Hart Merriam Mythen von ähnlicher Qualität, die von den Taten der Gottheit »Weltherz« berichten.

Weltherz lebte im Mittelpunkt der Erde, im Unterschied zu Ólelbis, dessen Hütte auf der Spitze des Himmels stand. In ähnlicher Weise soll der Pomo-Gott »Madúmda« in einem strahlend weißen Haus in der unteren der beiden oberen Welten gewohnt haben. Madúmda und Weltherz sind zwei Gottheiten, denen unabhängig voneinander die Fähigkeit beigemessen wird, die Drehung der Erde zu bewirken.

Doch Einflüsse von seiten des Christentums oder der modernen Wissenschaft sind eigentlich nicht typisch für diese Mythologie der Spätzeit. Zum größten Teil nehmen sie indianisches Ideengut auf, und die Vorstellung vom hohen Schöpfer hat selbst tiefe einheimische Wurzeln. Lange vor dem Goldrausch rezitierten die heute ausgestorbenen Yuchi eine Mythe von »Taikómol« (der einsam geht), von jenem Schöpfer, der als Stimme im Meeresschaum begann, dann menschliche Gestalt annahm und die Erde erschuf, indem er über der Oberfläche des Wassers ein Kreuz schlug. Die jungen Leute lernten den gesamten Schöpfungszyklus in einer »Taikómol«-Schule, die während der Wintermonate abgehalten wurde. Bei diesen Sitzungen wurde der Gott von einem maskierten Tänzer dargestellt, der auch bei medizinischen Ritualen erschien.

Der ganze Komplex der gott-verkörpernden Rituale, der sich von den Yuchi und den Pomo im Westen bis zu den Maidu im Osten erstreckte, ist als Kuksu-Kult bezeichnet worden. Im Bereich dieser unzweifelhaft alten Religion wurden die Mythen eines anthropomorphen Schöpfers entwickelt.

Unter den Cahto, enge Nachbarn der Yuchi, wurde dieser Gott »Nágaicho« (der Große Spaziergänger) genannt. Als das gehörnte Erdmonster dem Wasser entstieg, streute der Große Spaziergänger ihm Lehm zwischen die Augen, fügte Schilfrohr, Buschwerk und Bäume hinzu und sprach: »Ich habe es vollendet.« Im Fall des Erden-Benenners der Maidu scheint es ein Vogelnest gegeben zu haben – einige sagen, es sei ein Rotkehlchennest gewesen –, das auf dem Wasser trieb. Der Schöpfer stützte es mit Stricken ab, dehnte diese in alle Richtungen hin aus und schuf so trockenes Land. Aber die Geschichte variiert beträchtlich von Erzähler zu Erzähler. In einigen Versionen heißt es, der Vogel selbst habe die Erde gemacht.

In vielen dieser Mythen wird der Schöpfer durch den Kojoten behindert. Oder es steht ihm eine noch höhere Gottheit bei und er selbst spielt dieser allerlei Streiche, die auf den kojotenähnlichen Charakter dieses Schöpfers hinweisen. Nicht-Indianern fällt es leichter, einen Gott in einem anthropomorphen Erderschaffer zu sehen als in einem Kojoten oder einem Vogelmenschen. Doch dabei entgeht ihnen ein wesentlicher Punkt indianischer Weltsicht. Ein Achomawi, wohlvertraut mit den Mythen seines Stammes, fragte einmal: »Was ist dieses Ding, das die Weißen Gott nennen? Sie reden doch immer darüber. Es ist mal gottverdammt dies und gottverdammt das, und sie sagen, im Namen Gottes und Gott habe diese Welt geschaffen. Wer ist dieser Gott? Sie sagen, daß der Kojote der Gott der Indianer sei, aber wenn ich ihnen erkläre, daß Gott ein Kojote ist, werden sie ganz wild. Warum nur?«

10. Heroen und Heroinnen des Großen Beckens

Cottontail

Das Leben war schwierig in dem trockenen offenen Land des Großen Beckens. Ohne die Eichelernten der Kalifornier mußten sich die Leute dort nach Wurzeln, Zwiebeln und Kräutern umsehen, um ihre Kleinwild-Fleischnahrung aufzubessern. Die Siedlungsweise, wenn man sie überhaupt so nennen kann, bestand oft in nicht mehr als einem Unterstand aus Zweigen für eine einzelne Familie ohne Nachbarn weit und breit.

Die Menschen kamen zu gemeinsamen Jagdzügen oder gelegentlich zur Piniennußernte zusammen, und diese Anlässe schufen die Möglichkeiten zum Austausch von Geschichten. So weit bekannt, wurden Mythen vorwiegend zur Unterhaltung erzählt. Es gab keine Verbindungen zu religiösen oder sozialen Institutionen. Man hat gesagt, daß das Tabu des Großen Beckens, das den Verzehr von Kojoten verbot, aus der örtlichen Mythologie erwuchs, in welcher der Kojote die Hauptfigur war. Aber diese eher lose Assoziation zwischen Mythe und Sitte mag vielleicht nur ein Zufall sein.

Ein ähnliches Argument, aber in umgekehrter Richtung, ist für das Kaninchen vorgebracht worden, von dem man meint, daß es der Heros in den Mythen westlich der Großen Seen gewesen sei, weil dort Kaninchen die wichtigste Nahrung darstellten. Ob diese Vermutung richtig ist oder nicht, kann dahingestellt bleiben, immerhin ist es interessant, daß die Nahrung des Cottontail-Kaninchens im Großen Becken auch eine Rolle in den Mythen des Beckens spielt, wenngleich die entsprechenden Stellen entschieden mehrdeutig sind.

Mit der Gestalt des Schurken »Cottontail« werden wir mit der dunkleren Seite der Mythenerzähler im Becken bekanntgemacht, deren Visionen aus inneren Antrieben und Impulsen herzurühren scheinen. Hier werden nicht nur klare Antworten erteilt, dies ist auch eine Mythologie, die Nebenwegen folgt und in der es sehr überraschende Wendungen gibt.

Grundsätzlich ist »Cottontail« die Geschichte eines Abenteurers des mythischen Zeitalters, der gegen die Sonne kämpft, entweder um ihre exzessive Wärme zu dämpfen oder sie auf eine höhere Umlaufbahn zu dirigieren. In einer Version der Paviotso ist Cottontail selbst ein Jäger der Cottontailkaninchen. Er ärgert sich darüber, daß die Sonne ihn zwingt, seine Jagd zu unterbrechen, weil sie sich hinter dem Gebirge versteckt. Auf Rache gegen die Sonne sinnend, bricht er zu einer Reise über die Erde hin auf und kommt bald an das Haus des Nordwindes, dessen Tochter er verführt. Als deren Bruder sich darüber beklagt, wirft er erst diesen, dann die Tochter des Nordwindes selbst ins Feuer.

Als er seine Reise fortsetzt, trifft er den Bussard, der ihm einen Daumen ins Hirn drückt. Er rächt sich dafür, indem er den Sohn des Bussards in gleicher Weise malträtiert und schließlich den Bussard selbst durch einen Pfeilschuß ins Herz tötet.

Nach weiteren Erlebnissen ähnlicher Art trifft er ein anderes Kaninchen, von dem gesagt wird, es sei sein Bruder. Zusammen erreichen die beiden das Ende der Welt und beobachten, wie die Sonne sich aus dem Ozean erhebt und sich auf einem Felsen wie ein Otter trocknet. Als sie schließlich trocken ist, beginnt sie ihren Aufstieg. Aber die Brüder schießen sie prompt vom Himmel. Sie schneiden ihr die Galle aus dem Leib und werfen sie geradewegs in den Himmel über sich. Sie rufen: »Wenn du reist, geh nicht am Kamm des Gebirges entlang, sondern reise geradewegs über den Himmel, damit wir Zeit haben, um zu jagen.«

Cottontail, bei dem sich nützliche Taten mit Brutalität die Waage halten, gehört zu jener Art von Heroen wie die Brüder »Haínanu« und »Pamákasu« bei den Paviotso und Mono und die Wieselbrüder bei den Shoshone. Ginge es nach unserer Vorstellung, so würden wir sie als die gemeinsten Charaktere der indianischen Mythologie bezeichnen.

Der Tod des Wolfes

Die beständigste Gestalt in den Geschichten des Beckens ist der Trickster-Schöpfer Kojote, manchmal auch in den südlichen und östlichen Teilen der Region »Sinav« oder »Sináwavi« genannt. Zusammen mit seinem älteren Bruder, meist ist es der Wolf, erschafft der Kojote die Erde, indem er Sand in das Urmeer gießt. Er schafft Licht, stiehlt Feuer, stiehlt Piniennüsse und setzt eingesperrtes Wild frei. Wenn man sie verkürzt erzählt, klingen die Taten des Kojoten vernünftig und zielgerichtet, aber die einzelnen Episoden sind in eine komplexe Mythe eingebettet, die keine zwei Menschen auf dieselbe Weise interpretieren würden.

Ein eindrucksvolles Beispiel ist die episodenhafte Geschichte, die ihren Höhepunkt mit dem Tod des Wolfes erreicht. In einer Version der Paviotso beginnt sie mit dem Diebstahl der Piniennüsse, und der Erzähler macht sogleich die merkwürdige Feststellung: »Der Kojote roch die Piniennüsse im Osten, und Blut schoß ihm aus seiner Nase.« Nachdem der Kojote und der Wolf nach Osten gereist waren und die Piniennüsse gestohlen hatten, verfolgte sie deren Besitzer und tötete bei einem Angriff den Wolf.

Einem anderen Erzähler der Paviotso zufolge, beginnt der Zyklus mit der Freisetzung des eingesperrten Wildes. Der Kojote befreit die Tiere, aber durch sein Bemühen, das Wild zur ausschließlichen Nutzung für die Leute seines Stammes zu behalten, werden der Wolf und er in einen Krieg mit einem feindlichen Stamm verwickelt, der darüber aufgebracht ist, daß der Kojote eine Bärenfrau verführt und ermordet hat. Wieder wird der Wolf getötet.

Merkwürdigerweise kommt der Wolf ums Leben, weil der Kojote ihn an den Feind verrät. Doch bei der Nachricht vom Tod des Wolfes scheint der Kojote untröstlich. In einer Version weint er so viele Tage, daß er schließlich ganz dünn wird. Als er auszieht, um den Kadaver des Wolfes zu holen, den der Feind entehrt hat, hat er immer noch Tränen in den Augen. Er entschuldigt dies damit, daß der Rauch aus den Feuern der Feinde ihm in die Augen gekommen sei.

In einer der Paviotso-Versionen ist die Schlußszene eine Diskussion zwischen Wolf und Kojote um die Frage, ob menschliche Wesen unsterblich sein sollten. In einer weniger dichten Shivwits-Variante rächt sich der Kojote für den Ärger, indem er mit der Frau des Wolfes schläft.

Wie die Chemehuevi berichten, war der ganze Zyklus eine Reminiszenz des Sterbenden Gottes der Mohave und anderer Yuma-Stämme des Südwestens. Die Chemehuevi benutzten ihn auch, um den Ursprung ihrer Toteneinäscherung und Trauer-

Zeremonien zu erklären. Eine solche Verbindung zwischen Mythe und Religion, die sonst im Großen Becken nicht üblich ist, kann nur durch einen starken Einfluß der Mohave erklärt werden.

Die Inselfrau

Einer der aufregendsten Vorfälle in den zahlreichen vom Wolf und dem Kojoten aufgezeichneten Geschichten ist das Motiv der Menschen, die aus einem Krug ausgegossen werden. Der Kojote, weniger häufig der Wolf, schütten Saat in einen aus geflochtenen Binsen hergestellten Krug oder in eine Flasche und schütten sie aus als menschliche Wesen. Oft ist dieses Geschehen in einer gelegentlich auftretenden Schöpfungsmythe enthalten, die sich um die Gestalt einer Frau rankt, welche mit ihrer Mutter auf einer Insel lebt. In jenen Tagen gab es keine Stämme und offenbar nur wenig zeugungsfähige Männer.

Um einen Mann zu finden, schickt die Mutter die Tochter über die Erde hin – über die neuerschaffene Erde, die, wie aus einer Version der Mohave hervorgeht, von der Mutter selbst gemacht worden ist. Nach mehreren erfolglosen Versuchen kehrt die Tochter mit dem Kojoten zurück, der ihr Ehemann wird.

Als er mit ihr schläft, stellt er aber fest, daß seine Frau eine zahnbesetzte Vagina hat (die *vagina dentata* ist ein volkskundliches Motiv, das sich in ganz Nordamerika wie auch in Asien und Südamerika findet). Um sich zu schützen, entwaffnet der Kojote die Frau mit einem stumpfen Instrument, gewöhnlich mit einem hölzernen Stab.

Danach bringt die Frau sehr bald eine Vielzahl winziger Kinder zur Welt, die sie in einen Krug fallen läßt. Sobald der Krug voll ist, händigt sie diesen dem Kojoten aus und heißt ihn, den Inhalt über das Land zu verstreuen.

Wenn diese Geschichte zum Beispiel von einem Panamint erzählt wird, so wird er behaupten, daß der Kojote seinen Stamm als letzten ausgeschüttet habe, als der Krug schon fast leer war, deswegen gäbe es nur wenige Panamint. Wie ein Erzähler der Gosiute berichtet, war der letzte Mann, der aus dem Krug kam, mit Staub bedeckt und härter als all die anderen. Er war ein Gosiute.

Die Stammesmutter

Eine andere Geschichte über die Urmutter der Stämme und wie sie nach einem Ehemann suchte, stammt von Erzählern der Stämme entlang des westlichen Randes des Großen Beckens. Wie ein Paviotso-Erzähler berichtet, der 1920, als viele Geschichten aufgenommen wurden, diese Version zu Protokoll gab, war die Heroin der Geschichte eine Menstruierende. Deswegen lebte sie abgesondert, als die anderen Mitglieder des Stammes überfallen wurden. Der Angreifer war ein Starrendes Monster, dessen wilder rotglühender Blick auf der Stelle alle Leute im Haus, außer einem schlafenden Kind, tötete.

Die Heroin hüllte das Kind in eine Decke und floh. Doch als sie lagerte, wurde das Kind von einem Riesen gestohlen und getötet, der es wie ein totes Kaninchen an seinen Gürtel hängte. Sie floh vor dem Riesen und fand Zuflucht im Haus der Erdhörnchenfrau, wo sie Saat sammelte und eingrub.

Sobald sie einen guten Vorrat an Nahrungsmitteln besaß, setzte sie ihre Reise fort. Sie entkam dem mörderischen Fliegenden Schädel mit Hilfe der Baumratte, die sie in ihrer Höhle versteckte. Wieder weiterreisend nahm sie den kleinen Jungen mit, der nun wieder am Leben war und den Riesen getötet hatte. Zusammen erreichten sie auf der Spitze des Gebirges das Haus eines freundlichen Jägers, welcher der Ehemann der Frau wurde.

Das Paar schlief zuerst nicht miteinander, rückte aber seine Betten Nacht für Nacht immer etwas enger zusammen. Bald bekam die Frau dann Kinder und wurde auf diese Weise zur Mutter des Volkes, zur Mutter der Stämme.

Das Wesen der Mythe

Diese Geschichten aus dem Becken würden, selbst wenn alle Hinweise auf ihren Ursprung fehlten und nichts darüber gesagt wäre, daß die Charaktere in alter Zeit lebten, jene unzusammenhängende, kaleidoskopartige Qualität behalten, die bestimmte Arten der Mythen vom normalen gradlinigen Geschichtenerzählen unterscheiden. Die Frage ist, ob die scheinbar beiläufig aneinandergereihten Geschehnisse zufällig so dastehen – als Ergebnis der

Unbeholfenheit des Erzählers –, oder ob in ihnen Signale für eine verborgene Botschaft aufblitzen. Die Wissenschaft der Mythologie nimmt letzteres an.

Es war Franz Boas, der dieser unstabilen Wissenschaft fast den Todesstoß versetzte, einen Schlag, von dem sie sich nie mehr ganz erholte. Beeinflußt von den nüchternen Theorien des 19. Jahrhunderts, die Mythen mit dem Rhythmus der Natur in Verbindung brachten, legte Boas ausführliche Berichte – hauptsächlich über Mythen der Nordwestküste und der Eskimo – vor, in denen er darauf hinwies, daß diese traditionellen Geschichten nicht kunstvolle Allegorien vom Kommen und Gehen der Jahreszeiten oder von der Bewegung der Gestirne seien, wie das viele Forscher angenommen hatten, sondern eher eine Art primitive Fiktion, die menschliche Grundsituationen schildert.

Boas folgend, verfaßte der Anthropologe Julian H. Steward einen kritischen Essay über die Mythologie des Beckens. Er benutzte dabei Maßstäbe der europäischen Literatur, um die verschiedenen Geschichten zu bewerten und kam zu dem Ergebnis, daß viele der Erzähler ihre Kunst nicht ausreichend vervollkommnet hätten. Unrealistische Elemente wurden als »zusammenhanglos« abgetan oder als »gänzlich irrelevant«. Als er die Mythe von der Inselfrau kritisierte, betrachtete er jenen Handlungsteil, in dem die Frau die winzigen Babies in den Krug fallen läßt, als »ungenügend begründet«.

Boas selbst äußerte sich selten so kritisch, zumindest nicht in seinen veröffentlichten Berichten. Doch in einer privaten Bemerkung ging er sogar noch weiter. In einem Brief vom 3. Oktober 1883 schreibt er: »Dann ging ich zu den Bellacoola, die mir eine weitere idiotische Geschichte erzählten... Die Tatsache, daß ich jener Geschichten habhaft werden kann, ist interessant, aber sie sind noch schrecklicher als einige der Eskimo.«

Nach Boas anfänglichen Angriffen halfen neue Ideen vom kontinentalen Europa, der Mythologie wenigstens etwas von dem Status zurückzugewinnen, den sie so rapide verloren hatte. Freuds Traumtheorie brachte einige Schriftsteller dazu, in den Mythen eine symbolische Sprache zu erkennen, mit der psychologische Probleme beschrieben wurden. Dieser Theorie zufolge enthalten die Mythen verborgene Wünsche, die in der normalen Gesellschaft verboten sind. Freuds Mitarbeiter der frühen Jahre, Carl G. Jung, entwickelte eine detailliertere – und weit optimistischere – Betrachtungsweise. Er stellte fest, daß die in Mythen dargestellten Probleme auch Konflikte zwischen gegensätzlichen Trieben sind. Wie die Geschichte offenbart, werden diese Konflikte neutralisiert in einem symbolischen Heilungsprozeß, mit dem die Ganzheit wiederhergestellt wird. Philosophen der Schule des Strukturalismus vertraten eine ähnliche Ansicht, doch ohne die optimistischen Obertöne. Für sie waren die Konfliktpaare oder Gegensätze der Ausdruck eines tieferliegenden intellektuellen Problems, das der Mythenerfinder zu lösen trachtete.

Nach all diesen Theorien erscheint uns der merkwürdige kleine Junge in der Mythe von der Mutter des Volkes, der plötzlich wiederbelebt am Ende der Geschichte kurz auftaucht, um dann wieder vergessen zu werden, in einem anderen Licht. Nach Jung'scher Meinung müßte man in dem Jungen ein Männlichkeitssymbol sehen, das mit der Heroin verschmilzt und ihr Universalität und Ganzheit verleiht. Aus der Sicht der Strukturalisten könnte man sagen, der Junge stehe für die Jugend, die die Reife der Heroin ausgleiche und es wird hier eine versteckte Lösung angeboten für die Frage, ob sie heiraten solle oder nicht.

Aber selbst im Rahmen der Jung'schen oder der strukturalistischen Theorie können solche Interpretationen nur als Versuche angesehen werden. Sie sind alles in allem nur Hilfsmittel, um die Sichtweise einer Mythe durch die Eingeborenen zu ertasten. Zur Mythe gehört die Variation ebenso wie der Glaube an ihre Richtigkeit. Wie Steward ohne Vorwurf in seiner Studie über Mythen des Großen Beckens schreibt, erzählten jene Menschen diese Geschichten als »evangelienhafte Wahrheit«, mögen diese einem Außenstehenden auch noch so phantastisch vorkommen.

Teil V
Küsten-Plateau

11. Die Wiedererschaffung der Welt

»Das Böse bannen und den Bedürftigen helfen«

Die Wasserscheide des Columbia River und die zahlreichen kurzen Flüsse in unmittelbarer Nähe nach Norden und Süden bilden eine Region der Küstentäler und der binnenländischen Gebirge, in der einst alle dort ansässigen Gruppen eine Mythologie der wandernden Heroen miteinander teilten. In diesem Land war die Vorstellung eines menschheitsähnlichen Zeitalters oder einer mythischen Zeit, auf die man überall in Nordamerika stößt, eindringlicher vorhanden als in jeder anderen Region.

Als die Heroen die Flüsse hinauf oder hinabzogen, wurde man auf sie aufmerksam. »Das Volk kommt« oder »Eine neue Generation ist unterwegs«, hieß es. Wie anderswo, so waren auch hier die Zwitterwesen der mythischen Zeit meist Tiere, die sich wie Menschen benahmen. Manchmal waren es auch Pflanzen, ja selbst unbelebte Gegenstände wie Kämme oder Ahlen. Eine Geschichte konnte da mit dem Satz beginnen: »Ein Junge lebte zusammen mit seiner Großmutter«, damit war aber nicht gesagt, daß es sich um Menschen handelte. Die wahren Menschen sollten erst noch kommen.

Längs des Unterlaufs des Klamath River, in der Nordwestecke von Kalifornien, entwickelten ein paar Stämme die Vorstellung eines Zeitalters der Unsterblichen. Die Uralten wurden bei den Yurok »Woge« genannt, »Ikareya« bei den Karok und »Kihunai« bei den Hupa. Offensichtlich waren diese Wesen menschlich, wenngleich jene Halbgötter, die den Klamath River bereisten,

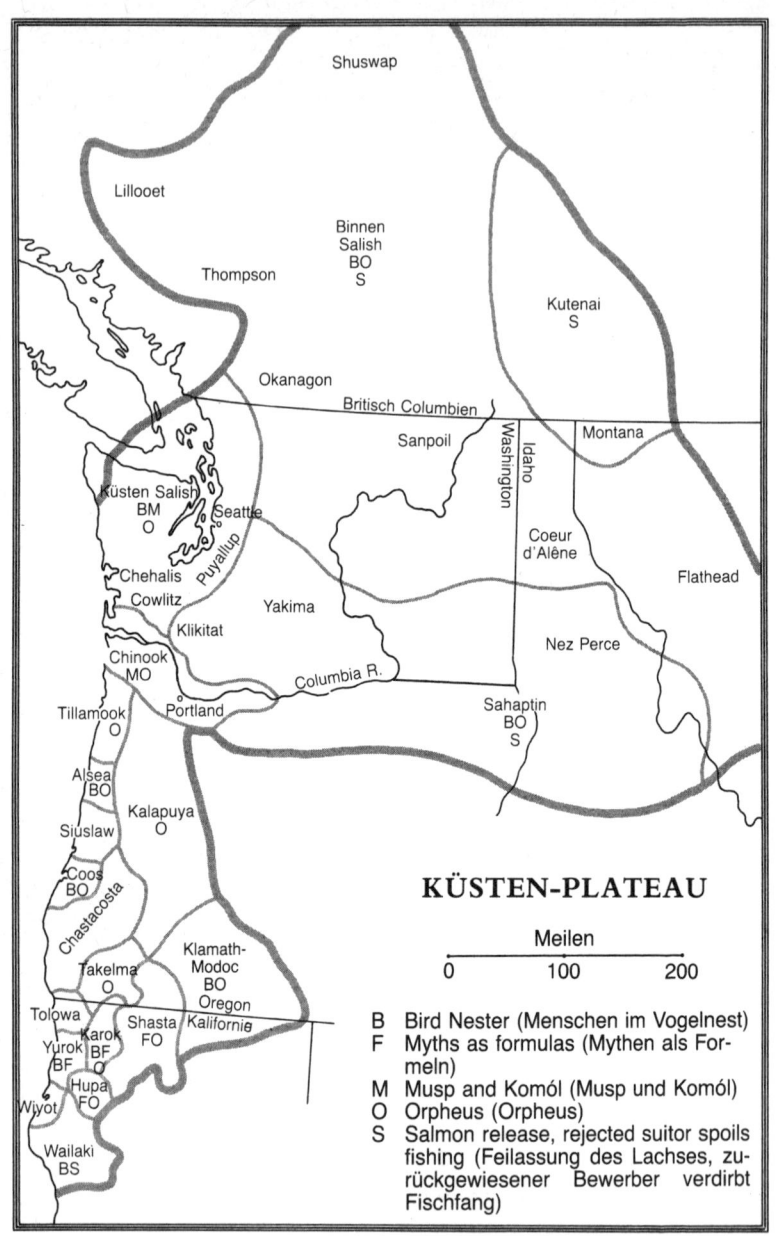

Shuswap

Lillooet

Binnen
Salish
BO
S

Thompson

Kutenai
S

Okanagon

Britisch Columbien

Sanpoil

Washington

Idaho

Montana

Küsten Salish
BM
O

Seattle

Puyallup

Coeur
d'Alène

Flathead

Chehalis

Cowlitz

Yakima

Klikitat

Nez Perce

Chinook
MO

Columbia R.

Tillamook
O

Portland

Sahaptin
BO
S

Alsea
BO

Kalapuya
O

Siuslaw

Coos
BO

Chastacosta

Takelma
O

Klamath-
Modoc
BO
Oregon

Tolowa

Shasta
FO

Kalifornien

Karok
Yurok BF
BF O

Hupa
FO

Wiyot

Wailaki
BS

KÜSTEN-PLATEAU

Meilen

0   100   200

B   Bird Nester (Menschen im Vogelnest)
F   Myths as formulas (Mythen als For-
     meln)
M   Musp and Komól (Musp und Komól)
O   Orpheus (Orpheus)
S   Salmon release, rejected suitor spoils
     fishing (Feilassung des Lachses, zu-
     rückgewiesener Bewerber verdirbt
     Fischfang)

einige Stämme aus dem Inneren zweifellos an ihren eigenen Heroen, den Kojoten, erinnert haben mochten.

Der typische Kulturheros aus den nördlichen und westlichen Abschnitten dieser Küsten-Plateau-Region war der Verwandler, den auch die Überlieferung der Nordwestküste und der Athapasken kennt. Menschenfressende Riesen und, zumindest an der Küste, weibliche Unhode, verschleppten die Menschen in ihren Lastkörben und geisterten durch eine Welt, die der Verwandler zu verbessern suchte. Er erschlug die Monster, aber mehr noch sorgte er für den Wohlstand des Landes, der, freilich in weit bescheidenerem Maße als an der Nordwestküste, vor allem mit dem Lachs und anderen Fischarten kam. Wurzeln und Knollen waren auch wichtig, und, was den Osten betrifft, natürlich das Großwild.

Ein anderer ähnlicher Heros, den man am besten als Trickster-Verwandler bezeichnet, nahm einen achtbaren, wenngleich nur zweitrangigen Platz ein und wurde erst im Süden und Osten dominierend. Gewöhnlich war es die Gestalt des Kojoten. Unter den Sahaptin-Stämmen im südöstlichen Teil der Region herrschte er unangefochten.

Die Unterschiede zwischen diesen beiden Arten von Heroen – dem Verwandler und dem Trickster-Verwandler – sind weniger klar als im Fall des Raben und des Verwandlers, der an der Nordwestküste »Kanekelak«, »Kweheti« oder »Hals« genannt wird. Auf dem Küsten-Plateau überlappen sich ihre Abenteuer. Sie kommen manchmal sogar in ein und derselben Mythe vor. Dennoch ist die Einstellung der Eingeborenen zu beiden völlig verschieden.

Wenn vom Trickster-Verwandler die Rede ist, kann ein Chinook-Erzähler erklären: »Der Kojote setzte seine Reisen fort, manchmal handelte er richtig, ein andermal wieder machte er Fehler, und alle Dinge, gut oder schlecht, wurden so von ihm geschaffen.« Mehr idealistisch hieß es vom Salish-Verwandler Mond, er »verschönere« die Erde, »verbanne das Böse, helfe den Bedürftigen und belehre die Törichten«.

Mond

Die Geschichtenerzähler unter den Salish der südlichen Küsten begannen manchmal das Mond-Epos mit einer Adaption des »Sternen-Ehemannes«, eines der populärsten Indianermärchen in der Region südlich der Arktis. Der Zyklus begann mit der Geschichte der zwei Schwestern, die im Freien schliefen, zu den Sternen aufblickten und sich wünschten, deren strahlende Körper wären die ihrer Ehemänner.

Gleich danach befanden sie sich plötzlich in der Himmelswelt und heirateten dort zwei Sternenmänner. Nach einiger Zeit wurde ein Baby geboren. Doch die jungen Frauen waren unzufrieden mit ihrem neuen Leben, und als sie zufällig beim Graben nach Wurzeln ein Loch in den Himmel stießen und auf die Erde hinabsahen, bauten sie sich eine Leiter aus gebogenen Zedernzweigen. Sobald sie damit fertig waren, stiegen sie zur Erde hinab und nahmen das Kind mit. Das Kind war der Mond.

Nachdem sie sich ihrem Stamm wieder angeschlossen hatten, benutzten die Schwestern die herabhängende Leiter als Schaukel. Während sie spielten, kümmerte sich ihre Großmutter Kröte um den Mond. Aber die Kröte war blind, und als sie das Kind in den Schlaf sang, stahl es der Hundelachs und nahm es mit sich ins Land der Lachse am Rande der Welt. Dort wuchs es auf, nahm eine Lachsbraut und bekam selbst Söhne.

Unterdessen hatten die Frauen, um sich zu trösten, die Windel des Mondes aus Zedernborke, die zurückgeblieben war, dazu benutzt, um ein zweites Kind auf magische Weise zu erzeugen. Dazu schwenkten sie die Windel fünfmal durchs Wasser. Sie sandten auch den Eichelhäher aus und hießen ihn, den Mond sofort heimzubringen.

Endlich war der Mond bereit, seine Reise flußaufwärts anzutreten. Er trieb den Hundelachs vor sich her und rief: »Die neue Generation kommt, und du sollst die Nahrung für das Volk sein, o Hundelachs!« Bei mehreren Aufenthalten unterwegs verwandelte er Menschen, die miteinander kämpften, in Steine und wieder andere in Schlangen, Enten und Muscheln.

Er begegnete dem Reh, das Speerspitzen aus Knochen anfertigte und dazu sang: »Damit will ich den Verwandler töten.« Der Mond aber verwandelte die Spitzen in Hufe und machte aus dem mordplanenden Wesen ein gewöhnliches Reh. Nachdem er allen Tieren ihre heutige Gestalt verliehen und viele Wesenszüge der Natur und des Sozialen geprägt hatte, erreichte er sein altes Zuhause, traf dort seinen jüngeren Bruder (den man mit Hilfe der Windeln gemacht hatte) und stieg als Mond auf zum Himmel. Sein Bruder wurde die Sonne.

Zu dieser Version des Mondzyklus aus den zwanziger Jahren unseres Jahrhunderts, bemerkte der Erzähler: »Ich bin ein Indianer von heute. Der Mond hat uns Fisch und Wild gegeben. Die weißen Menschen sind gekommen und haben uns überwältigt. Wir sollen das Reh nicht töten und den Fisch nicht fangen, wenn dies der Weiße Mann verbietet. Ich würde gern einmal wissen, ob einer dieser Gesetzesmacher vom Mond oder der Sonne hier eingesetzt worden ist, um solche Verbote auszusprechen. Wenn uns die Weißen auch überwältigt haben, ist es doch der Mond, der uns hier leben hieß, und die Gesetze, denen wir gehorchen müssen, sind jene, die der Mond in alter Zeit verfügte.«

Der Erzähler bezog sich auf Verträge aus dem 19. Jahrhundert, denen zufolge die Indianer fast ihren gesamten Landbesitz den Weißen überantwortet hatten, aber die Jagd- und Fischereirechte behielten. 1920 wurden diese Rechte unter Verletzung der Verträge kommerziellen Fischreigesellschaften übertragen, die von Nicht-Indianern betrieben wurden. Es dauerte bis in die sechziger Jahre unseres Jahrhunderts, ehe ein Wandel eintrat und die Küsten-Salish samt der ihnen benachbarten Stämme »Fish-ins« entlang der Ufer im westlichen Washington veranstalteten und schließlich sogar das US-Justizministerium bewegen konnten, sie zu unterstützen.

Die Frage der Fischereirechte ist noch nicht gelöst, aber ein wichtiger Programmpunkt für die politische Indianerbewegung in der Küsten-Plateau-Region geblieben. 1982 reichte der Klamath-Stamm im südlichen Oregon eine Klage beim Bundesgericht ein, um die Fischerei-, Jagd- und Fallenfangrechte in seinem Territorium wiederzuerlangen. Er gewann diesen Prozeß im Dezember 1985.

Das Wurzelkind

Unter den Coeur d'Alêne und anderen im Landesinnern lebenden Stämmen der Salish heißt es, daß der Verwandler von einer jungen Frau geboren worden ist, die eine Schweinskümmel-Wurzel heiratete oder, weniger euphemistisch, die Wurzel in unanständiger Weise benutzte.

Der Held schämte sich dieses Ursprungs, und in einigen Versionen verwandelte er die Wesen des mythischen Zeitalters nur deswegen, weil er sich von ihnen beleidigt fühlte.

In jener Welt der alten Zeiten, da das Oberste zu unterst gekehrt war, damals also war »Pestle-Boy« ein Menschenfresser, wie auch Kamm, Ahle und Blasen-Leute – bis das Wurzelkind sie in die heutigen Gegenstände verwandelte. Als die Abenteuer des Heros sich ihrem Ende zu neigten, versuchte eine verliebte alte Krötenfrau, sich ihm zu nähern, wurde aber zurückgestoßen. Sie lockte ihn in ihr warmes, bequemes Haus, sprang ihm ins Gesicht und setzte sich dort fest. Da er es nicht schaffte, sie abzuschütteln, stieg er zum Himmel auf und wurde der Mond, auf dessen Gesicht man immer noch die Krötenfrau kleben sieht.

Auch die Heroen des nordwestlichen Kaliforniens waren auf ähnliche Weise aus eßbaren Wurzeln entstanden. Hier wurde berichtet, daß es der Frau verboten worden war, eine Wurzel auszugraben, die in ihrer Form einem Mann glich; sie hielt sich aber nicht an dieses Verbot. Als die Wurzel wie ein Baby schrie, nahm sie sie mit heim und zog sie als Sohn groß. Nach der Überlieferung der Tolowa wurde das Kind der Kulturheros. Er erschlug die Monster, die das Land zwischen Rogue- und Klamath-River durchstreiften. Als er seine Taten vollbracht hatte, stieg er zum Himmel auf.

Südlich und östlich von den Tolowa wird die Geschichte zum bloßen Volksmärchen mit dem Titel »Der Ausgegrabene«; in ihm werden die Abenteuer eines nicht weiter beschriebenen Heros wiedererzählt, der Prüfungen besteht und eine Braut gewinnt.

Musp und Komól

Bis zu ihrer Dezimierung durch eine Cholera-Epidemie im Jahre 1830 waren die reichsten Völker in dieser Region die Chinook-Stämme des unteren Columbia River. Mit ihrem Überschuß an getrocknetem Lachs trieben sie Handel bis weit den Fluß hinauf und entlang der Küste und brachten Ziegenhaarroben, Elchhäute, Kanus, Sklaven und exotische Nahrungsmittel heim.

Zusammen mit diesen greifbaren Importen kamen Mythen, einschließlich des wichtigen Zyklus der zwillinghaften Verwandler »Musp« und »Komól«, der bei den südlichen Küsten-Salish entstanden sein soll. Wie zahlreiche Verwandler-Zyklen des Küsten-Plateaus begann das Epos mit einem farbigen Märchen über den Ursprung des Heros, in diesem Fall ein Subtyp der Nordwestküsten-Geschichte von der Bärenmutter, die hier als »Die Bärentochter« bezeichnet wird.

Eine junge Frau, so scheint es, war von einem Grizzlybären verschleppt worden. Er trug sie in seine Höhle, und dort gebar sie ihm einen Sohn und eine Tochter. Errettet von ihren Brüdern, von denen alle außer einem im Kampf mit dem Bären und dessen Sohn den Tod fanden, brach die Frau mit ihrem überlebenden Bruder und ihrer Tochter auf, um heimzugehen. Unterwegs jedoch springt sie in einen See und schwimmt als Robbe davon.

Die Tochter des Bären kehrt mit dem Bruder ihrer Mutter ins Dorf zurück und heiratet den Häuptling des Dorfes. Sie ist aber ein lachendes Monster (die Leute fallen tot um, wenn sie lacht), und auch ein menschenverschlingendes Monster, das zwanghaft das ganze Dorf in dem Augenblick verschlingt, als die Leute durch das Lachen getötet worden sind. Als sie feststellt, daß sie auch ihren Mann verloren hat, spuckt sie diesen wieder aus und hängt ihn in einem Korb an der Wand auf. Er ist nun ohne Beine.

Dennoch wird sie schwanger und bringt zwei Söhne zur Welt, »Musp« und »Komól«, die sie rasch zu Männern macht, indem sie sie ständig badet. Die Söhne werden vom Vater, der immer noch in dem Korb an der Wand hängt, gewarnt. Darauf ergreifen sie die Mutter bei den Haaren und schütteln sie solange, bis ihr alle Haut von den Knochen abfällt. Die Haut verwandelt sich in einen Hund, der dann ihr treuer Begleiter wird, während sie als Verwandler durch das Land streifen.

Viele ihrer endlosen Abenteuer beziehen sich auf eine verkehrte Welt. Sie kommen zu Leuten, die ständig tanzen, und zeigen diesen, wie man Flundern fischt. Sie treffen einen Mann, der auf den Regen schießt, um sein Haus zu schützen. Da das Haus kein Dach hat, bauen sie ihm ein ordentliches Haus mit Dach. Sie entdecken einen Stamm, wo alle Menschen auf den Händen laufen. Sie zeigen ihnen, wie man aufrecht geht.

In weniger seltsamen Episoden lehren die Brüder die Leute, wie man Lachse fängt, Wale mit dem Speer tötet, nach Muscheln gräbt, Meeresgetier sammelt und die Häuser säubert. Nachdem sie die Leute von dem weiblichen Unhold gerettet haben, werfen sie deren Körperteile in die verschiedenen Himmelsrichtungen und so entstehen die verschiedenen Stämme. Als sie ihre Pflichten erfüllt haben, werden sie zu großen Steinen, die man heute noch sehen kann.

Jesus der Reisende

1926 hörte die Anthropologin Thelma Adamson einige kürzere Verwandler-Geschichten von einem alten Salish-Mann im Land am Chehalils River, westlich von Washington. Sie wurden teilweise auf Englisch erzählt und kreisten um einen Helden, der »Jesus der Wanderer« genannt wurde.

»Mein Gott!« rief Jesus aus, als er zu einem Mann kam, der Holzkloben spaltete und seine Hand als Keil und seinen Kopf als Vorschlaghammer benutzte, »was geht hier vor?« Nachdem er den Mann darüber belehrt hatte, wie man einen richtigen Keil und einen richtigen Vorschlaghammer macht, reiste der Held weiter und kam zu einem Fischer, der die Frauen als Pfosten benutzte, um die Lachsreusen offenzuhalten. »Was geht hier vor?« fragte Jesus, und er lehrte die Leute, wie man die Reusen mit Weidenpfosten offenhält. Um sich selbst und andere zu retten, verwandelte er den kannibalischen Rehmenschen und den Biber, »der gerade ein hübsches Schlachtermesser fertigte, um damit Jesus zu töten«. Ein anderes Mal ließ er Fischgräten in die Flüsse fallen und schuf so Lachse und Forellen. Obgleich diese Episoden ganz offensichtlich zum Verwandler-Zyklus gehörten, versuchte Adamson herauszufinden, ob der Geschichtenerzähler Jesus für den Verwandler, den

Mond oder für den Trickster »Hwan« eingesetzt hatte. Der alte Mann selbst lehnte es ab, darauf zu antworten, aber seine Frau, die aus dem Puyallupland, etwas weiter nach Norden gelegen, stammte, sagte« »*Hwan* ist Jesus.«

Weiter nach Süden setzte der Salish-Erzähler Cowlitz »Hwan« mit dem Kojoten gleich. Sei dies wie es mag, in einigen Geschichten, die aufgezeichnet worden sind, behält Jesus die Würde und den Idealismus des Verwandlers, ohne daß ihm das Schurkentum eines »Hwan« oder Kojoten mit untergeschoben wird.

12. Die Welt so gestalten wie sie ist

»Alle Dinge, seien sie gut oder schlecht«

Mythen über die Erschaffung der Welt und den Ursprung des Todes werden meist nicht in den Verwandler-Zyklus des Küsten-Plateaus mit einbezogen. Entweder erscheinen sie als unabhängige Geschichten oder sind dem Trickster-Verwandler zugeordnet, bei dem es sich gewöhnlich um den Kojoten handelt.

Die Faszination des Kojoten beruht auf seiner Fähigkeit, den Graben zwischen dem Skurrilen und dem Göttlichen zu überbrükken. Die Leute spüren, daß er für Menschlichkeit steht. Er ist der Anwalt des Todes und ein standhafter Vorkämpfer der Sexualität, aber zufällig oder durch Plan bringt er auch die Nahrung und wird manchmal sogar zum Schöpfer der Welt. Indem er die Rolle des Verwandlers usurpiert, erschlägt er gelegentlich auch Monster. Über den ganzen Westen hin bekannt, ist er vielleicht am meisten in der Küsten-Plateau-Region daheim, wenngleich er nicht ihr einziger Trickster ist.

Eichelhäher, in der Überlieferung der Küsten-Salish ein bloßer Clown, wird ein Kulturheros bei mehreren Salish-Stämmen im Landesinneren, die ihn einst mit dem jährlichen Eichelhähertanz ehrten. Mit hüpfenden Schritten solange tanzend, bis sie die Macht des Eichelhähers überkam, flohen die Schamanen zwitschernd und mußten eingefangen und von ihren Stammesgefährten in die Medizinhütte zurückgebracht werden. Nachdem sie wieder im Vollbesitz ihrer Sinne waren, konnte sie Heilungen durchführen oder Wünsche erfüllen.

Weitere wichtige kojote-ähnliche Trickster der Region sind der »Schwarze Bär« der Alsea und »Südwind« bei den Tillamook. Wieder andere wie »Hwan« bei den Küsten-Salish und »Kumú-kumts« bei den Klamath und den Modoc haben Namen, die sich nicht übersetzen lassen, doch ist die Verwandtschaft mit dem Kojoten unverkennbar.

»Verloren-quer-über den Ozean«, der Kulturheros der Yurok, Hupa, Karok und Wiyot im nordwestlichen Kalifornien, gehörte ebenfalls in diese Kategorie. Nach einer Hupa-Mythe entsprang der Heros von der Erde, befreite Reh und Lachs, setzte die Geburt ein, erschuf die Formen der Landschaft und begann mit einem Springtanz der Krankheit entgegenzuwirken. Nachdem er vier augenlose alte Kannibalen getötet und die kannibalische »Soaproot«-Pflanze in Nahrung verwandelt hatte, schuf er Stämme durch Defekation. Dann stahl er die Nahrung eines jungen Mädchens und überaß sich, bis ihm schlecht wurde. Die Vögel retteten ihn, indem sie ihm den Bauch aufpickten, und zur Belohnung verlieh er ihnen ihre bekannten Eigenschaften. Als geborener Wanderer erreichte er schließlich den Ozean und verschwand über das Wasser. Kurz darauf kehrte er zurück, um für die kommenden Generationen die Unsterblichkeit einzurichten, dies mißlang, weil ihn eine verführerische Frau zurück über den Ozean lockte. Als Gruppe sind diese unheroischen Helden wie der Kojote – wie wir gesehen haben – verantwortlich für »alle Dinge, seien sie gut oder schlecht«.

Der Kojote befreit den Lachs

Die Geschichte, wie der Kojote zwei Frauen überlistete, die den Lachs daran hinderten, flußaufwärts zu schwimmen, und wie er dann selbst Wasserfälle schuf, um den Lachs von jedem Dorf fernzuhalten, in dem Mädchen seine Werbung abgewiesen hatten, wurde früher von den im Landesinneren lebenden Salish und Sahaptin erzählt und findet sich in modifizierter Form weiter südlich bei den Wailaki im nordwestlichen Kalifornien.

»Am Anfang«, heißt es in einer Sanpoil-Version,« besaß der Kojote große Macht. Er sprach zu sich selbst: »Warum in Abgeschiedenheit leben, wenn ich so mächtig bin?« Dann begann er, den Columbia River hinabzuwandern. Auf dem Weg traf er den Sperling, der eine mit Perlen bestickte Kriegshaube trug. Der Kojote tötete den Vogel, setzte die Kriegshaube selbst auf und setzte seine Reise so nahe am Wasser fort, daß er sein Spiegelbild immer sehen konnte, während er dahinlief.

Er hörte die Kinder der Schneegans in ihrer eigenen Sprache schnattern. Da er meinte, sie lachen ihn aus, blendete er sie, indem er ihnen Pech in die Augen warf. Aus Rache erschreckte ihn die Schneegansmutter aus den Büschen hervor, als er nahe einer steilen Klippe ging. Er stürzte in den Fluß und verwandelte sich in einen Korb, um leichter zu fallen.

Er trieb flußabwärts und kam an die Stelle, an der zwei Frauen einen Damm gebaut hatten, um die Lachse aufzuhalten. Voller Bewunderung schauten sie auf den prächtigen Korb, nahmen ihn mit heim und benutzten ihn als Schale. Jeden Tag verschwand auf geheimnisvolle Weise der Lachs aus diesem Gefäß, weil ihn der Kojote auffraß. Die Frauen sahen, daß das Gefäß verzaubert war. Da warfen sie es ins Feuer. Ein kleiner Junge trat aus den Flammen hervor. Die Frauen überkamen mütterliche Gefühle und sie adoptierten ihn.

Eines Abends, als die Frauen vom Beerenpflücken heimkamen, war das Kind verschwunden. Sie eilten zum Damm und sahen, daß aus dem kleinen Jungen ein Mann geworden war. Es war der Kojote. Er hatte den Damm zerstört und die Lachse schwammen nun stromaufwärts.

Nachdem er die beiden Frauen in eine Schnepfe und ein Reh verwandelt hatte, verfolgte der Kojote den Lachs und gab ihn als Geschenk an die Dörfler während seiner Wanderung. Er fuhr mehrere kleinere Flüsse hinauf und verteilte Fisch, aber dort, wo die Mädchen seine verliebten Avancen abgewiesen hatten, schuf er Wasserfälle, um den Lachs fernzuhalten.

Kojote als Orpheus

Bekannt im gesamten Gebiet der Vereinigten Staaten und im südlichen Kanada ist die Orpheus-Geschichte, besonders populär im Süden von Zentral-Kalifornien und sogar noch mehr in der Küsten-Plateau-Region. Hier wurde sie überall als eine Mythe über den Ursprung des ewigen Todes aufgefaßt, und der Heros, wenn man ihn so nennen kann, war gewöhnlich der Kojote.

In der Version eines Chinook-Geschichtenerzählers, die er um die Jahrhundertwende erzählte, beginnt die Mythe mit dem Tod der Frau des Kojoten. Die Frau des Adlers ist auch gestorben, und die beiden Ehemänner beschließen, ihre verlorenen Frauen am westlichen Rand der Welt suchen zu gehen. »Trauere nicht«, sagte der Adler, »das bringt deine Frau nicht zurück. Mach deine Moccasins bereit, und wir werden irgendwo hingehen.«

Sie erreichen das Land des Todes und finden sich wieder in einem riesigen Versammlungszelt, das vom Mond erleuchtet wird, der auf dem Boden liegt. Die Toten aber erscheinen nur bei »Nacht«, wenn eine alte Frau den Mond verschluckt. Kojote und Adler stellen fest, daß ihre Frauen unter den Toten sind.

Am nächsten Tag, nachdem die alte Frau wieder den Mond ausgespien hat und die Toten verschwunden sind, baut der Kojote eine riesige hölzerne Kiste und legt Blätter von allen Pflanzenarten in sie hinein. Mit der Hilfe des Adlers tötet er die alte Frau, legt ihre Kleidung an, und als es Zeit wird, verschluckt er den Mond. Wie gewöhnlich erscheinen die Toten. Aber der Adler hatte die Kiste gerade am Eingang des Zeltes aufgestellt, und als der Kojote den Mond wieder ausspeit, müssen sie alle dort vorbeigehen und werden von den beiden gefangen. Nachdem der Adler den Deckel zugemacht und der Kojote den Mond hinauf in den Himmel geworfen hat, wo er hingehört, treten sie den Rückweg an. Als er die Stimme seiner Frau hört, bittet der Kojote, die Kiste tragen zu dürfen. Schließlich, als sie fast daheim sind, gibt der Adler nach und läßt den Kojoten die Kiste tragen. In seiner Ungeduld, seine Frau wiedersehen zu wollen, öffnet er sie, alle Toten stieben wie eine Wolke heraus und verschwinden in den Westen.

»Da siehst du, was du getan hast«, sagt der Adler. »Wenn wir sie den ganzen Weg zurückgebracht hätten, würden die Menschen nicht mehr sterben müssen. Jetzt sterben die Bäume und Gräser nur im Winter ab, aber im Frühling werden sie wieder grün. So wäre es auch mit den Menschen geworden.«

Kojote und der Mensch im Vogelnest

Das Thema von den Menschen im Vogelnest ist eine weitere jener Geschichten, die ihre volle Ausprägung in der Küsten-Plateau-Region erreichen, und wieder ist der Kojote die wichtigste Person. Die Tendenz, Sexualität mit Akten der mythischen Schöpfung zu verbinden, kommt in verschiedenen Varianten dieser Mythe zum Vorschein, bei der es sich eigentlich um die Geschichte vom Ehebruch des Kojoten mit den zwei Frauen seines Sohnes handelt. Während der Kojote die Frauen verführt, sitzt der Sohn auf der Spitze eines hohen Baumes oder einer Klippe und kann nicht fort. Er ist dorthin geschickt worden, um junge Adler zu fangen. Doch dann findet er heraus, daß er Zugang zur Himmelswelt hat. Von dort aus – so die Salish im Landesinneren – wirft er ein paar Schamhaare herab, die indianischer Hanf werden, ein wichtiges Gewebe der Eingeborenen. In einer Coos-Version schafft er die rechte Temperatur bei einer zu heißen Sonne, um sie zu beschlafen, indem er sie zunächst mit seinem vereisten Penis abkühlt.

In den nüchterneren Klamath- und Modoc-Varianten wird er vom Baum durch Schmetterlingsfrauen gerettet, ehe er Gelegenheit gehabt hat, irgendwelche schöpferischen Akte zu vollbringen. In diesen Geschichten ist der ehebrecherische Vater »Kumúkumts« und der Sohn wird »Aíssis« genannt.

Im Yurok-Gebiet des nordwestlichen Kalifornien, das berühmt ist für eine der materialistischsten Gesellschaften Nordamerikas, steigt der ausgesetzte Heros ohne weitere Zeremonie herab. Aber dann, wütend über das, was sich in seiner Abwesenheit zugetragen hat, geht er von Haus zu Haus und stiehlt den Leuten das Geld (Dentalium-Muschel-Geld, die Standardwährung in dieser Gegend). In einem Akt von Menschenliebe nimmt es ihm der ehebrecherische Vater dann aber wieder ab und verteilt es über das ganze Land hin. Die Mythe bezieht sich somit auf die Geldversorgung.

Die Erde hervorbringen

Schöpfungsmythen großen Stils fehlen unter den Stämmen des Küsten-Plateaus, mit Ausnahme des Kalifornien-Oregon-Grenzgebiets. Vor der Ära des europäischen Einflusses dürften die Sahaptin und Binnen-Salish überhaupt keine solchen Mythen gehabt haben.

Im westlichen Washington gab es ein paar Geschichten über die Schöpfung der Welt, aber sie waren anekdotisch und wurden nicht für sehr wichtig gehalten. Eine davon, »Die Frau, die ihr Gesicht wusch«, erzählt von einer schmutzigen Frau (tatsächlich von einem Besen), die sich, nachdem man sie wiederholt ausgeschimpft hatte, mehrmals wusch. Dabei verursachten die Tropfen, die von ihrem Gesicht fielen, die Sintflut. Dann tauchte die Bisamratte nach einer Scholle Erde, die sich ausdehnte, bis sie groß genug war, um allen Menschen Zuflucht zu bieten. Für diesen guten Dienst wurde die Bisamratte mit ihrem schönen Fell belohnt.

Ähnlich ist die Mythe der Chinook über eine Frau, die einen Panther zu heiraten meinte, aber aus Versehen einen Biber ehelichte. Als sie ihren Irrtum entdeckte, verließ sie den Biber, der so heftig weinte, daß die Tränen die Erde überfluteten. Wieder war die Bisamratte der Erdtaucher. Doch in dieser Geschichte bringt er statt einer Erdscholle die ganze Welt herauf.

Ein anderes Tier, das die Erde heraufholte, war das Erdhörnchen. In einer Geschichte der Klamath brachte es vom Graben unter Wasser ein ganzes Gebirge mit herauf. Als es das Maul öffnete, um zu gähnen, kamen Fische, Wurzeln und Beeren heraus.

Solche spielerischen Mythen sind weit von den belehrenden Ursprungsmythen entfernt, die uns von den Salish und Sahaptin des östlichen Washington, Idaho und Montana und dem angrenzenden Kanada bekannt sind. Dies war das Gebiet der sogenannten Träumer-Religionen, einer Folge von Krisenkulten, die sich um 1800 unter dem Druck des Christentums entwickelten. Die tatsächlichen Quellen der Mythen lassen sich schwer feststellen, sie rühren aber zumindest teilweise aus der Überlieferung der Eingeborenen her.

In diesen Geschichten gibt es eine zentrale Gestalt, die oft Häuptling, »Old One« oder Schwitzhaus genannt wird. In den schlichtesten Beispielen wird von ihm nur gesagt, er habe die Welt gemacht und alles in ihr. In einer ungewöhnlich ausgefeilten Version der Okanagon beginnt die Erzählung damit, daß Old One die Erde aus einer Frau erschuf (»die Erde ist ihr Fleisch, die Bäume und das Gemüse sind ihre Haare; die Felsen ihre Knochen, der Wind ist ihr Atem«). Dann erschuf Old One Menschen aus Lehm, die nach einiger Zeit aus dem Garten Eden vertrieben wurden. Schließlich schickte Old One seinen Sohn Jesus, um die Menschen zu erretten; und es war Jesus, der sie beten lehrte.

Weltursprungsmythen haben tiefere Wurzeln bei den Stämmen der unteren Oregonküste, von wo aus die kalifornische Vorstellung von einem hohen Schöpfer nach Norden wenigstens bis zu den Coos reicht. In einer Version der Chastacosta ist der Schöpfer »Howaláchi« (der Geber), der mit seinem ungenannten Gefährten dasteht und auf das Urwasser wartet. Als sich die Dunkelheit aufhellt, treibt eine Insel, weiß wie Schnee, aus dem Osten heran. Auf ihr stehen zwei Bäume, ein Redwood und eine Esche. Als er Tabakrauch über sie hinbläst, läßt der Schöpfer die Bäume ausschlagen. Dann fällt etwas, das Wassertropfen ähnlich sieht, auf den Boden, und das Gras sprießt. Der Schöpfer formt fünf Kuchen aus Lehm und wirft sie alle in den Ozean. Mit jedem Kuchen kommt der Meeresgrund näher zur Oberfläche, bis endlich die ganze Welt erscheint.

Eine Tolowa-Variante erklärt, daß der Schöpfer die Welt durch Denken werden ließ. In diesem Fall kam sie von Süden angetrieben, mit dem ersten Redwood-Baum in ihrer Mitte.

In einer einfacheren Version der Coos verfahren der Schöpfer und sein Gefährte sofort sehr direkt, indem sie fünf Kuchen in den Ozean werfen. Wieder erhebt sich das Land und kommt näher und näher an die Oberfläche, bis mit dem fünften Kuchen die ganze Welt erscheint.

Geschichten dieser Art spiegeln das Thema der fünf Weltzeitalter, die als Organisationsprinzip für den Kojote-Zyklus der Coos und für den Schöpfungs-Zyklus der benachbarten Kalapuya gilt. Die Vorstellung, die ihm zugrundeliegt, ist, daß die Welt, so wie wir sie heute kennen, allmählich durch vier Zeitalter hin perfektioniert wurde. Dasselbe Thema wird von den Yuki, den Pomo und den Wintu im nördlichen Zentralkalifornien berichtet sowie von den viel weiter östlich lebenden Flathead in Montana.

Offensichtlich besteht eine Parallele zu der aztekischen Mythe von den fünf Weltzeitaltern und der Aufstiegs-Mythe des Südwestens, in der ein Aufstieg durch vier Unterwelten beschrieben wird. Die Ähnlichkeiten dieser Mythologien sind aber nicht sehr groß und fallen weniger ins Gewicht als die bedeutenden Unterschiede.

Mythen als Formel

Eine beachtenswerte Ausnahme von dem im nördlichen Kalifornien üblichen Muster findet sich bei den Yurok, den Hupa und den Karok. Dies waren Stämme, die eine ausgebildete Geldwirtschaft besaßen und allgemein eine materielle Kultur - mit ihren Stühlen, Kissen und Geldbeuteln –, die sich mit den Zivilisationen an der Nordwestküste vergleichen läßt. Doch in diesem kleinen Gebiet hoher Kultur gab es keinen hohen Schöpfer und kaum Theorien über den Ursprung der Dinge.

Den Mythen der Yurok mangelt es an Philosophie, aber man kann sie vielfältig praktisch anwenden. Sie wurden zitiert, um Krankheiten zu heilen, Unfruchtbarkeit abzuwenden, Wild aufzuspüren und Reichtum anzuhäufen. Nirgendwo sonst in Nordamerika wurden mythische Erzählungen wirklich als Zaubersprüche oder Formeln benutzt. Mit anderen Worten, eine normal klingende Geschichte über die Unsterblichen der alten Zeit wurde anstelle eines Gebets vorgetragen.

Um einen Ehemann zu gewinnen, konnte zum Beispiel eine Karok-Frau die folgende »Ikaréya«-Geschichte erzählen (eine Geschichte über die Unsterblichen): Einst lebten da zwei junge Frauen allein – so beginnt die Geschichte –, und jeden Tag ging die Jüngere von beiden aus, um Feuerholz zu sammeln, während die Schwester daheim blieb und Eicheln stampfte. Aber es kam kein Vorrat an Eicheln zusammen. Woran lag das? Endlich schlug die andere vor, statt der Schwester daheim zu bleiben und Körbe zu flechten, während die Schwester Holz suchen wollte. Die Daheimgebliebene sah hinter den Holzstoß und fand dort zwei Zwerge. Sie waren es, die das ganze Eichelmehl aufgegessen hatten. Da sie lange gehungert hatte, nahm sie einen Stock und erschlug die beiden Eindringlinge.

Doch die Zwerge waren die Kinder des Windes und dieser blies aus Rache das Dach der Hütte fort und entführte die Schwester über den Ozean. In ihrer tiefen Verzweiflung weinte sie laut. Bald erschien der Kulturheros »Verloren-quer-über-dem-Ozean« und sprach: »Ich habe dich singen gehört.«

»Ich dachte, ich hätte geweint«, sagte sie. Dann bot der Kulturbringer an, sie zu heiraten und heimzubringen – und damit war sie wohl zufrieden.

Solche Geschichten werden eine »Medizin« genannt. Jede Frau, die sich einen Ehemann wünscht, konnte sie rezitieren und damit ihre Chancen zu heiraten verbessern. So ungewöhnlich diese »Formel«- oder »Medizin«-Geschichte sein mag, es gab sie nicht nur im nordwestlichen Kalifornien. Fünftausend Meilen entfernt, im östlichen Venezuela, entwickelten die Arekuna-Indianer dieselbe Art von Formel, die in ihrer Sprache »Tarén« genannt wurde. Viele der Arekuna-Formeln waren und sind immer noch dazu bestimmt, Krankheiten abzuwehren; einige aber sind als Liebeszauber gedacht.

Auffällige Ähnlichkeiten in Gebieten, die durch große Entfernungen voneinander getrennt sind, zählen zu den Plagen der Mythologie. Die Versuchung, zwischen ihnen eine historische oder psychologische Beziehung herzustellen, kann einen leicht der Lächerlichkeit aussetzen, und doch ist ihr schwer zu widerstehen. Normalerweise jedoch sprechen wir von sich wiederholenden Themen oder Motiven, die den Texten entspringen, wie bei den fünf Weltzeitaltern der Azteken. Im Fall der Erzähl-Formel schweigen die Texte. Nicht das, was gesagt wird, sondern die Haltung diesem gegenüber, die Art und Weise, in der es angenommen wird, schafft die geheimnisvolle Parallele.

Teil VI
Ebenen

13. Vater Schöpfer und Jüngling Heros

Die Mythologie der Ebenen auf einen Blick

Am Ende einer Erzählrunde, in der Heroen-Geschichten vorgetragen worden waren, pflegte ein Erzähler der Wichita in alter Zeit sein eigenes Leben zu bedenken und zu weinen, während die jüngeren Zuhörer, die an die Zukunft dachten, sich mit dem Daumennagel gegen die Vorderzähne klopften, um ihren Wunsch anzudeuten, lange zu leben und solche Taten, wie sie gerade erzählt worden waren, zu vollbringen. Dann pflegte der Geschichtenerzähler den mythischen Helden ein Opfer an Nahrung und Tabakrauch darzubringen und einen Beutel mit Lebensmitteln gegen den Schöpfer im Himmel hin auszustrecken. Die Sitzung schloß mit Opfergaben für die vier Himmelsrichtungen und die Erde.

Solch ein Ritual mit seinen starken menschlichen Werten und seiner Reflexion über den eigenen Standort im kosmischen Gesamtzusammenhang ist typisch für die Ebenen. Glänzend im Zeremoniellen, könnte diese Art von Überlieferung in den landwirtschaftlichen Gesellschaften des Südwestens der Region entstanden sein. Alle Stämme der Ebenen waren zumindest während eines Teils des Jahres Jäger und die westlichen und nördlichen »bands« kannten keine andere Lebensart. Sie legten große Strecken im Sattel bei der Verfolgung der Büffelherden zurück. Bei den Gruppen, die sich hauptsächlich oder ausschließlich der Jagd widmeten, unterschied sich der Himmelsvater, an den man sich in Gebeten wandte, gewöhnlich von dem Schöpfer, wie ihn die Mythen beschreiben. Dennoch, selbst wenn er als der Kojote bekannt ist, spricht man von dem mythischen Schöpfer als vom

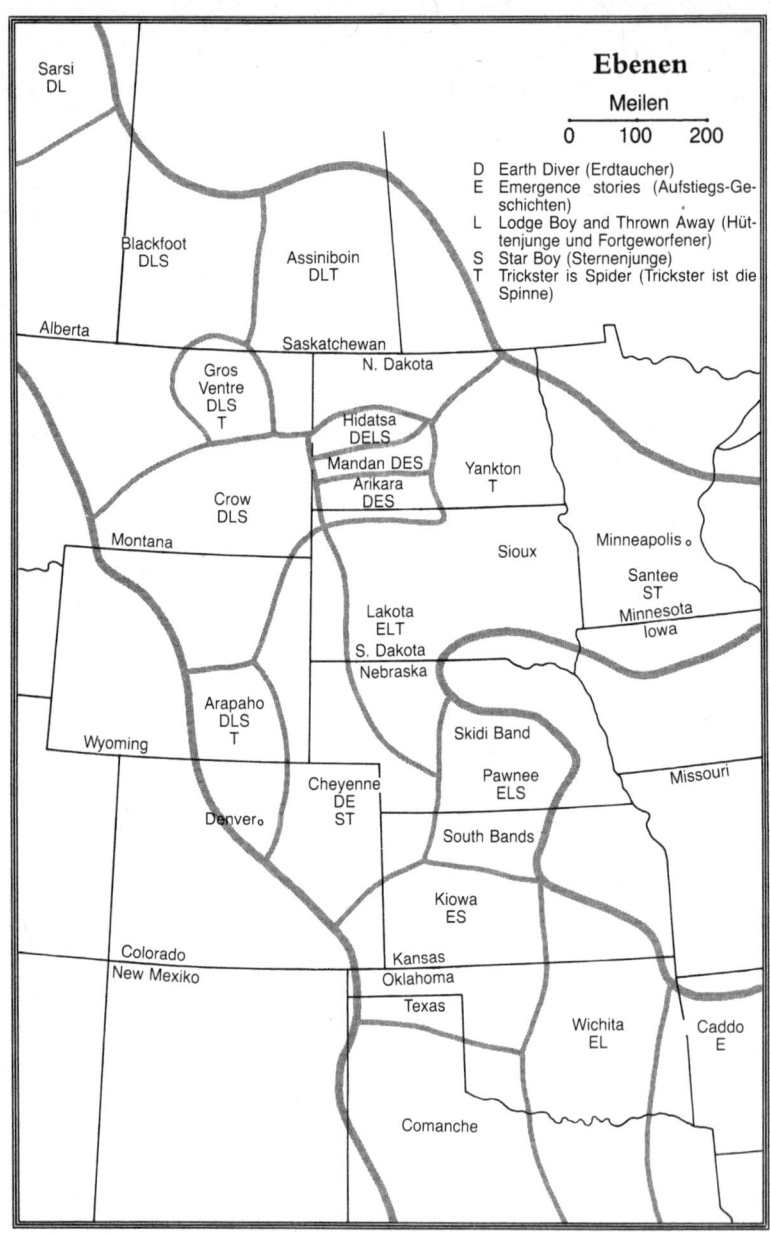

Sarsi
DL

Blackfoot
DLS

Assiniboin
DLT

Alberta

Saskatchewan

N. Dakota

Gros
Ventre
DLS
T

Hidatsa
DELS

Mandan DES

Arikara
DES

Yankton
T

Crow
DLS

Montana

Sioux

Minneapolis ₒ

Santee
ST

Minnesota
Iowa

Lakota
ELT

S. Dakota

Nebraska

Arapaho
DLS
T

Wyoming

Skidi Band

Pawnee
ELS

Missouri

Cheyenne
DE
ST

Denver ₒ

South Bands

Kiowa
ES

Colorado
New Mexiko

Kansas

Oklahoma

Texas

Wichita
EL

Caddo
E

Comanche

Ebenen

Meilen

0   100   200

D   Earth Diver (Erdtaucher)
E   Emergence stories (Aufstiegs-Ge-
    schichten)
L   Lodge Boy and Thrown Away (Hüt-
    tenjunge und Fortgeworfener)
S   Star Boy (Sternenjunge)
T   Trickster is Spider (Trickster ist die
    Spinne)

Vater oder von Old Man. Die Blackfoot nannten ihn – und nennen ihn auch immer noch so – »Napi« (Old Man); für die Crow ist er der »Old Man Coyote«. Mehrere Stämme bezeichnen ihn als »Spinnenmann«.

Die Schöpfungsmythe ist im allgemeinen die des Erdtauchers, mit Old Man als Aufsichtführendem, wenn die Bisamratte oder andere Geschöpfe, den Lehm heraufbringen, aus dem sich die Erde bildet. In anderen Geschichten erschafft der Schöpfer menschliche Wesen, setzt den Tod ein, holt den Sommer, schlägt Feuer und lehrt die verschiedenen Künste. In einer der populärsten Geschichten befreit er die Büffel, welche die Krähe in eine Höhle eingesperrt hatte. Für die Comanche, die den Erdtaucher nicht kennen, ist diese die hauptsächliche Mythe.

Weitere Geschichten zeigen den Schöpfer als Trickster, der Nahrung stiehlt, seine Frau betrügt und den Narren spielt. Typische Trickster-Geschichten der Ebenen enthalten die Themen vom Frauenlager, vom Haarschnitt des Trauernden, vom Sonnentanz der Mäuse, vom Fett, Schmutz und den Beeren. Es sind meist triviale Geschichten, erzählt zur Unterhaltung.

Wenn man nach Osten und Süden in das Gebiet der Sioux, der Pawnee und der Wichita kommt, finden wir den Trickster in einer Nebenrolle, und die Schöpfungsakte werden von erhabeneren Mächten übernommen. Der Übergang kündigt sich in gewissen Geschichten der Cheyenne und Gros Ventre an, in denen der Erdtaucher der animalische Helfer eines fernen »Wesens« oder »Person« ist und nicht der übliche Trickster-Schöpfer des Ostens. Im Osten und Süden entfällt die Erdtaucher-Geschichte, Aufstiegs-Themen erscheinen, und die Schöpfung der Welt wird als das Werk eines Geistes hingestellt, der bei den Pawnee »Tiráwahat« genannt wird, bei den Wichita heißt er »Mann, der auf der Erde nie bekannt war«, bei den Caddo »der Große Vater über uns«. Diese Personen sind niemals Trickster. Nachdem der Schauplatz hergerichtet worden ist, zieht sich der ferne Schöpfer meist zurück. Zuvor hat er seine Macht auf den ersten Menschen übertragen, der dann der Kulturbringer wird.

Doch Schöpfungs-Zyklen machten nicht die gesamte Mythologie dieser Region aus. Mindestens ebenso bedeutsam, wenn nicht noch wichtiger, waren die Heroen-Geschichten, die dem Erzähler Tränen in die Augen treten ließen und die jungen Männer zu großen Taten anspornten, wenn sie auf den Kriegspfad zogen oder auf die Jagd gingen. Unter den Pawnee wurden solche Erzählungen »Kawaharu« (Glücks-)Geschichten genannt, weil man davon ausging, daß sie Glück brächten. Bei mehreren der westlichen und nördlichen Stämme entwickelte sich ihr Erzählen zu einer differenzierten Kunst, mit dem Ergebnis, daß man sie mit den novellistischen Geschichten der Zuni und Irokesen vergleichen kann. Obwohl sie Varianten in anderen Regionen haben, sind diese Mythen am bezeichnendsten für die Großen Ebenen.

Der Heros, aus dem nichts zu werden scheint

»Es war einmal ein armer, lahmer, einäugiger Junge, dessen Haar buschig war, weil es niemanden gab, der ihn je gekämmt hätte. Er hatte viele Flöhe. Die Leute haßten ihn, weil er so schmutzig war.« So beginnt eine Pawnee-Geschichte mit einer Folge von Pejorativen, die länger als üblich ist. Doch sie unterschlägt die Information – die im allgemeinen in solchen Geschichten mitgeliefert wird –, daß der Heros unter Ekzemen leidet, daß er keine Verwandten hat und daß die anderen Jungen auf seine elende kleine Hütte urinieren, wann immer sie dort vorbeikommen.

Heroen der Ebenen ist der Erfolg nicht in die Wiege gelegt worden. Selbst ihre Namen deuten auf ihr einfaches Herkommen hin: »Narbengesicht«, »Gefunden-im-Gras«, »Schmutziger Junge«, »Fortgeworfener«. Eine ganze Anzahl von Wichita-Geschichten kreisen um »Topfbauch«. Unter den Lieblingen der Wichita waren »Kleiner-Topfbauch-Junge«, »Macht-das-Bettnaß« und »Halb-ein-Junge« (dem es in seinem früheren Leben so übel erging, daß er nun nicht mehr wächst.

Das Aschenbrödel-Thema ist nicht auf die Ebenen beschränkt. Von Arm-zu-Reich-Geschichten sind auch beliebt an der Nordwestküste und in den meisten anderen Regionen. Aber nirgends fangen Heroen so tief unten auf der sozialen Leiter an wie in den Ebenen.

Hüttenjunge und Fortgeworfener

Eine der bekanntesten Mythen mit einem jugendlichen Heros, die von den Ebenen von Kanada bis Texas erzählt werden, beginnt mit der Warnung eines Ehemanns an seine schwangere Frau. Sie soll keine Gäste empfangen, wenn er nicht daheim ist. Dann jedoch, als ein fremder Mann erscheint, mißachtet sie dieses Verbot und lädt ihn in die Hütte ein. In einigen Versionen ist der Besucher Doppelgesicht, ein Monster mit Augen, Mund und Nase auf der Rückseite des Kopfes.

Die Frau setzt ihm Fleisch auf einem Borkenteller vor, aber Doppelgesicht sagt: »Nein, ich esse mein Fleisch nicht von Rinde.« Sie versucht es mit einer Schale aus Büffelhorn, danach aus Schafshorn und auch Elchshorn, immer ohne Erfolg. Endlich gibt er ihr zu verstehen, daß das Essen auf ihren Leib gelegt werden muß, und sie gehorcht dieser Aufforderung. Während er nach dem Fleisch langt, zerreißt er ihren Körper, und während er sie so tötet, kommen zwei Zwillingssöhne zur Vorschein. Ehe er fortgeht, wirft er den einen Jungen in den Brunnen und läßt den anderen in der Hütte zurück.

Als der Ehemann heimkommt, begräbt er seine Frau. Er findet das Kind in der Hütte, füttert es und der Junge wächst rasch heran. Das andere Kind, der Fortgeworfene, kommt herein, um zu essen und mit dem Bruder zu spielen, aber immer nur, wenn der Vater nicht da ist. Endlich fängt der Mann auch seinen zweiten Sohn, und nach der Version der Crow treibt er ihm die Wildheit aus, indem er Räucherwerk unter seiner Nase verbrennt. Somit wird er menschlich.

Bereit zu Abenteuern, hört der Knabe seinen Vater von den verschiedenen Monstern erzählen. Dieser beschreibt die Gefahren und befiehlt ihm dann, sich ihnen nicht auszusetzen. Sobald aber der Vater fort ist, brechen die Zwillinge zum Nest des Donnervogels oder des verschlingenden Monsters auf bzw. sie stellen sich eben jenen Gefahren, vor denen der Vater sie eindringlich gewarnt hat. Sie obsiegen und töten Doppelgesicht, der seinerseits ihre Mutter getötet hatte.

In einigen Versionen exhumieren sie die Leicher ihrer Mutter und geben ihr das Leben zurück (die gesamte Sequenz mit Doppelgesicht und den Zwillingen ist die Reminiszenz einer Mythe aus dem Nordwesten Kaliforniens, in der Kinder in alter Zeit mit Kaiserschnitt geboren wurden, wobei die Mutter immer starb, bis der Kulturheros die natürliche Geburt einführte).

Wie ein Geschichtenerzähler der Wichita berichtet, töteten die Zwillinge alle bösen Wesen, die in alter Zeit lebten. Als sie von ihrem letzten langen Abenteuer zurückkommen, stellen sie fest, daß ihr Vater verschwunden ist (er ist ein Stern geworden). Ihre Hütte ist von Ranken überwuchert. Fortgeworfener schießt einen Pfeil in die Ferne, und ein Blutstropfen fällt in seine Hand, ein Zeichen dafür, daß der Stern der Vater des Jungen gewesen ist. Die Zwillinge begreifen diesen Hinweis, klettern durch die Luft und treffen ihren Vater am Nachthimmel wieder.

Wie es bei den Sarsi, den Blackfoot, den Gros Ventre und den Araphao erzählt wird, bildet das Schlußabenteuer der Zwillinge nur einen Übergang zu einer zweiten Saga mit dem Titel »Schmutziger Junge« oder »Gefunden-im-Gras«. In einer Blackfoot-Version ersteigt der Fortgeworfene einen hohen Baum zur Oberen Welt und verschwindet. In seiner Verlassenheit weint der andere Bruder so heftig, daß er verwandelt und »ein schmutziger, kleiner, verwahrloster Junge« wird.

Eine alte Frau hat Mitleid mit ihm und führt ihn zu ihrem Zelt. Sie macht sich über seine Chancen im Leben keine Illusionen. Als der Häuptling des Lagers einen Schießwettbewerb ankündigt, um zu entscheiden, wer seine Tochter zur Frau bekommen soll, bittet der Schmutzige Junge die alte Frau, ihm Pfeile zu machen, damit er daran teilnehmen kann. Sie aber spricht: »O du schmutziges Wesen! Willst du dem Lager Schande machen? Wenn sie dich sehen, wird einem jeden übel werden.« Dennoch fertigt sie ihm einen Bogen und gibt ihm vier Pfeile, wenngleich diese sehr schlechter Qualität zu sein scheinen. Mit ihnen, wie sich von selbst versteht, gewinnt er den Wettbewerb.

Nach weiteren Abenteuern verwandelt sich »Schmutziger Junge« in einen stattlichen Mann. Er errettet den Stamm, indem er Büffel zusammentreibt, und steigt dann zum Himmel auf, wo er seinen Bruder trifft und die beiden die Sterne Castor und Pollux werden.

Die klassische Blackfoot-Version, die hier sehr gerafft wiedergegeben worden ist, wurde 1933 dem Anthropologen Clark Wissler und Mitgliedern seiner Gruppe von dem Erzähler Wolf Head (geboren 1840) zwei Jahre vor dessen Tod erzählt. »Wolf Head«, schreibt Wissler, »begriff, daß diese Mythen vielleicht veröffentlicht werden würden, und während er fortfuhr zu erzählen, merkten wir, daß es ihm um die künstlerische Tat seines Lebens ging.«

Sternenjunge

Es ist zweifelhaft, ob »Hüttenjunge und Fortgeworfener« jemals die Hauptmythe eines der Stämme in den Ebenen darstellte, obgleich diese Geschichte sehr beliebt war. Eher trifft dies auf eine vergleichbare Geschichte, die vom »Sternenjungen« beinahe zu. Sie nahm bei mehreren Stimmen, darunter die Crow, Arapaho, Blackfoot und Kiowa, einen hervorragenden Rang ein.

Das Epos beginnt mit der Geschichte vom Sternenbräutigam (die auch die Küsten-Plateau-Mythe von »Musp« und »Komól« einleitet). Wie dort auch, ist hier von zwei Mädchen die Rede, die sich einen Stern als Mann wünschen. Sie wachen im Himmel auf, die eine von ihnen wird schwanger. Nachdem sie mit ihrem neugeborenen Sohn zur Erde hinabgestiegen ist, stirbt die junge Mutter. Das Kind aber wird ein Heros.

Es kann aber auch sein, daß die Einführung ein Subtyp des Sternen-Ehemannes ist, in dem eines der Mädchen von einem prächtigen Stachelschwein über einen gestreckten Baum in den Himmel hinauf gelockt wird.

Im allgemeinen ist das Stachelschwein der verkleidete Mond, manchmal auch die Sonne. Die junge Frau heiratet ihn, bekommt einen Sohn, steigt ab oder fällt auf die Erde zurück. In diesen Versionen wird das Heroenkind häufig Mondjunge oder Sonnenjunge genannt. In einer Variante der Crow heißt es, der himmlische Ehemann sei der Schöpfer. Doch diese interessante Verbindung wird selten hergestellt.

Nach dem Tod der Mutter wird der Junge von einer alten Frau adoptiert, die zu der wichtigsten weiblichen Gestalt in der Geschichte wird. Sie heißt »Großmutter«, »Alte Mutter« oder »die Alte Frau, die niemals stirbt«. Sie ist eine Erdgottheit oder eine Vegetationsgöttin und erinnert an die Sich Wandelnde Frau bei den Navajo. Wie in den Heldenmythen des Südwestens schickt sie den

Jungen zu Abenteuern aus, und er kehrt immer wieder in ihre Hütte zurück.

Die Erlebnisse von Sternenjunge gleichen denen des Hüttenjungen und des Fortgeworfenen. Tatsächlich sind mehrere Episoden austauschbar. Beide besiegen außer dem Donnervogel und dem Verschlingenden Monster auch Lange Arme, Feurige Moccasins und das weibliche Topfmonster (das Menschen tötet, indem es sie in einen Kessel mit kochendem Wasser taucht).

Im Unterschied zu Hüttenjunge und Fortgeworfenem, die manchmal ihre Mutter wieder zum Leben erwecken, erfährt der Sternenjunge selbst den Tod und die Wiederauferstehung. Eine Schlange kriecht in seinen Körper und verharrt dort, bis der Junge tot ist. Sein Fleisch fällt ab, aber die Schlange bleibt immer noch um seine Knochen geschlungen. Solange sie so dasitzt, kann der Junge nicht wieder lebendig werden. In einer Version der Gros Ventre hat der Vater Mond endlich Erbarmen mit seinem Sohn. Er schickt einem kalten Regen, der die Schlange vertreibt. Sofort erhebt sich der Junge und ist völlig wiederhergestellt.

Während der Zeit, in der er als Skelett (ausgestreckt?) gelegen hat, »gab er sein Ebenbild den Menschen, und dies war ein Kreuz«. So jedenfalls erzählt es ein Araphao-Geschichtenerzähler, wahrscheinlich unter christlichem Einfluß. Dann erhob er sich in den Himmel und wurde »der Morgenstern, das Kreuz genannt, in Wirklichkeit aber der Kleine Stern (i. e. ›Sternenjunge‹)«.

Bei den Blackfoot ist die Hauptfigur der Geschichte der Stammesheros, »Narbengesicht« genannt. Seine Abenteuer sind Schwiegersohn-Prüfungen, und wie beim Schmutzigen Jungen ist seine Belohnung eine schöne Braut. Nach der Überlieferung der Kiowa wird der Held früh in seiner Laufbahn in zwei Hälften geteilt und heißt deshalb »Zerteilter Junge«. Am Ende erscheint einer der beiden Zerteilten Jungen unter einem See, während der andere sich in die »Tsaidetali«-Medizinen verwandelt, bei denen es sich um die Heiligen Bündel oder die tragbaren Altäre der Kiowa handelt.

Der Sonnentanz

»Mein Großvater Licht der Welt, die Alte Frau Nacht meine Großmutter, so stehe ich hier vor diesem Volk, alt und jung.« Mit diesen Worten beginnt der Medizinmann eines der typischen Gebete des Arapaho-Sonnentanzes, bei dem die alte Frau angerufen wird, die den Sternensohn adoptierte.

Für die meisten Stämme der Ebenen war der Sonnentanz, der im späten Frühjahr oder frühen Sommer abgehalten wurde, die wichtigste Zeremonie des Jahres. Teils ein soziales Ereignis, war es auch eine Gelegenheit für das Volk, seinen Glauben an die Geister zu erneuern, während die Männer Proben ihres Durchhaltevermögens boten. Deswegen enthielt das viertägige komplexe Ritual Anspielungen auf die Mythe vom jugendlichen Heros. Unter den Blackfoot soll der Sonnentanz von »Narbengesicht« eingesetzt worden sein, während die Hidatsa seine Erfindung dem »Fortgeworfenen« zuschrieben, dessen Schlußabenteuer in ihrer Version der Geschichte eine Reise in die Himmelswelt war, wo der Held die verschiedenen Rituale lernte.

Die Arapaho bezogen sich auf die Geschichte vom Hüttenjungen und Fortgeworfenen, aber in abgeschwächter Form. Sie legten ein besonderes Messer auf den Altar des Sonnentanzes. Dies, so sagte man, sei das Messer, mit dem die Monster an der Mutter der Heroen den Kaiserschnitt vornahmen. Zusätzlich verehrten die Arapaho die Mutter des Sternenjungen und identifizierten den Pfahl im Mittelpunkt der Sonnentanzhütte mit jenem Baum, den die junge Heldin, die dem Stachelschwein folgte, hinaufkletterte.

Der spektakulärste Teil des Sonnentanzes, jedenfalls so wie ihn die Arapaho, die Sioux und mehrere andere Stämme zelebrierten, war das Selbstopfer eines der Teilnehmer. Dieser erlaubte, daß man ihm Spieße in Schulter und Brust trieb. Die Spieße waren mit Büffelschädeln verbunden, die an den Wunden rissen, wenn die Männer tanzten; oder die Tänzer wurden mit ihren Spießen an ein langes Band festgebunden, das zum Mittelpfahl oder zu den Dachsparren der Hütte verlief. Entweder stemmten sich die Männer beim Tanz gegen die Bänder oder man zog sie daran mehrere Fuß hoch über den Boden und ließ sie so hängen. In den Riten der Arapaho verkörperten die Bänder jenes Seil, mit dessen Hilfe Sternensohns Mutter zur Erde herabgestiegen war.

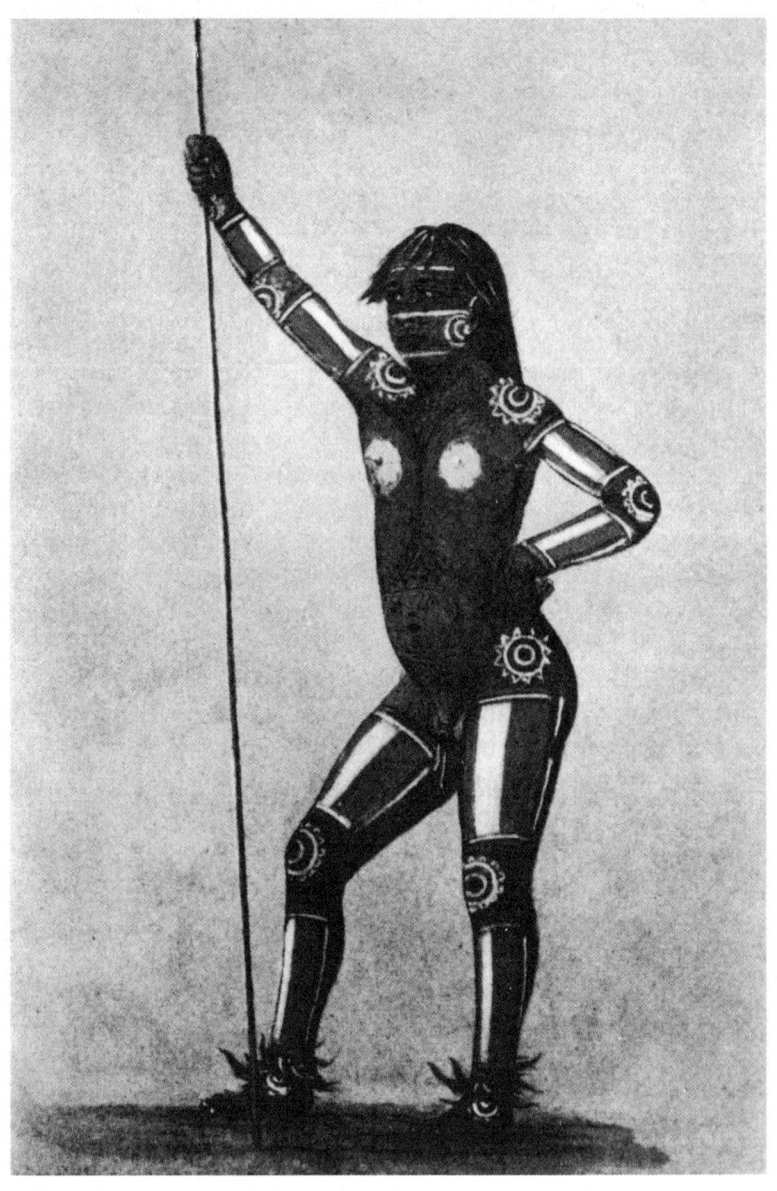

Büffelbulle und Possenreißer. Körperbemalungen während der Okipa-Zeremonie der Mandan.

Zeichnungen von George Catlin (1832).

Schockierte Beobachter im 19. Jahrhundert verdammten diese Praktik, nannten sie unchristlich, und der Sonnentanz wurde 1881 verboten. Wenngleich durch den Indian-Reorganization-Act des Jahres 1934 wieder zugelassen, wurde der Opferteil des Rituals in den 60er Jahre unseres Jahrhunderts nicht mehr praktiziert, nur um dann desto heftiger wieder aufgenommen zu werden. Bei einer veränderten Einstellung wird die alte Sonnentanztortur heute als »Opfer« oder »Bestrafung« bezeichnet. Man kann es in Dokumentarfilmen im Fernsehen anschauen und selbst christliche Missionare sprechen heute ohne Empörung darüber.

Okipa

Der Sonnentanz feiert das Andenken an die jugendlichen Heroen, erinnert gleichzeitig aber auch an die Taten des väterlichen Schöpfers. Bei den Arapaho und den Cheyenne werden Erdklumpen auf den Hauptaltar gelegt, Hinweise auf die Erdtaucher-Mythe. In gewissem Sinn ist der gesamte Sonnentanz eine Zeremonie zur Erneuerung der Welt, bei der Natur und Gesellschaft eine neue Lebensfrist zugeteilt wird.

Bei vielleicht keiner Version des Sonnentanzes wird dies so klar und dramatisch dargestellt wie bei dem viertägigen »Okipa« der Mandan, das früher jedes Jahr zu der Zeit abgehalten wurde, wenn die Weidenblätter voll ausgetrieben sind. Lose verbunden mit der Mythe des Schöpfer-Ernährers »Einsamer Mann«, bestand das Ritual aus Maskenspielen und Tänzen, die mit den Episoden der Erzählung in Zusammenhang standen. Kurz gesagt, ist das Epos des »Einsamen Mannes« die Geschichte der Weltenschöpfung, meist durch den Erdtaucher, gefolgt von des »Einsamen Mannes« Freilassung der Büffel, die vom »Gefleckten Adler« eingesperrt worden waren. Dann kommt die Sintflut, vor der der »Einsame Mann« das Volk errettet, indem er eine wasserdichte Umfriedung um das Dorf zieht. Endlich wird der Monstertöter geboren. Er heißt Possenreißer, und seine Macht, böse Wesen zu töten, erschreckt die anderen Geister, die sich zusammentun, um ihn zu verderben. Nachdem sie ihn in seinem Grab aus schwarzem Fels versiegelt haben, geht »Einsamer Mann« fort und spricht: »Wenn Leute an mich denken, werde ich als Südwind antworten.«

Die Okipa-Zeremonie der Mandan (Blains) auf ihrem Höhepunkt: die Torturen der Initianden des Bisonbundes. Ebenfalls aus: George Catlin, Letters and Notes on the Manners, Customs and Conditions of the North American Indian (1832).

Jeder, der mit indianischer Überlieferung vertraut ist, kennt gewiß die Reproduktion des Gemäldes mit dem Titel »Okipa« von George Catlin, das er 1833 malte. Es zeigt die gewölbten Erdhütten der Mandan, die sich um einen offenen Platz gruppieren, in dessen Mitte eine großes faßähnliches Gefüge von Brettern zu erkennen ist. Es verkörpert die Einfriedung, die die Leute vor der Sintflut schützte. Die Figuren der Büffeltänzer und des zeremoniellen Clowns, Possenreißers, schwarz am ganzen Körper mit Mustern von weißen Kreisen, zeigen, daß bei den Mandan die Kunst der Körperbemalung ein hohes Grad an Vollkommenheit erreicht hat. Die damit zusammenhängenden Mythen wurden erst nahezu einhundert Jahr später überliefert. Sie waren allerdings zu dieser Zeit noch intakt, obwohl die Zeremonie inzwischen zusammengebrochen war. Catlin, der selbst kleine mythische Fragmente bewahrt hat, wußte weit mehr. »Ich könnte mehr darüber schreiben«, notierte er, »und einen ganzen Band mit ihren Geschichten und Überlieferungen füllen, aber es wäre ein Band voller Fabeln und kaum des Aufschreibens wert.«

14. Erde und Himmel

Die schwere schwangere Frau

Die Hidatsa des westlichen Nord-Dakota waren die nördlichsten der Stämme in den Ebenen, die Mais anpflanzten und ständig in Dörfern lebten. Ihrer Mythologie zufolge, die von den Mandan adaptiert wurde, entstiegen sie der Erde und trugen ihre Garten-produkte mit sich. »Einsamer Mann« war ihr Anführer.

Eine Ranke, die sie in der Unterwelt gepflanzt hatten, war durch ein Loch in der Erdrinde gewachsen. Daran stiegen sie hinauf, einer nach dem anderen. Viele waren schon auf der Erde angelangt, als eine schwangere Frau wieder hinabzusteigen begann. Andere warteten unten, aber diese Frau war so schwer, daß die Ranke brach, mit dem Ergebnis, daß sie und der Rest in der Unterwelt bleiben mußten.

In einem der Mandan-Berichte wird erwähnt, daß es Jungfrauen waren, die hinaufkletterten, und daß der schweren Frau der Eintritt verwehrt wurde. Sie reagierte mit einem Akt zorniger Verachtung, und daraus resultiert die Trennung des Volkes. Die untere Gruppe repräsentiert die Toten, die obere die Lebenden.

Dieselbe Geschichte wird auch unter den Lakota-Sioux erzählt und in einer weit schwächeren Form auch bei den Cheyenne. Eine alte Kiowa-Version behauptet, daß die Leute einer nach dem anderen durch einen hohlen Baumstamm irgendwo fern im Nor-den diese Welt betraten. Als nun die schwangere Frau sich durch-zwängen wollte, blieb sie stecken und blockierte den Weg für jene, die nach ihr kamen. Mit der Einfühlungsgabe eines Dichters hat der moderne Kiowa-Autor N. Scott Momaday die Mythe in seinen Memoiren »The Way to Rainy Mountain« – (Der Weg zu den Regenbergen) nacherzählt. Er verbindet sie mit einer Einsicht, die ihn an einem bestimmten Punkt seines Lebensweges plötzlich überkam. »Ja«, dachte ich, »jetzt sehe ich die Erde wie sie wirklich ist, nie wieder werde ich die Dinge so sehen wie ich sie gestern oder am Tag zuvor gesehen habe.«

Die Frau dazwischen

Bei den Arikara, deren Dörfer sich unmittelbar nach Süden an die der Mandan anschließen, nimmt die Aufstiegs-Geschichte eine etwas andere Form an. Wie die heiligen Worte der Mythe besagen, waren die ersten Wesen, die »Nishánu« (Häuptling) schuf, Riesen, die vernichtet wurden, weil sie ihren Schöpfer verspotteten. Nachdem er ein paar seiner Lieblingskinder als Maiskörner in die Erde gesteckt hatte, ertränkte »Nishánu« die übrigen in einer Sintflut. Er pflanzte auch Mais im Himmel an, und als er reif war, nahm er einen Kolben und verwandelt ihn in die Maismutter, die vom Himmel herabkam, um das neue Volks aus der Tiefe herauf- zuführen.

Maismutter und Maismädchen wachen über das Wachstum der Maispflanzen. Acrylmalerei des Hopi Milland Lomacema.

In jenen Tagen waren die Menschen noch Tiere, und einige, wie der Dachs und der Maulwurf, halfen der Maismutter, indem sie Gänge durch den Boden gruben. Dies geschah weit im Osten. Als

159

die Leute durchgestoßen waren, führte sie die Mutter westwärts, vorbei an drei großen Hindernissen (einer Erdspalte, einem dichten Wald und einem See), dann überließ sie sie sich selbst und kehrte wieder in den Himmel zurück.

Zeremonielles Zermahlen von Mais. Tempera-Wandmalerei von Romando Vigil, um 1920. Vier Puebloindianerinnen in unterschiedlicher Körperhaltung zermahlen den – verschiedenfarbigen – Mais, darüber ein Regenbogen.

In ihrer Abwesenheit vergnügten sich die Leute mit allerlei Spielen, aber immer endete es mit Mord und Totschlag. »Nishánu« mißfiel das. Er sandte die Maismutter mit einem Mann zurück auf die Erde, welcher der Führer des Volkes werden sollte. »Sein Name sei Nishánu.« Dieser Mann zeigte ihnen, wie man Krieg gegen seine Feinde führt, und die Maismutter selbst lehrte sie ihre Stammesriten.

Die Vorstellung von einer weiblichen Figur, die zwischen Himmel und Erde vermittelt, taucht unter den eng verwandten Pawnee wieder auf, die den Abendstern anbeten, der bei ihnen eine entsprechende Rolle spielt. Auch die Weiße Büffelkalbfrau bei den Lakota-Sioux ist wahrscheinlich eine späte Adaption eines Vorbildes bei den Arikara oder den Pawnee. Mit den Worten eines alten

Arikara-Erzählers: »Hinwendung und Dankbarkeit ist die Menschheit ›Nishánu Natchitak‹ (dem großen Häuptling oben) schuldig für all die guten Dinge, die er gemacht hat, und Mutter Mais, durch deren Vermittlung wir uns dieser Wohltaten erfreuen.«

Tiráwahat

Die Rezitation der Arikara-Schöpfungsmythe erfolgt während des Frühjahrsschöpfungsrituals, zu einem Zeitpunkt, da die Heiligen Bündel der Maismutter, die Maiskolben und andere Gegenstände enthalten und gewöhnlich in Büffelfelle eingeschlagen sind, vorsichtig geöffnet werden. Wie es die Arikara nennen: »Mutter hat ihren Gürtel aufgetan.«

In ihrer eigenen Schöpfungszeremonie, die etwa zur selben Zeit abgehalten wird, enthüllen die Skidi-Pawnee ihren Abendstern oder ihr Gelbes Büffelkalb, Bündel, die Maiskolben enthalten wie auch eine heilige Pfeife. In einem Ritual mit Gebeten an die Mutter Mais, welche auch Mutter der Morgenröte oder Mutter Gelber Sonnenuntergang genannt wird, singt der Skidi-Priester eine poetische Version der Schöpfungsmythe und erschafft dabei, Schritt um Schritt, die Welt neu. Eine erzählte Version, die 1902 aufgezeichnet wurde, nachdem die Zeremonie schon völlig untergegangen war, stellt die folgende Geschichte dar:

Im Anfang war »Tiráwahat« (Ausdehnung), der sprach zu den Göttern, die um ihn herum saßen, und wies einen jeden an den richtigen Platz. Die Sonne wurde nach Osten gesandt, der Mond nach Westen. Zum Abendstern sprach er: »Du sollst im Westen stehen, du sollst bekannt werden als Mutter aller Dinge, denn durch dich werden alle Dinge erschaffen werden.« Den Morgenstern stellte er in den Osten, damit er als Krieger die alten Leute (die Sterne?) gen Westen trieb. Der Nordstern und ein anderer nicht genauer benannter Stern wurden in den Norden und Süden gerückt. Dann bestimmte »Tiráwahat« noch vier andere zu Sternen des Nordostens, Nordwestens, Südwestens und Südostens und hieß sie den Himmel hochhalten. »Eure Kraft wird dem Volk bekanntgemacht werden, denn ihr sollt den Himmel mit euren Händen berühren und mit euren Füßen die Erde.«

Als die Götter so in ihre Pflichten eingewiesen worden waren, gab »Tiráwahat« Wolken, Winde, Blitze und Donner dem Abendstern und hieß ihn, diese zwischen sich und seinen Garten (ein mythisches Maisfeld im Westen) zu rücken. Als nun diese vier ihre Kürbisrasseln rührten, begann »Tiráwahat« die Erde zu erschaffen. »Wolken kamen herauf. Die Winde bliesen Wolken herbei. Die Blitze und Donnerschläge fuhren in die Wolken. Die Wolken wurden über den Himmelsraum gerückt, und als die Wolken nun dick waren, ließ »Tiráwahat« einen Kiesel auf sie fallen. Der Kiesel kullerte in den Wolken herum. Als der Sturm vorbei war, war im Raum alles Wasser.« Dann schlugen die vier Himmelsträger das Wasser mit ihren Kriegskeulen und zerteilten es, so daß die Erde erschien.

Nachdem die Flüsse gesäubert und verschiedene Saaten ausgestreut worden waren, nahm der Abendstern den Morgenstern zu seinem Gefährten, und das Paar zeugte ein Mädchen, das die Mutter der Menschheit wurde. Mond und Sonne aber zeugten einen Knaben, der wurde der Ehemann des Mädchens. Dann zeigte der Abendstern dem Ehemann, wie man die Heiligen Medizinbündel herstellt, und die vier Elemente, unter der Aufsicht von Abendstern (Wolken, Winde, Blitz und Donner) lehrten sie alle Lieder, die zu den Zeremonien gehören.

In der dichten Bilderwelt der Schöpfungsriten-Lieder wird die Rolle der vier Elemente von »Paruhti« (wundervolles Wesen) übernommen. Dabei handelt es sich um einen anderen Namen für »Tiráwahat«, von dem man sich vorstellt, daß er über die tote Erde reist und alles Leben bringt.

Der Frühlingsdonner, so sagte man bei den Skidi-Pawnee, habe die Stimme »Paruhtis« und das Ritual selbst wurde »Donnerzeremonie« genannt.

Die griechische Verbindung

Mit ihrem geordneten Pantheon und ihrer festen Verbindung zu Ritual und Theologie kommt die Skidi-Schöpfungsgeschichte der altmodischen und europäischen Vorstellung von dem, was eine Mythe sei, ziemlich nahe. Die Geschichte wurde nur einmal aufgezeichnet, und zwar von dem Priester Roaming Scout, übersetzt durch ein Pawnee-Halbblut, den Ethnographen James R. Murie, selbst ein Mitglied der Episkopalkirche.

Murie ist der ungenauen Übersetzung beschuldigt worden und, was noch schwerer wiegt, es ist behauptet worden, er habe sein Material in ein günstiges Licht gerückt. Diese Angriffe sind weder schlüssig noch ungewöhnlich. Auch im Hinblick auf Muries umfangreiche Beiträge zu den Studien über die Pawnee und Arikara kann man ohne weiteres davon ausgehen, daß die klassischen Obertöne in der Mythologie von »Tiráwahat« eher ein Werk des Zufalls sind als eines Plans.

Zweifellos war damals die Hinwendung zum Klassischen in Mode. In seiner »Dakota-Grammatik« aus dem Jahre 1893 verglich Stephen Return Riggs enthusiastisch die Wasser-Monster der Santee-Sioux-Mythe mit dem griechischen Gott Poseidon und den Donnervogel mit Juppiter tonans. Dieser Vergleich erscheint überzogen.

Ein paar Jahre später aber hatte der Arzt und Ethnograph J.J. Walker unter den Lakota-Sioux mehr Glück. Er arbeitete mit erfahrenen Medizinmännern zusammen, deren letzter 1920 starb. Walker entwarf eine systematische Mythologie, die »viel Ähnlichkeit mit der des alten Ägypten, Griechenland und Rom« aufweist. Diesmal war diese Behauptung zutreffend. Doch Walkers Methode war fragwürdig. Nachdem er sich in die Lakota-Überlieferung versenkt hatte, baute er offensichtlich Mythen aus Gesprächsfetzen und Antworten zusammen, die durch die Art des Fragens vorbeeinflußt waren.

Am bedauerlichsten ist, daß er nichts aus einem Stück schuf. Jedoch, was immer er auch zu sagen hat, ist in einem gewissen Sinn authentisch.

In Walkers Kosmologie korrespondiert die mystische Gestalt des »Skan« (unübersetzbar, zu identifizieren mit dem Himmel) mit dem Skidi-»Tiráwahat«. Die weibliche Vermittlergestalt ist jetzt »Wohpe« (Meteor), auch »Weiße Büffelkalbfrau« genannt. »Skan«, der Große Geist, erschafft »Wohpe« (Meteor) als seine Tochter und macht aus ihr die Göttin der Harmonie, der Schönheit und des Vergnügens.

Zuerst aber war nur »Inyan« (Fels), der seinen eigenen Körper benutzte, um eine große Scheibe »Maka« (Erde) zu schaffen. Als das Blut ihm aus den Adern floß, wurde daraus das Wasser auf der

Erde. Inyan schrumpfte, wurde hart und kraftlos. Ein Teil des Wassers wurde »Tanka« (Himmel). Dann sprach eine Stimme: »Ich bin die Quelle der Energie. Ich bin ›Skan‹.«

Nach der Erschaffung von »Anp« (Licht) und »Wi« (Sonne), rief »Skan« einen Rat der Götter zusammen und verlieh ihm die Macht, noch weitere Götter und Göttinnen zu schaffen, offenbar angesichts eines Gefühls von Einsamkeit. Danach verliert sich die Geschichte in einer Folge amouröser Intrigen unter den Göttern und den ersten Sterblichen mit all den Konflikten und dem Partnertausch, den wir aus der griechischen Mythologie her kennen.

1930 sandte Franz Boas seine Studentin Ella Deloria vom Stamm der Sioux aus, um herauszufinden, ob sich Walkers Geschichten verifizieren ließen. Das war nicht der Fall. Keiner der Süd-Dakota erinnerte sich an eine Mythologie dieser Art. Möglicherweise war sie das Geheimwissen einiger Schamanen gewesen. Und vielleicht war sie nicht traditionell. Wie immer wieder betont wurde, war Walkers Hauptquelle George Sword, ein Medizinmann, der zugleich ein epikopaler Diakon gewesen war.

Immerhin konnte sich der Medizinmann Lame Deer noch 1970 an eine dieser merkwürdigen Geschichten erinnern. Er hatte sie von seiner Großmutter gehört. Aufgezeichnet von Walker, ist es eine Geschichte von »Wi« (Sonne), der seine Frau »Hanwi« (den Mond) betrog. »Wi« hatte sich in die sterbliche Frau »Ite« (Gesicht) verliebt, die ihrerseits ihren Ehemann »Tate« (Wind) betrog. Als Strafe für ihre Untreue befal »Skan«, daß »Wi« seine Gefährtin »Hanwi« verlieren solle – seither beherrschen Sonne und Mond verschiedene Zeiten des Tages. »Ite« aber wurde damit bestraft, daß sie ein zweites, verabscheuungswürdiges Gesicht bekam und nun »Anog-Ite« (Doppelgesicht, vielleicht in bezug zu jenem Doppelgesicht, das die Mutter des Hüttenjungen und des Fortgeworfenen ermordete) genannt wurde.

Der Schurke in dieser Geschichte ist der Trickster »Inktomi«, der die betrügerische Verbindung zwischen »Wi« und »Ite« arrangierte. Aber weder ist diese Geschichte den Trickster-Geschichten zuzuordnen, noch ist ihre Atmosphäre völlig griechisch. Eine Spur von viktorianischer Moral scheint in ihr aufzublitzen. Außerdem, und dies trifft auf viele Geschichten der Sammlung von Walker zu, weist sie eher die atemlose Qualität eines Handlungsumrisses als den leichten Fluß einer regelrechten Erzählung auf. Aus Gründen, die nicht schwer zu verstehen sind, stehen die modernen Lakota der Mythologie Walkers mit einer gewissen Vorsicht gegenüber. Die meisten jedoch würden zugeben, daß sie wertvolle Einsichten in das religiöse Denken der Lakota im späten 19. Jahrhundert vermittelt – eine Periode großer Kreativität bei den Sioux, wie dies auch bei den Stämmen des nördlichen Zentral-Kaliforniens der Fall war.

15. Mythen der Zukunft

Jüngstes Gericht

Während der Aktivitäten der Geistertänzer 1890 liefen Prophezeiungen über die Zerstörung der Welt über die Ebenen hin. Die Menschen glaubten, die Erde werde zwar zerstört werden, doch eine neue Erde werde vom Himmel fallen und mit ihr neue Büffelherden. Die Weißen würden dann verschwinden und alle indianischen Vorfahren – eben die Geister – würden ins Leben zurückkehren.

Im Küsten-Plateau hatten ähnliche Visionen mystische Traum-Kulte inspiriert, die sich nach Nevada und nach Norden bis zu den athapaskischen Carrier- und Biber-Indianern ausbreiteten. Einige sagten, die Seen und Flüsse würden die Erde unterminieren und sie wie eine Insel freisetzen, gerade so wie in frühester Zeit. Dann würde der Kojote zurückkommen, die Weißen vernichten und die Welt wieder zu dem Ort des Glücks und der Zufriedenheit machen, der sie einst gewesen war.

Mythen vom Weltuntergang gehen Hand in Hand mit Religionen wie denen der Geistertänzer, sie kommen auf in Zeiten der Krisen und verblassen im Gedächtnis, kaum daß sich die Aufregung wieder gelegt hat. Es kann aber auch vorkommen, daß solche Prophezeiungen manchmal zu einem ständigen Bestandteil der Mythologie eines Stammes werden. Unter den Lakota und den Pawnee zum Beispiel gibt es eine Geschichte, daß nach einer Sintflut der Schöpfer einen Büffel im Norden aufstellte, um das Wasser zurückzuhalten. Jedes Jahr verliert der Büffel ein Haar. Wenn er alle seine Haare verloren hat, wird die Welt wieder überflutet werden.

Nach Vorstellungen der Wichita begann das Leben auf Erden, so wie wir es heute kennen, in uralter Zeit damit, daß eine Stimme den »Stern-der-sich-immer-bewegt« anrief und ihn aufforderte, das letzte der drei Rehe zu erschießen, das aus dem Wasser springen würde. Das erste Reh war weiß, das zweite schwarz und das letzte schwarz-weiß. Die Erschießung des schwarz-weißen Rehs bedeutet die Veränderung von Nacht zu Tag, die noch nicht reguliert worden war. Der Jäger verwundete das Reh und verfolgte dieses und die zwei anderen in den Himmel, wo sie als eine Sternenkonstellation verblieben. Die Stimme des Wesens, die den Befehl erteilt hatte, hatte der Sonne gehört.

Danach entstanden Dörfer und die Leute lernten zu jagen und Mais zu pflanzen. Aber der »Stern-der-sich-immer-bewegt«, jagt immer noch die drei Rehe und hofft zum Schuß zu kommen. Jedes Jahr kommt er ein bißchen näher. Wenn er schließlich das schwarzweiße Reh erlegt, ist das Ende der Welt da. Dann werden alle Sterne und die Sonne wieder menschliche Wesen wie in früheren Zeiten, und es wird eine neue Welt geschaffen werden.

Stammesmedizin

Heilige Gegenstände, die das Glück oder »die Medizin« eines Stammes symbolisieren, sind in den zentralen Ebenen besonders wichtig. Für die Arapaho ist die »Flache Pfeife« diese Medizin. Für die Suhtai-Cheyenne ist es die »Büffelkappe« und für die eigentlichen Cheyenne sind es die vier »Heiligen Pfeile«. Dies sind reale physikalische Gegenstände; liebevoll werden sie zu Heiligen Bündeln verpackt, und ein jedes steht unter der Obhut eines besonderen Wächters. Solange der Gegenstand intakt bleibt, hat er die Macht, den Stamm in die Zukunft zu tragen.

Im späten 20. Jahrhundert blieben die Stammesmedizinen als Gegenstände von politischem, wenn nicht religiösem Wert geschätzt, und die Mythen, die über ihren Ursprung berichten, sind jene, die am lebendigsten geblieben sind und wahrscheinlich auch überleben werden. In gewissem Sinn sollten diese Geschichten eher Legenden als Mythen genannt werden, da sie häufig historische Qualität besitzen, was einen Vergleich mit den christlichen Heiligenlegenden nahelegt.

Arapaho-Geschichten, die vom Ursprung der »Flachen Pfeife« berichten, sind rein mythisch. Ihnen zufolge wurde die Pfeife von einer Schildkröte, welche die Rolle des Erdtauchers am Anfang der Welt spielte, von unter dem Wasser heraufgebracht. In einer anderen Version geht der Schöpfer über das Urgewässer, hält die Pfeife in der Hand und sagt: »Ich wünschte, es gäbe ein Land, wo ich diese heilige Pfeife angemessen aufbewahren kann.« Als Antwort kamen Tiere und Vögel aus den vier Himmelsrichtungen und

Drei Szenen der Büffelkappen-Legende. Zeichnungen (1901–1905) von Richard Davis, einem Cheyenne: Der Heros wählt sich einen Gefährten;

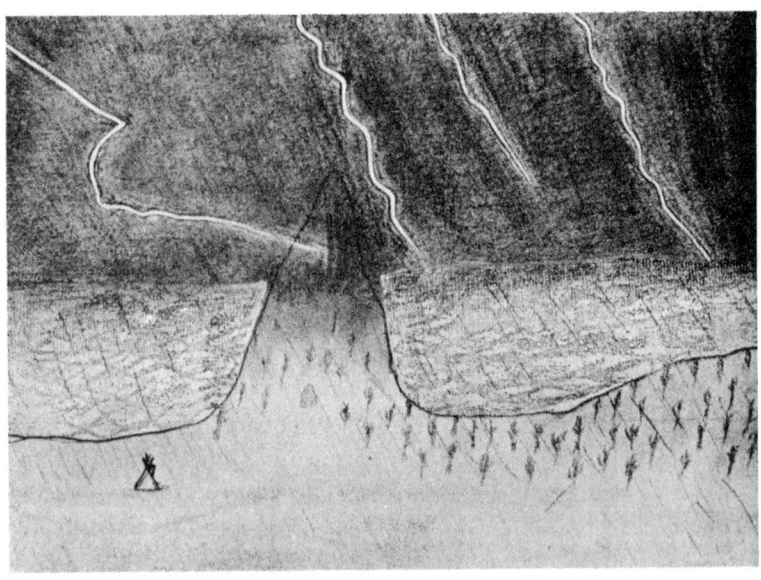

sie erhalten die Unterweisung auf dem Heiligen Berg;

sie kehren zurück und führen die Büffel mit sich.

tauchten nach Erde. In wieder einer anderen Version ist die Pfeife
der Schöpfer selbst, der auf dem Wasser treibt, »fastend, weinend
und rufend«. Schließlich kommen die Wassertiere und tauchen
nach Erde.

In der Zeit des Geistertanzes waren viele Arapaho mit ihren
Gedanken auf die Pfeife fixiert und sangen: »Die Heilige Pfeife sagt
mir, daß wir gewiß bald mit unseren toten Freunden und Vorfahren vereinigt sein werden, die dann wieder zum Leben erwachen.«

Typischer noch ist vielleicht die Suhtai-Legende von der Büffelkappe, die berichtet, wie der Heros »Aufrechte Hörner« während
einer Hungersnot diesen lebensrettenden Talisman seinem Volk
brachte. Angeblich datiert die Geschichte aus der Zeit vor 1850,
jenem Zeitpunkt, da die Suhtai Teil der Cheyenne wurden. An
einem bestimmten Punkt in ihrer frühen Geschichte, so heißt es,
welkte das Gras, das Wild starb und die Leute hatten nichts zu essen
außer trockenen Kräutern und Hundefleisch.

Auf der Suche nach Nahrung reiste der Stamm gen Norden und
kampierte eines Abends neben einem Bach. Dort wurden die

Männer angewiesen, in Paaren zu den Frauen zu gehen, die sie bewunderten und von ihnen etwas zu essen zu erbitten. Ein junger Medizinmann wählte die Frau des Häuptlings, und sie wurde auch prompt auf der Reise weiter nach Norden seine Gefährtin. In der Nacht kampierten sie, schliefen aber nicht zusammen. Nach mehreren Tagen kamen die beiden an ein Gebirge. Sie rollten einen Stein fort, der einen Zugang versperrte und drangen in das Innere des Gebirges ein. Drinnen lehrte sie die Große Medizin die Lieder und Prozeduren des Sonnentanzes und sprach dann: »Nehmt diese gehörnte Kappe. Tragt sie, wenn ihr die Zeremonie ausführt, in der ich euch unterwiesen habe, und ihr werdet Macht haben über die Büffel und all die anderen Tiere. Setzt die Kappe auf, wenn ihr von hier fortgeht, und die Erde wird euch segnen.«

Das Paar tat wie ihm geheißen, und als sie aus dem Gebirge traten und die Hunde vor sich her trieben, zeigten sich Büffel, und die verdorrte Erde wurde grün. Als nun die Leute den Heros kommen sahen, der die Büffelkappe trug, nannten sie ihn »Aufrechte Hörner«.

Die Legende von den Heiligen Pfeilen, die den eigentlichen Cheyenne zugeordnet wird, ist nahezu identisch mit dieser Handlung. Wieder reist der Heros – hier nun »Sweet Medicine« (Motseyoef) genannt – zusammen mit einer Braut zu einem Gebirge, wo er das zeremonielle Wissen erhält. Von der Braut begleitet, kehrt er mit den Medizinpfeilen zurück, die der Stamm bis auf den heutigen Tag bewahrt.

Beide Legenden sind Reminszenzen einer alten und in den Ebenen weit verbreiteten Mythe mit dem Titel »Die Büffelfrau«, in der ein junger Mann eine Büffelfrau heiratet, die ihn in ihre Heimat führt. Dort zeigt der Büffel ihm, daß man Büffelfleisch essen kann, und wie man Pfeil und Bogen benutzt, um Büffel zu erlegen. Nachdem er seine Lektion gelernt hat, kehrt er zu seinem Stamm zurück und teilt diesen sein Wissen mit.

Weiße Büffelkalbfrau

Unzweifelhaft ist die bekannteste der Stammesmedizinen die »Büffelkalbs-Pfeife« der Lakota-Sioux. Die Geschichte ihres Ursprungs, in der eine schöne Frau einem jungen Mann erscheint, dem verboten wird, sie zu berühren, weist bestimmte Ähnlichkeiten mit den Cheyenne-Legenden auf, kommt aber wahrscheinlich direkt von einem der Caddo-Stämme, den Arikara, Pawnee, Wichita oder Caddo.

Tatsächlich ist eine parallele Mythe unter den Wichita aufgezeichnet worden, und die »Büffelkalbs-Pfeife« selbst, die einen flügelartig hervorspringenden Rand auf beiden Seiten des Pfeifenkopfes hat, stammt von den Arikara. Nach den alten Sioux-Winter-»Counts«, den Chroniken dieser Stämme, scheint die Pfeife zwischen 1785 und 1800 zu den Lakota gelangt zu sein, vielleicht kurz nachdem dieser Stamm seine gegenwärtige Heimat im westlichen Süd-Dakota erreichte. Man tut gut, daran zu erinnern, daß die Sioux, wie auch die Cheyenne, spät in die Region der Ebenen kamen, wo die Caddo-Stämme schon lange saßen.

Nach einer 1907 vom Medizinmann »Elk Head«, dem Wächter dieser Pfeife, erzählten Version, hatten die Lakota früher an einem See weit im Osten gewohnt. Nach einem sehr strengen Winter wanderten sie westwärts und schickten zwei Späher voraus. Einer dieser beiden jungen Männer war gutherzig, der andere böse.

Nahe einem flachen Hügel erlegten die Späher ein Reh. Eben da erschien der Umriß einer Frau im Nebel, der sich über dem Hügel hob. Als der Nebel sich völlig gelichtet hatte, sahen sie ein schönes Mädchen, das in Salbei gehüllt war und ein Büffelhautbündel trug.

Überwältigt von seinen Gelüsten, rannte der böse Mann auf das Mädchen zu. Sie warnte ihn, aber der bedrängte sie weiter. Plötzlich senkte sich wieder Nebel herab, und man hörte das zischende Geräusch von Klapperschlangen. Als sich der Nebel wieder verzog, sah der junge Mann, der zugeschaut hatte, daß von seinem Gefährten nichts als die Knochen übriggeblieben waren.

Die heilige Frau gebot ihm, aus grünen Zweigen einen Kreis zu legen und versprach wiederzukommen, sobald sich der gesamte Stamm darin versammelt habe. Der junge Mann rannte mit dieser Botschaft zurück, der Kreis wurde ausgelegt und am nächsten Morgen betrat ihn das Mädchen.

Vor dem gesamten Stamm enthüllte sie die Pfeife und lehrte die Menschen die Lieder und Gebete der fünf großen Zeremonien: den »Fosterparent Chant« (Zieheltern-Gesang) den »Sun Dance« (Sonnentanz), den »Vision Cry« (Visionsschrei), den »Buffalo Chant« (Büffel-Gesang) und den des »Ghost Keeper« (Geisterwächters). Schließlich sagte sie: »Wenn ihr als Stamm aufhört, diese Pfeife zu verehren, werdet ihr aufhören, eine Nation zu sein. « Mit diesen Worten verschwand sie, und die Menschen sahen nur eine weiße Büffelkuh über die Prärie laufen.

Wie in den Zeiten von »Elk Head« wird das Pfeifenbündel im Cheyenne-River-Reservat im nördlichen Süd-Dakota aufbewahrt, wo es Zielpunkt von Pilgerfahrten ist. Für die Lakota stehen alle Medizinpfeifen mit der »Büffelkalbs-Pfeife« in Zusammenhang, und jeder Stammesangehörige kennt die Legende von der Weißen Büffelkalbfrau. Im Unterschied zur heiligen Überlieferung einiger Gruppen, die geheimgehalten und nur zu bestimmten Anlässen mitgeteilt wird, kann die Büffelkalbslegende auch ohne Zeremonie erzählt werden, und jeder, der sie kennt, wird sie gern erzählen.

Teil VII
Osten

16. Verlorene Welten des Südostens

Kinder der Sonne

Anfang des 18. Jahrhunderts, als die Franzosen sich in Louisiana niederzulassen begannen, kamen sie mit den spektakulären Überresten der Tempelhügelkultur in Berührung, die einst in der Region südlich des Ohio River vom Mississippi bis zum Atlantik dominiert hatte. Es handelte sich um den Stamm der Natchez mit dem bei ihm herrschenden Sonnenclan, seinem Monarchen und jenen Tempeln, die an die Pyramiden der Azteken und Maya erinnerten. Innerhalb von dreißig Jahren zerstörten die Franzosen die Städte der Natchez, und die Kultur, den Archäologen als die des Mississippi bekannt, ging nach einer langen Zeit des Verfalls endgültig unter.

In den nächsten hundert Jahren erfolgte der allmähliche Aufstieg der Creek, Cherokee, Choctaw, Chickasaw und Seminolen, die wegen ihrer unglaublichen Begabung für die Plantagenwirtschaft als die fünf zivilisierten Stämme bezeichnet wurden.

In den dreißiger Jahren des 19. Jahrhunderts erzwangen Weiße aus dem Süden, nicht länger bereit, die Konkurrenz der Indianer hinzunehmen (von denen viele wohlhabende Landbesitzer geworden waren), eine notorische Politik der Ausweisung, die einen indianischen Exodus zur Folge hatte, welcher in der amerikanischen Geschichte ohne Beispiel ist. Zu Fuß und ohne hinreichende Ernährung, auf einem »Zug der Tränen« durch Alabama, Mississippi und Arakansas, kamen Tausende, die man gezwungen hatte, ihre angestammte Heimat zu verlassen, zu Tode. Wieder einmal mußten die eingeborenen Stämme des Südwestens ganz von vorn

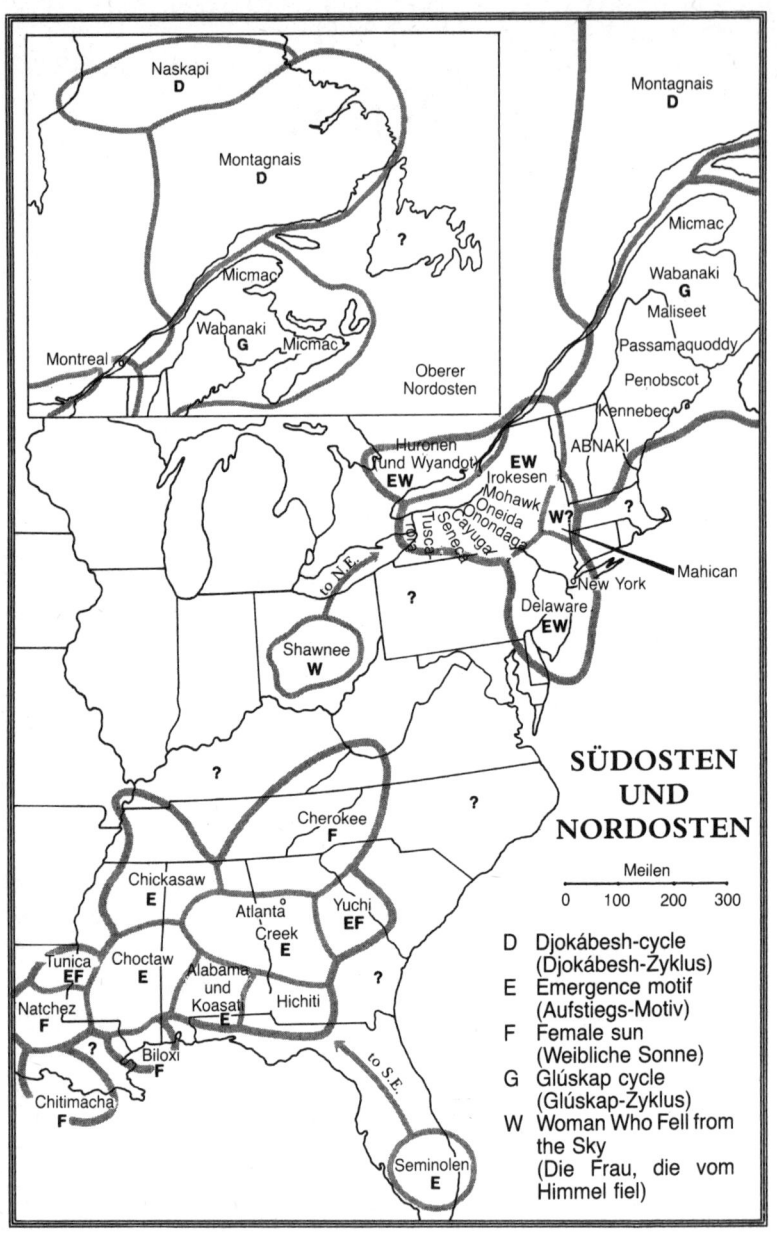

Naskapi
D

Montagnais
D

Micmac

Montreal

Wabanaki
G

Micmac

Oberer
Nordosten

Montagnais
D

Micmac

Wabanaki
G
Maliseet

Passamaquoddy

Penobscot

Kennebec

ABNAKI

Huronen
und Wyandot
EW

EW
Irokesen
Mohawk
Oneida
Onondaga
Cayuga
Seneca
Tuscarora

TO N.E.

W?

Mahican

New York

Delaware
EW

?

Shawnee
W

?

Cherokee
F

?

Chickasaw
E

Atlanta
Creek
E

Yuchi
EF

Tunica
EF

Choctaw
E

Alabama
und
Koasati
E

Hichiti

?

Natchez
F

?

Biloxi
F

Chitimacha
F

to S.E.

Seminolen
E

SÜDOSTEN
UND
NORDOSTEN

Meilen

0   100   200   300

D   Djokábesh-cycle
    (Djokábesh-Zyklus)
E   Emergence motif
    (Aufstiegs-Motiv)
F   Female sun
    (Weibliche Sonne)
G   Glúskap cycle
    (Glúskap-Zyklus)
W   Woman Who Fell from
    the Sky
    (Die Frau, die vom
    Himmel fiel)

174

anfangen. In ihrer neuen Heimat in Oklahoma und Texas und in abgelegenen Winkeln des Alten Südens, wo diese Gruppen Zuflucht fanden, gaben alte Indianer gelegentlich Historikern und Anthropologen Interviews und erhielten auf diese Weise das, was von ihren alten Überlieferungen noch übriggeblieben war. Die letzten der großen Sammler waren Jack Frederic Kilpatrick und Anna Gritts Kilpatrick, selbst Cherokee, die zwischen 1950 und 1960 Mythen, Volksmärchen und Gesänge aufspürten.

Durch diese Aufzeichnungen und durch Berichte von Reisenden und Missionaren, die die Gegend vor der »Vertreibung« bereisten, wird es möglich, wenigstens noch andeutungsweise die Mythologie, die in diesen alten Kulturen vorhanden war, zu rekonstruieren und selbst bis in die Zeit der Tempelhügel-Ära zurückzugreifen.

Bei den Chitimacha, deren Städte südlich von denen der Natchez lagen, war es der Schöpfer »Thoumé«, der die Menschen lehrte wie man Kleider fertigte, Feuer bohrte und sich fortpflanzte. Nach der Schöpfung des Mondes und der Sonne schickte Thoumé einen Untergebenen, der die Menschen die Kunst der Medizin und der Speisenzubereitung lehrte. Wahrscheinlich ist dieser zweite Geist identisch mit der Trickster-Gottheit »Kútnahin«, die in armseliger Gestalt, beschmutzt mit Bussardkot, über die Erde reiste. Einmal schaute er in ein Haus und erschreckte den Bewohner so, daß dieser floh. Kútnahin rief: »Habe keine Angst! Ich bin es, Kútnahin«. Doch der Mann wollte nicht hören und blieb weiter im Wald, wo er sich versteckt hatte.

Die Natchez selbst, wie die Inka in Peru, glaubten, daß die Kunst der Zivilisation von einem Mann und einer Frau gelehrt worden sei, die von der Sonne herabstiegen. Für die Creek, die östlich der Natchez wohnten, nahm die Kultur mit den Lehren von vier Gottheiten ihren Anfang, möglicherweise die Geister der vier Himmelsrichtungen, die vom Herrn des Atems geschickt worden waren. Noch im 20. Jahrhundert erinnerten sich die Yuchi aus Oklahoma, früher in Georgia und Süd-Carolina ansässig, daran, daß sie ihre alte Lebensart der Sonne verdankten, die sie »Tsoyahá« (Kinder der Sonne) benannt hatte.

Der Glückliche Jäger und die Maismutter

Man könnte annehmen, daß die alten Mississippi-Kulturen ausschließlich auf Ackerbau beruhten. Doch archäologische Beweisstücke zeigen, daß dies nicht der Fall war. In alter Zeit und in der frühen historischen Periode war die Lebensgrundlage dieser dicht bevölkerten Städte das Wild und der Mais. Die Situation spiegelt sich in zwei gut überlieferten Mythen, in der Geschichte von der Freilassung des eingesperrten Wildes und der Geschichte vom Ursprung des Mais aus dem Körper einer Frau.

Für die Alabama, Koasati und Creek-Stämme sind diese Mythen von beträchtlicher Bedeutung. Sie werden entweder getrennt oder als sich lang hinziehende Geschichten mit vielen Episoden erzählt. Unter den Cherokee jedoch ist wenigstens eine Version aufgezeichnet worden, die beide Geschichten zu einer zusammenfaßt. Es ist dies die Mythe von »Kanáti«, dem Glücklichen Jäger und der Frau, die »Selu« (Mais) genannt wird.

Wann immer Kanáti in den Wald ging, brachte er eine Ladung Wild für seine Frau Selu und ihren kleinen Sohn mit heim. Die Mutter wusch das Fleisch am Flußufer, und einmal stieg Blut im Wasser auf, dabei entstand ein zweiter Junge. Er wurde »Der-wild-aufwächst« genannt. Heimlich schlichen die beiden Jungen ihrem Vater nach, um zu sehen, wie er es anfing, immer so fette Böcke, Rehe und Truthühner heimzubringen. In einem Gebirge fern im Westen sahen sie, wie er einen Felsen vom Eingang zu einer Höhle fortrollte. Dort kamen die Tiere heraus. Ein paar Tage später kehrten die Jungen allein zu der Höhle zurück und ließen ein Wild heraus, aber sie waren nicht flink genug und in ihrer Verwirrung ließen sie die Vögel und anderen Tiere entkommen. Seither sind sie im Wald verstreut und es ist schwieriger geworden, sie zu jagen.

Nun waren die Jungen hungrig, und es gab kein Fleisch. Sie beobachteten ihre Mutter und sahen, wie sie Mais und Bohnen aus ihrem Körper hervorholte, indem sie sich den Magen und die Achselhöhlen rieb. Angeekelt weigerten sie sich, diese Nahrung zu essen, als sie ihnen diese vorsetzte. Sie fürchteten, sie sei eine Hexe und planten, sie zu töten. Sie war damit einverstanden, sterben zu müssen, und wies sie an, wie sie ihre Leiche bestatten und an ihrem Grab nachts wachen sollten. Das taten sie, und am nächsten Morgen wuchs Mais auf, fertig zur Ernte. Als sie davon hörten, kamen die Menschen von weit her und baten um Mais. Die Jungen gaben ihnen, hießen sie aber, auf dem Heimweg jeden Abend während ihrer siebentägigen Reise zurück Wache zu halten. Obwohl die Leute sich fest vorgenommen hatten, munter zu bleiben, schliefen sie in der siebenten Nacht dennoch ein, und dies ist der Grund dafür, daß der Mais nicht so rasch reif wird und ihn anzupflanzen und zu ernten harte Arbeit ist.

In den Versionen der Creek, Alabama und Koasati verwandelt sich der Vater in eine Krähe, was an Mythen der Ebenen erinnert, in denen die Krähe als Herr über die versteckten Tiere gilt. Die Geschichte vom Mais, der aus dem Körper eines Geisterwesens aufwächst, fehlt auf den Ebenen, ist aber im Osten und Mittelwesten weitverbreitet. In einer Version, die bei den Wabanaki in Neu-England aufgezeichnet wurde, sind die Blütenstände des Mais deswegen gelb, weil die Frau blondes Haar hatte. In einer Variante der Irokesen wachsen die Maisstengel aus den Brüsten der Frau. Bei den Chippewa sprießt die Pflanze – ungewöhnlich, aber nicht einzigartig – aus dem Körper des männlichen Maisgeistes, der »Mondamin« genannt wird. Ein seltsames Beispiel aus den Ebenen wird von den Arikara überliefert, die früher wenigstens eine Geschichte des Inhalts hatten, daß die Maismutter getötet wird, während sie ihr Volk besucht. Aus ihrem Leib aber entsprießen verschiedene Früchte.

Volkskundlich betrachtet, ist die Geschichte vom »Glücklichen Jäger und der Maismutter« eng verwandt mit der Geschichte von »Hüttenjunge und Fortgeworfenem« aus den Ebenen. Das ergibt sich noch deutlicher bei einer Version der Creek, in welcher der zweite Junge aus der fortgeworfenen Nachgeburt entsteht, nachdem die Mutter von einem Monster getötet worden ist, während der erste Junge auf bekannte Weise zur Welt kommt.

Kaninchen

Die Gestalt von Bruder Kaninchen, der bekannteste Beitrag des Südens zur Volkskunde der Welt, kann sowohl auf amerikanische wie auch auf afrikanische Quellen zurückgeführt werden. Da beide Kontinente den Kaninchen-Trickster als kulturelles Erbe für sich beanspruchen, sind die unentwirrbaren Einflüsse im Südwesten

Gegenstand langer Debatten gewesen. Ohne Zweifel gaben Indianer und schwarze Afrikaner Kaninchengeschichten weiter. Die Frage ist, wieviele und in welcher Richtung.

Wenn auch das Kaninchen kaum als Kulturheros bei den Indianern des Südostens vorkommt, spielt es doch eine Rolle beim Diebstahl des Feuers. Feuer gab es nur in dem Großen Haus, heißt es in eine Yuchi-Variante. Bei einem Tanz dort sollte das Kaninchen die Reihe der Tänzer anführen. Kaninchen tauchte seine Hände in Teer und während es scheinbar der ihm zugewiesenen Rolle gerecht wurde, griff es ins Feuer und die Kohlen blieben ihm an den Händen kleben. Es rannte mit der Glut davon, die Besitzer hinterdrein. Die es jagten, bewirkten einen Regenfall, doch Kaninchen verkroch sich in einen hohlen Stamm. Als der Regen aufhörte, zündete es den Boden an. Da nahmen die Leute das brennende Holz auf, das überall herumlag und gingen damit heim. So bekamen sie ihr Feuer.

Wenn die Geschichte auch wahrscheinlich indianisch ist, so hat sie doch einen Punkt mit der berühmten Bruder-Kaninchen- und Teebaby-Episode gemeinsam. In dieser wahrscheinlich aus Afrika stammenden Geschichte wird der Trickster selbst hereingelegt, als er eine Puppe, die aus Teer gemacht ist, berührt und festklebt.

In einer ungewöhnlichen Variante der Alabama stiehlt das Kaninchen nicht das Feuer, sondern die Sonne. Eine alte Frau hält offenbar die Sonne in einem Topf versteckt. Das Kaninchen geht zu einem Tanz in ihrem Haus, tanzt zu dem Topf hin und stiehlt diesen, als niemand hinsieht. Nach einer Verfolgungsjagd zerbricht es den Topf. Darauf helfen ihm alle anderen Tiere, die Sonne am Himmel auf ihren Platz zu rücken.

Die Schöpfung

Kooperation unter den Tieren – das Motiv vom Rat der Tiere – tritt in den wichtigsten Schöpfungsmythen der Cherokee, Yuchi und anderer Stämme auf. Nach einem Bericht der Cherokee aus dem 19. Jahrhundert befanden sich alle Tiere ursprünglich in »Galúnlati«, der Welt über dem Himmelsgewölbe, die aus festem Fels bestand. Darunter war nichts als Wasser.

Da die Tiere sich in »Galúnlati« drängten und es eng war dort, fragten sie sich, ob es unter dem Wasser denn nichts gäbe. Endlich bot der Wasserkäfer, genannt Bibers Enkel, an, dies herauszufinden. Er tauchte zum Grund und kam mit weichem Schlamm wieder herauf. Dieser wuchs, bis sich eine Insel bildete, die Erde genannt wurde.

Zuerst war die Erde weich und feucht, zu weich für die Tiere, um herunterzukommen. Sie schickten Vögel aus, um festzustellen, ob sie getrocknet sei. Als der Bussard darüber hinflog, wurde er müde, begann mit den Flügeln zu schlagen, so entstanden auf der weichen Erde Täler und Gebirge. Als die Erde endlich getrocknet war, stiegen die Tiere hinab. Mit der Einsetzung der Himmelskörper, der Pflanzen und menschlichen Wesen schloß das mythische Zeitalter.

In einer Version der Chitimacha werden der Erdtaucher und die Schöpfung der Himmelskörper und der menschlichen Wesen von einem obersten Geist, Thoumé, überwacht, der weder Augen noch Ohren hat, aber dennoch alles hören und sehen kann. Aus seinem Körper entspringt alles Leben.

Nach Vorstellung der Yuchi lebten die Tierwesen ursprünglich in »Yubahé« (in fernen Höhen). Selbst Sonne und Mond hatten in diesen Tagen Tiergestalt, und alle kamen sie auf dem Regenbogen zu ihren Tänzen und Zeremonien zusammen.

Mit dem Entschluß, eine Erde zu schaffen, endet in diesem Fall das mythische Zeitalter.

Nach einer der vollständigsten Versionen der Yuchi war es die Sonne, welche die Tiere beim ursprünglichen Schöpfungsakt beaufsichtigte. Erst bat sie den Biber, nach Schlamm zu tauchen, dann den Fischotter und schließlich den Flußkrebs. Letzterer brachte Schlamm herauf, und die Erde entstand. Als nächstes versuchten verschiedene Tiere, Licht in die Welt zu bringen, zuerst das Glühwürmchen, dann Stern und endlich Mond. Aber keiner von ihnen hatte genügend Licht. Die Sonne machte einen letzten Versuch und hatte Erfolg. Als sie den Zenith erreichte, wußte sie nicht, ob sie abwärts nach Westen weiterziehen sollte. Sollte es ständig Tag sein oder auch eine Nacht geben?

Nach einigen Diskussionen entschieden sich die Tiere dafür, daß auch eine Nacht geschaffen werden solle und damit die angemessene Zeit, um die sexuellen Bedürfnisse zu befriedigen. Hier haben wir wieder die Regulierung von Tag und Nacht, die eines der großen Themen indianischer Mythologie darstellt.

Die weibliche Sonne

Die hervorragende Bedeutung der Sonne in der Überlieferung des Südens, besonders in der älteren Tradition, ist nicht zu übersehen. In einem Maße, das man schon für typisch halten kann, war die Sonne hier eine Frau. In Berichten aus dem 18. Jahrhundert von den Tunica, den Nachbarn der Natchez, ist davon die Rede, daß die Sonne unter den verschiedenen Gottheiten an erster Stelle steht. Merkwürdigerweise wird auch berichtet, daß die beiden Haushaltsgötter der Tunica »eine Kröte und die Gestalt einer Frau« waren, »die sie anbeteten und für Repräsentanten der Sonne hielten.«

In den dreißiger Jahren unseres Jahrhunderts gelang es, eine fragmentarische Sonnen-Mythe von dem letzten überlebenden Tunica, Sesostrie Youchigant, aus Avoyelles Parish in Louisiana aufzuzeichnen. In Youchigants Geschichte, einer Variante der Enttäuschten Braut, entflieht eine junge Frau, deren Flußkrebse fischender Ehemann nichts außer Elritzen heimbringt, in den Himmel und wird die Sonne. Ob diese Mythe schon im 18. Jahrhundert geläufig war oder erst später angenommen worden ist, läßt sich nicht mit Sicherheit feststellen.

In der Yuchi-Mythologie ist die Sonne männlich als Kulturbringer, weiblich, wenn es sich um den Schöpfer handelt. Nach einer unter den Yuchi weit verbreiteten Geschichte wurden die Yuchi aus den Tropfen des Menstrualblutes geboren, das die Sonne verlor, als sie über den Himmel zog.

In einer ungewöhnlichen Orpheus-Mythe, die bei den Cherokee aufgezeichnet wurde, wird erzählt, daß die Leute in alter Zeit versuchten, die Sonne zu töten, weil sie ihnen zu heiß schien. Stattdessen aber wurde aus Versehen ihre Tochter getötet. Die trauernde Sonne kam nicht mehr aus ihrem Haus, und es blieb dunkel. In der Hoffnung, so das Licht wiederzuerlangen, reisten die Leute ins Totenreich und versuchten, die Tochter in einer Kiste zurückzutragen, die nicht geöffnet werden sollte, bis sie zu Hause waren. Unterwegs aber wollten sie die junge Frau etwas frische

Luft schöpfen lassen, sie öffneten die Kiste und das Mädchen flatterte als Kardinalsvogel davon. Seither weiß man, daß dieser Vogel die Tochter der Sonne ist. Und wenn die Leute sich an das Verbot, die Kiste zu öffnen, gehalten hätten, gäbe es heute keinen permanenten Tod.

Nani Waiya

Aufstiegs-Geschichten in der mündlichen Überlieferung des Südosten wohnt ein ausgesprochen weibliches Element inne. Nach der Überlieferung der Choctaw entstiegen in alten Zeiten verschiedene Stämme der »Mutter« (»Nani Waiya«), einem Hügel in Winston County, Mississippi, nahe dem Quellgebiet des Pearl River. Offenbar gab oder gibt es sogar immer noch einen offenen Schacht, der von der Unterwelt zur Spitze des Hügels führt. In einigen Versionen entsteigen ihm die Menschen in der Gesellschaft von Grillen. Andere sagen, nach ihrem Aufstieg hätten die Leute sich an den Abhängen des Berges ausgestreckt, um ihre Leiber trocknen zu lassen.

Während der Ära der Vertreibung am Ende der dreißiger Jahre des vorigen Jahrhunderts weigerten sich die Choctaw fortzuziehen mit der Begründung, daß sie doch ihre Mutter nicht verlassen könnten. Heute leben noch mehr als viertausend ihrer Nachfahren im Osten von Zentral-Mississippi in der Nachbarschaft von »Nani Waiya«. Sie bilden eine der größten geschlossenen Indianergruppen des Südens und sprechen fast alle noch ihre Eingeborenensprache.

17. Turtle Island im Nordosten

Die Stimmen der Ahnen

Wie in vorkolumbianischen Zeiten, so machen die Irokesen von New York auch heute noch Gebrauch von ihren zeremoniellen Rasseln aus getrockneten Schildkrötenschalen. So wichtig ist die Schildkröte für die irokesische Tradition, daß 1977 das Native American Center in Lewiston, New York, sich veranlaßt sah, sein neues Hauptquartier in der Form einer Schildkröte entwerfen zu lassen, mit vier Beinen, einem Schwanz und dem Maul, das als Haupteingang genutzt werden soll.

Für die Irokesen verkörpert die Schildkröte die Erde und symbolisiert die Verwandtschaft der Menschen mit der natürlichen Welt. In ihrer Version vom Erdtaucher wird der Schlamm, der aus dem Urmeer heraufgebracht wird, auf dem Rücken der Schildkröte ausgebreitet, und auf ihrem Rücken ruht die Insel der Welt noch immer.

Die Vorstellung von der Erde als einer Schildkröteninsel war einst bis hin zu den nahen Verwandten der Irokesen, den Huronen, und zu ihren Nachbarn auf der anderen Seite, den Delaware und den Shawnee, verbreitet. Weiter nach Westen lebt sie fort als ein minderes Motiv in der Überlieferung der Chippewa, der Mandan, der Gros Ventre, ja, selbst noch bei den Arapaho in Colorado. Mit Ausnahme der Mandan gehören diese westlichen Stämme zur Sprachfamilie der Algonkin, und mit ihrer Sprache mag auch die Idee mitgewandert sein, als man sie in die Ebenen vertrieb.

Im alten Inselland der Schildkröte blieben nur die sechs Nationen der Irokesen – die Mohawk, Oneida, Onondaga, Cayuga, Seneca und Tuscarora – intakt. Huronen, Delaware und Gemeinden der Shawnee überlebten an verstreuten Orten, besonders in Oklahoma, während andere, wie die Mahican und die Nanticoke, ihre kulturelle Identität völlig verloren haben.

Die Vitalität der modernen Irokesen läßt sich wohl zum Teil aus ihrer starken politischen Präsenz erklären, die bis in die großen Tage der irokesischen Liga zurückreicht. Dieser Zusammenschluß funktionierte schon wirksam im späten 17. Jahrhundert. Heute sind viele alte Überlieferungen wieder lebendig, besonders im Bereich der Musik, des politischen Zeremoniells und der Sprachen.

Mythologie schneidet da schlechter ab, obwohl man bedenken muß, daß die Irokesen nicht länger ihre Überlieferungen so offen weitergeben wie dies früher der Fall war. Ende der 80er Jahre unseres Jahrhunderts glaubten beispielsweise viele Irokesen, daß Fotos der Falschgesichter, also jener Masken, die bei Heilungszeremonien benutzt werden, nicht reproduziert werden sollten. Keine Einwände werden dagegen erhoben, die Zeichnungen und Gemälde der Masken zu veröffentlichen. 1978 bat ich einen Seneca-Sänger um Erlaubnis, eines seiner Lieder in ein Schallplattenalbum aufnehmen zu dürfen. Ein Lied zu nehmen, so erklärte er mir, »würde niemandem wehtun«, wenn ich ihn aber um den ganzen Zyklus gebeten hätte, so wäre meine Bitte wohl abgeschlagen worden.

Ein Buch mit Mythen und Geschichten, das 1976 von Mohawks veröffentlich worden ist, enthält sehr wenig im Vergleich zu den bedeutenden irokesischen Mythensammlungen um die Jahrhundertwende. Ohne Zweifel hat die Kunst, Mythen zu erfinden,

Heilungsritual des Falschgesichterbundes. Der Heiler und seine Helfer tragen Holzmasken. Gemälde eines Seneca-Indianers.

183

abgenommen. Doch das Buch beginnt mit einer Ansprache im Mohawk-Dialekt, die einen Satz enthält, der uns aufhorchen läßt: Onkwehshón: 'a shé: kon ionkwahronkhátie' ionkhihsothokon' kénha' ra'otiwén:na' (Leute, immer und ewig werden wir die Stimmen unserer Ahnen hören).

Die Frau, die vom Himmel fiel

Die beiden erfolgreichsten Sammler irokesischer Mythologie waren selbst zum Teil irokesischer Abstammung: J. N. B. Hewitt (1859–1937), der von den Tuscarora abstammte, und Arthur C. Parker (1881–1955), dessen englischen Vornamen prominente Seneca seit dem frühen 19. Jahrhundert getragen haben. Hewitt, der Zugang zu der älteren Generation von Erzählern hatte, spezialisierte sich auf die Schöpfungsmythe und brachte monumentale Versionen der Onondaga, Mohawk und Seneca in die Archive des Bureau of Ethnology in Washington.

Hewitt zog es vor, diese Mythe die irokesische »Kosmologie« zu nennen. Volkskundler kennen sie unter dem Titel »Die Frau, die vom Himmel fiel«.

In ihrem alle Stoffe umfassenden Ausmaß läßt sie sich mit den vollständigsten der Aufstiegs-Mythen des Südwestens vergleichen. Ihre Länge wird nur begrenzt durch die Kenntnisse des Erzählers und die Zeit, die es braucht, um sie zu erzählen. Die Schöpfung, der Ursprung des menschlichen Lebens und die Taten eines Kulturbringers sind die Hauptthemen.

Unveränderlich spielt die Eröffnungsszene immer in einer Welt über dem Himmelsgewölbe, wo eine junge Frau die Braut eines Mannes wird, der gewöhnlich weit älter als sie ist. Obwohl das Thema sehr vorsichtig behandelt wird, ist man geneigt anzunehmen, daß es sich um den Vater oder sogar um den Bruder des Mädchens handelt.

In einigen Versionen beschuldigt der Ehemann das Mädchen, als sie schwanger wird, des Ehebruchs.

Als Ergebnis dieser sexuellen Übertretung, ob nun eingebildet oder wirklich, wird der Baum des Lebens ausgerissen und die schwangere Frau durch die so entstandene Öffnung des Himmelsgewölbes hinausgeworfen. Während sie fällt, findet sich ein

Die Frau, die vom Himmel fiel, mit Enten, die ihren Fall lindern, und der Schildkröte, deren Panzer die Erde bildet. Aquarell »Schöpfungslegende« von Tom Dorsey, einem Onondaga. Philbrook Art Center, Tulsa, Oklahoma.

Schwarm Enten zusammen, der ihren Fall abbremst und sie sicher zum unter dem Himmel sich ausdehnenden Wasser geleitet, auf dem sie weich landet. Um ihr einen ständigen Zufluchtsort zu schaffen, versammeln sich alle Tiere und kommen überein, daß die Bisamratte nach Erde tauchen soll.

Der Meeresboden liegt so tief, daß die Ratte nur tot wieder an die Wasseroberfläche kommt. Aber in ihren Klauen und in ihrem Maul findet der Biber hinreichend Erde. Die Schildkröte ist bereit, sich diesen Fund aufzuladen. Als die Erde sich ausdehnt, wird die Schildkröte größer und größer, bis die Welt ihre angemessene Größe erreicht hat. Genau in diesem Augenblick bringt die vom Himmel gefallene Frau eine Tochter zur Welt.

Die Tochter wächst heran und wird vom Wind oder von einem geheimnisvollen Fremden geschwängert, der einen Pfeil bei ihr zurückläßt und dann fortgeht. In der schönsten aller Versionen, erzählt von Häuptling John Arthur Gibson im Jahre 1900, läßt der Fremde zwei Pfeile zurück, der eine hat keine Spitze, wird aber von ihm sorgfältig geradegebogen, der andere trägt eine Spitze aus Feuerstein. Als Folge bringt die Tochter Zwillingsknaben zur Welt, von denen der erste der Kulturheros ist, der »Schößling«, »Gute Gedanken« oder »Teharonhyawágon« (Träger des Himmels) genannt wird. Der zweite Junge ist »Feuerstein« oder »Böse Gedanken«. Er kommt durch die Achselhöhle seiner Mutter zur Welt. Dabei stirbt sie. Die vom Himmel gefallene Frau, nun Großmutter, wird Vormund der Zwillinge.

Von diesem Punkt an variiert die Geschichte von Erzähler zu Erzähler beträchtlich. Im allgemeinen werden die Schöpfungsakte von Schößling vollzogen, der eine ideale Welt zu gestalten versucht. Feuerstein, unterstützt von seiner Großmutter, tut alles, was in seiner Macht steht, um das Werk seines Bruder zu durchkreuzen, und das Leben der Menschen schwierig zu gestalten.

Man sagt, daß, wo immer Schößling ging und stand, Ahornschößlinge hinter ihm aus dem Boden sprossen; und wann immer er eine Handvoll Erde von sich warf, flogen lebendige Geschöpfe in alle Himmelsrichtungen. Die Tiere, die Schößling erschuf, wurden von Feuerstein in eine Höhle eingesperrt, aber Schößling befreite sie wieder. Feuerstein begann damit, eine Eisbrücke über das Wasser zu bauen, damit die Monster herüberkommen und die Menschen auffressen konnten. Doch Schößling schickte den Blauvogel aus, um Feuerstein einzuschüchtern, und das Eis schmolz. Solche Geschichten gelten bei den Irokesen als Allegorien des Wechsels von Winter und Sommer. Das Einsperren der Tiere steht für den Winterschlaf.

Die Großmutter erschuf aus dem Kopf ihrer toten Tochter die Sonne und mit Feuersteins Hilfe verbarg sie diese weit im Osten. Schößling, unterstützt von den Tieren, stahl sie und befestigte sie am Himmel.

Schößling erschuf die Flüsse in der Art, daß sie in beiden Richtungen leicht für Kanus befahrbar waren. Doch Feuerstein konterkarierte diese Schöpfung. Ihm ist es zuzuschreiben, daß die Flüsse heute nur in eine Richtung fließen.

Schließlich zieht sich Schößling von der Erde zurück, nachdem er zuvor Feuerstein getötet oder verbannt hat, der in einigen Versionen auch Herr der Unterwelt wird. Nach der Version von Häuptling Gibson erwachsen die »drei Schwestern« – Mais, Bohne und Squash-Kürbis – aus Schößlings begrabenem Körper, während sein Geist in den Himmel davonfliegt (nach anderen Berichten entsprießen die »Schwestern« dem Körper der Mutter).

Wie andere nordamerikanische Heroen ist Schößling trotz der Wichtigkeit seiner Mythe nicht Gegenstand eines alten Rituals. In der modernen Religion der Seneca, die durch Irokesen verbreitet wurde, wird jedoch Schößling mit dem Herrn des Lebens identifiziert, an den sich meist die Gebete der Menschen richten. Diese teilweise integrierende Annäherung von Ritual und Mythologie, in welche die Vorstellungen der Quäler-Missionare eingingen, stammt aus den Lehren von »Handsome Lake«, einem Seneca-Propheten, der die irokesische Religion in der Periode zwischen 1799 und 1815 wiederbelebte.

Der Ratsversammlungs-Stil

Redekunst in großem Stil, wert vor Gericht oder in einem Parlament praktiziert zu werden, scheint eine Spezialität der zentral-östlichen Stämme und der des Mittleren Westens gewesen zu sein, ob es sich nun um Irokesen, Algonkin oder Sioux handelt. Der weltliche Ton und die sorgsam ausgewogenen Sätze bestimmen diesen Stil, der selbst bei heiligen Ritualen wie der Zeremonie des Großen Hauses bei den Delaware, des Medizin-Rituals der Winnebago, der Fox-Medizinbündel-Zeremonie und den Trauerversammlungen der Irokesen durchgehalten wird.

Gelegentlich geht dieser Ratsversammlungs-Stil über in mythische Rezitationen, für die folgende Passage aus dem Schöpfungsepos des Häuptlings Gibson ein gutes Beispiel darstellt. Hier schickt sich der Kulturheros, der eben den Ersten Mann erschaffen hat, an, eine Frau zu erschaffen: »Nun machte er diesmal ein anderes Wesen. Auch für dieses nahm er das Fleisch von der Erde. Und als er es vollendet hatte, sprach er: ›Vielleicht wird es gut sein, wenn ich sie gleich erschaffe. Auch dieses Wesen soll sein wie ich in den Bewegungen seines Körpers.‹ So nahm er einen Teil des Lebens aus seinem Körper und setzte es in den des Wesens, das er gerade geschaffen, er nahm auch einen Teil seines Bewußtseins und tat es in den Kopf ihres Körpers, und dann nahm er einen Teil des Blutes und mischte es unter das Fleisch. Er nahm einen Teil seiner Kraft zu schauen und zu sprechen und gab sie ihrem Kopf, der ein Teil ihres Körpers war. Dann hauchte er ihrem Leib Leben ein. Und so wurde die Frau wahrhaft lebendig.«

Die weibliche Gottheit der Shawnee

Berichte von frühen Reisenden und Missionaren deuten darauf hin, daß die Geschichte von der Frau, die vom Himmel fiel, die wichtigste Mythe nicht nur der Irokesen, sondern auch der Huronen, der Shawnee, wahrscheinlich aber auch der Delaware und vielleicht sogar auch der Mahican (einem anderen Stamm der Algonkin, der früher im Hudsontal lebte) gewesen sein muß. Bis 1900 überlebte die Geschichte mit genauen Einzelheiten unter den Wyandot, einen Teilstamm der Huronen, der im 17. Jahrhundert westwärts gezogen war und sich schließlich in Kansas und Oklahoma niedergelassen hatte.

In älteren Huronen-Versionen, die von französischen Jesuiten in Kanada gesammelt worden sind, wird die gefallene Frau »Yatahéntshi« (uralter Leib) genannt und der Kulturheros ist »Yuskeha«. Diese Texte variieren beträchtlich, vielleicht weil jeder Clan seine eigene Überlieferung besitzt – offenbar ein Faktor, der in bezug auf alle Mythologien im unteren Nordosten (mit Aussnahme der

Irokesen) berücksichtigt werden muß. In einigen Varianten der Huronen wird »Yatahéntshi« sowohl als Mutter der Menschheit wie auch als Wächterin der Toten dargestellt und nimmt damit den Platz der Zwillinge in der irokesischen Version ein. Ihr Enkel »Yuskeha« bestimmt über das Schicksal der Lebenden.

In den Varianten der Shawnee kommt die gefallene Frau sogar zu noch höherem Ansehen. Sie nimmt nun die Rolle des Schöpfers schlechthin ein. Bekannt als »Wolke« oder »Unsere Großmutter«, steigt sie vom Himmel herab und erschafft die Schildkröte, die Erde wie auch die Landschaften von Erde und Himmel. Ihr Enkel »Wolkiger Junge« und dessen kleiner Hund reisen mit ihr. Gegen den Willen der weiblichen Schöpfungsgottheit tötet Wolkiger Junge einen riesigen Mann, indem er ihm ein Messer in den Bauch stößt. Aus dieser Wunde ergießt sich die Sintflut. Unsere Großmutter erschafft dann das Land neu, wobei sie den Flußkrebs als Erdtaucher einsetzt. Einige Zeit danach erschuf sie die Shawnee und zeigte ihnen, wie man Mais anpflanzt, wie man jagt, wie man Häuser baut und wie man Zeremonien abhält. Nachdem sie ihre Pflicht getan hatte, zog sie sich in den Himmel zurück.

Der Einfluß dieser weiblichen Gottheit in der Überlieferung der Shawnee leitete sich ohne Zweifel von einer tiefen Ehrfurcht vor der Mutterschaft her, einer Haltung, die charakteristisch ist für alle Kulturen des Ostens westlich von Neu-England, wo die Clan-Namen von der Mutter auf das Kind weitergegeben wurden und man die Frauen als die Gründerinnen der Nationen betrachtete. In diesem Zusammenhang soll noch erwähnt werden, daß Aufstiegs-Themen in den Gebieten der Shawnee, Huronen und Irokesen in gleicher Weise wie im Südwesten vertreten sind. Unter vielen Stämmen, besondern im Norden, jedoch scheint der Aufstieg zufällig oder wahlweise mögliches Merkmal der Mythologie zu sein.

Kürzere Mythen

In der Kunst des Fiktiven machen die Irokesen den Pueblo und Eskimo Konkurrenz; sie lassen eine Vorliebe für rein fiktionale Geschichten erkennen, die wenig mit der eigentlichen Mythe oder Volksüberlieferung zu tun haben. Im allgemeinen kann man

feststellen, daß das Schöpfungsepos in eben dem Umfang Mythologie der Irokesen enthält wie der Aufstiegs-Zyklus der Zuni ja
auch alle mythischen Themen umfaßt. Der Rest, und das ist der
Unterschied, hat im Osten einem säkularen Zug.

Dennoch gibt es gelegentlich Texte unter den kürzeren Geschichten, die für die Mythologie von Belang sind, und sie helfen
mit, ein abgerundeteres Bild von der Mythologie des Nordostens
zu gewinnen und lassen Verbindungslinien zu benachbarten Regionen, besonders zum Südosten, erkennen.

Die Hungrigen Plejaden: In der Alten wie auch in der Neuen Welt,
und zwar in der nördlichen und der südlichen Hemisphäre, wird
das jährliche Wiederauftauchen der sieben Sterne oder der Plejaden
als Signal für den Anfang oder das Ende der Jahreszeit des
Überflusses angesehen. Für die Indianer Nordamerikas sind die
Plejaden ein Wintersternbild, das an Nahrungsmangel und ver-
zweifelte Jäger erinnert.

Nach der Version der Irokesen waren die Sterne einst sieben
Kinder, die den Tanz liebten. Daran hatte ihre Mutter etwas
auszusetzen und enthielt ihnen die Nahrung vor. Den hungrigen
Kindern wurde es so leicht im Kopf, und als sie fortfuhren zu
tanzen, erhoben sie sich schließlich in die Luft und wurden zu dem
bekannten Sternbild. Zu Ehren des siebenten, kaum sichtbaren
Sterns erzählt man, eines der Kinder habe von oben herabgeschaut
und sei wieder auf die Erde hinuntergefallen. Aus ihm sei eine Pinie
geworden, die mit dem Sternenlicht über das latent im harzhalti-
gen Holz vorhandene Feuer verbunden sei.

Die Cherokee in Nord-Carolina haben dieselbe Geschichte.
Aber nach einer Variante der Natchez waren die fraglichen Sterne
einst sieben Menschen, die im Wald fasteten und dort die Gabe der
Prophetie erlangten. Sie blieben so lange aus, daß es ihnen zu spät
schien, noch heimzugehen. So verwandelten sie sich in Pinien. Als
dann die Europäer kamen und die Wälder niederlegten, entkamen
die Sieben in den Himmel und wurden dort die Plejaden.

Die Himmelsmädchen: Eines der verbreitetesten Volksmärchen –
jedenfalls behaupten dies einige Volkskundler – ist die Geschichte
von den Schwanenjungfrauen. Ein Mann heiratet eine von mehreren Vogelfrauen, die sich schließlich wieder in einen Vogel zurück-
verwandelt und davonfliegt. Es ist aber zweifelhaft, ob die zahlreichen europäischen, afrikanischen und amerikanischen Geschich-

ten, die unter diesem Thema zusammengefaßt werden, tatsächlich miteinander verwandt sind. Die Thematik bei den nordamerikanischen Indianern entstammt einer Geschichte aus Kanada und der Arktis: die Heldin ist eine Gänsefrau, die fortfliegt und mit ihrem menschlichen Ehemann zwei Kinder hat. Im Einflußbereich der Irokesen und im Südwesten tritt diese Geschichte nicht auf. Sie wird ersetzt durch eine etwas mehr mythische Geschichte, die wir »Die Himmelsmädchen« nennen wollen.

In einer wohlbekannten Variante der Shawnee, die Anfang des 19. Jahrhunderts gesammelt wurde, ist der Held »Weißer Falke«, ein Jäger, der auf zwölf leuchtende Mädchen aufmerksam wird, die in einem Korb zur Erde herabschweben. Die Mädchen tanzen auf einer Lichtung und umkreisen einen hellen Ball. Ehe sie sich jedoch wieder in den Himmel zurückziehen können, fängt Weißer Falke die Jüngste. Er macht sie zu seiner Frau und sie bringt einen Sohn zur Welt. Doch heimlich webt sie einen neuen Korb, und als dieser fertig ist, steigt sie mit ihrem Kind ein und erhebt sich mit ihm in den Himmel, wo sie von ihrem Volk, den Sternen, begrüßt wird. Da der kleine Junge aber seinen Vater vermißt, befiehlt der Sternenhäuptling seiner Tochter, zur Erde zurückzukehren. Er trägt ihr auf, ihr Mann solle ein Exemplar jeder Tierart, die er auf seinen Jagdzügen erlegt hat, mitbringen. Das tut der junge Mann auch, indem er Schwingen, Klauen und Füße in die Himmelswelt mitbringt. Die Sterne versammeln sich dann um diese Geschenke, und ein jeder wird der Vogel oder das Tier, das er gern sein möchte. Der Jäger, seine Frau und sein Sohn werden weiße Falken, und alle neu entstandenen Tiere steigen vom Himmel herab und breiten sich über die Erde aus.

Donner und Schlange: Die Donnergeister und die Wassermonster sind in der Überlieferung der meisten Indianerkulturen vertreten. Aber nirgends tauchen sie so hartnäckig in Verbindung miteinander auf wie in den Geschichten der irokesisch sprechenden Stämme, zu denen auch die Huronen-Wyandot und die entfernt verwandten Cherokee gehören. Bei der irokesischen Vorliebe für Allegorien verkörpern diese Mythen den ewigen Kampf zwischen Gut und Böse, bei dem der Donner über die gefährliche Schlange triumphiert. Solche Geschichten finden sich auch noch weiter nach Westen (gute Beispiele sind bei den Menomini in Wisconsin aufgezeichnet worden). In einer von Kilpatrick veröffentlichten Cherokee-Geschichte zum selben Thema spricht dieser von »einer der edelsten, ergreifendsten Mythen, die wir auf unseren Sammelfahrten gehört haben«.

In der Cherokee-Geschichte gibt es allerdings keine Mädchen. Stattdessen haben wir zwei Jungen, die eine Schlange im Wald finden und ihr versprechen, sie zu füttern, wenn sie ihr Helfer wird. Von dem Futter wird die Schlange riesig groß und treibt Hörner aus. Eines Tages werden die Jungen Zeugen eines Kampfes der Schlange mit dem Donner, der sie um Hilfe bittet und ihnen dafür verspricht, ihnen später auch immer beizustehen. Vor eine solche Wahl gestellt, schlagen sich die Jungen auf die Seite des Donners und schießen die Schlange tot. »Deswegen ist der Donner mit uns, solange wir leben«, kommentiert der Erzähler. »Gott richtete es so ein: der Blitz, der Donner und die Menschen sollen zusammen leben.«

Die Wurzeln des Friedens

Baum-Symbolismus, verbunden mit den Mythen der Alten Welt und der Überlieferung Südamerikas, ist vielleicht in der unteren (also südlichen) Region des Ostens stärker entwickelt als in jedem anderen Teil von Nordamerika. In »Die Frau, die vom Himmel fiel« fordert der Baum, der in der oberen Welt wächst, Beachtung, weil er zum einen das ganze Jahr über Früchte trägt und zum anderen eine Lichtquelle ist, die zunächst statt der Sonne existiert. In einer Version der Mohawk strahlt das Licht von den großen Blüten des Baumes, und es heißt, es seien die Blüten des Hartriegels.

In einer alten Delaware-Geschichte wächst der Baum vom Rücken der Schildkröte auf, aber hier auf Erden und nicht in der Himmelswelt, und die ersten menschlichen Wesen hängen als Früchte an seinen Zweigen.

Als philosophisches Konzept, das sich mehr auf ein Ritual als auf eine Mythe bezieht, stellen sich die Seneca ein Weltenbaum vor, dessen Zweige den Himmel durchstoßen und dessen Wurzeln sich bis zu den Wassern der Unterwelt erstrecken. Entsprechend reiben die Senaca-Falschgesichter ihre Schildkrötenrasseln an den Stämmen von Pinien und erlangen so die Kraft des Himmels und die Kraft der Erde.

Die Große Liga oder der Friede der Irokesen wird durch einen gewaltigen Baum symbolisiert, von dem angenommen wird, der Gründer der Liga, Deganawida, habe ihn gepflanzt. Das Ereignis trug sich nicht in mythischen Zeiten zu, sondern soll sich erst eine Generation vor Ankunft der Europäer abgespielt haben. Verschiedenen Legenden zufolge wurde Deganawida von einer Jungfrau der Huronen geboren; er wuchs rasch heran und überquerte dann den Ontario-See auf einem weißen Steinkanu, um die kriegerischen Irokesen zu besänftigen, die im Süden lebten.

Im Land der Mohawk traf Deganawida den Krieger Hiawatha, von dem gesagt wird, er sei ein Kannibale gewesen. Unter Deganawidas Einfluß änderte sich Hiawatha und half schließlich mit beim Aufbau der Liga. Bald schlossen sich den Mohawk auch die Oneida, die Cayuga und die Seneca an. Doch die Onondaga, beherrscht von ihrem bösen Häuptling Atotarho, hielten sich abseits. Schließlich kämmte Hiawatha die Schlangen aus Atotarhos Haar und auch die Onondaga traten dem Bündnis bei.

Als er den Friedensbaum pflanzte, kündigte Deganawida an, daß »vier große, lange weiße Wurzeln« gegen die vier Himmelsrichtungen austreiben und die Menschen unter dem Schatten des Baumes weilen würden, während auf seinem Wipfel ein Adler sitze, um die Nationen bei einem Angriff von außen zu warnen.

Unter den verschiedenen Baumsymbolen, die in ihrer Überlieferung vorkommen, betonen die Irokesen des 20. Jahrhunderts in ihrer zunehmenden politischen Bewußtheit besonders diesen Baum des Deganawida. Zusammen mit der Schildkröte, als Symbol der Erde, ist der Baum des Friedens das wichtigste Symbol der modernen irokesischen Nationen.

18. Glúskaps Land im Nordosten

Der große Lügner

Im Unterschied zu ihren Nachbarn im Westen und Süden hatten die Völker des oberen, also nördlichen Nordostens kein Schöpfungsepos. In diesem feuchten, kalten Land der Jäger und Fischer waren der Erdtaucher und die Aufstiegs-Mythen unbekannt. Wenngleich eine Anzahl von Geschichten – unter diesen auch jene um die Maismutter – frei die Küste hinauf kursierte, so gruppierte sich doch die Mythologie dieser Region um einen Kulturheros, der viel mit dem Verwandler der Nordwestküste und mit den Heroen der angrenzenden Irokesen und Huronen gemeinsam hatte.

Für die Wabanaki-sprechenden Gruppen von Neuengland und in den maritimen Provinzen Kanadas war dieser Heros »Glúskap«, um hier die Maliseet-Version des Namens zu gebrauchen, der bei den Micmac »Kulóskap«, bei den Penobscot »Gluskabé« und bei den Abnaki »Gluskobá« lautete. Das Wort bedeutet »Lügner«, manche sagen, »Glúskap« habe diesen Namen erhalten, weil er seine Feinde immer zu täuschen und zu narren verstand.

Meist wurde er als wichtigstes Mitglied einer Familie beschrieben, zu der noch eine Großmutter und ein jüngerer Bruder gehörten. Nach der Darstellung bei den Micmac war die alte Frau in klassischer Art eine der Erdmütter, die sich selbst immer wieder verjüngen konnte. Der Bruder war manchmal ein kleiner Junge, der Sable oder Marten hieß, manchmal auch ein Zwillingsbruder, Wolf genannt. In verschiedenen Versionen versucht er, das Werk seines älteren Bruders zu verderben, ganz so wie wir dies vom irokesischen Antiheros Feuerstein gehört haben.

»Glúskap« hat keinen Anfang. Er war immer da. Oder, wie einige der Stämme glauben, er kam über den Ozean und begann, den St. John, den St. Lawrence oder den Penobscot River heraufzureisen. Das Thema der Flußreise erinnert an die Nordwestküste und das Plateau mit ihren Verwandler-Mythen; dies gilt auch für zahlreiche Episoden, in denen »Glúskap« Monster erschlägt und die gefährlichen Riesentiere auf die normale Größe verkleinert.

In einer Penobscot-Geschichte befreit der Heros alle Hasen der Welt, nachdem er sich durch einen Eissturm hindurchgekämpft hat. Früher waren die Hasen einmal Menschen gewesen, denen die Hirne von einer Hexe ausgekämmt worden waren. Dann hatte sie sie zu dem Großen Hasen geschickt. Dieser hielt sie hinter einer Wand aus Schneestürmen gefangen. Aber nachdem »Glúskap« ihren Wächter und Herrn getötet hatte, stürmten die Hasen in alle Welt davon und wurden zur Nahrung für die Menschen.

Eine Mythe, die noch typischer für die Region ist, erzählt von einem Riesenfrosch, der das Wasser der Welt trank und damit eine Dürre verursachte. »Glúskap« tötete den Frosch, setzte das Wasser frei und rettete so die Menschen. Nach der Vorstellung der Penobscot entstanden in dieser Zeit verschiedene Clane und Familiengruppen, als nämlich die durstigen Menschen in die freigesetzten Gewässer sprangen und sich dabei in Hummer, Aale, Frösche und andere Wassertiere verwandelten. Damit wurden die entsprechenden Familiengruppen begründet.

In einem anderen Abenteuer überlistet »Glúskap« die verliebte aber böse Krugfrau, errettet seinen Bruder aus der Gewalt der Schlange »Atosis« und zähmt den Windvogel.

Für viele war er der große Lehrer, und es heißt, er habe den Menschen die Jagd und die Landwirtschaft gelehrt und den Sternen Namen gegeben. Unter den Passamaquoddy wurden ihm wenigstens einige Akte der Schöpfung zugeschrieben, er soll mit Pfeilen auf einen Eschenbaum geschossen haben und die Menschen waren dann aus der Borke hervorgekommen. Er hat auch die Tiere erschaffen, aber einige waren ursprünglich zu groß, wie das Eichhörnchen, das er kleiner machte, indem er es beruhigend streichelte und dabei vorsichtig niederdrückte.

In späten christianisierten Mythen der westlichen Wabanaki erschafft »Glúskap« sich selbst, indem er dem Staub entsteigt, der nach der Schöpfung Adams in der Luft hängt. Die Abnaki des 20. Jahrhunderts kennen den Heros nur als »Odzihózo« (er macht sich selbst aus etwas), und der alte Name »Gluskobá« ist in Vergessenheit geraten.

Djokábesh

Vom Standpunkt des Historikers aus hatte der »Glúskap-Zyklus« eine bedauernswert kurze Existenz. Keine seiner Geschichten wurde vor 1870 aufgezeichnet, und weniger als hundert Jahre später hatte er schon aufgehört, ein vitales Element der Wabanaki-Kultur zu sein. Im Gegensatz dazu ist der »Djokábesh-Zyklus« der Montagnais und Naskapi, deren Heimat nördlich der Wabanaki liegt, in der Außenwelt über dreihundertfünfzig Jahre hin bekannt. Gesammelt von Père Paul Le Jeune, erschien er zuerst in »Jesuit Relations« 1634. 1979 erschien er wieder – und zwar abermals auf Französisch – in einer klassischen Version, übersetzt aus der Sprache der Montagnais und diktiert von François Bellefleur aus Romaine, Quebec.

Djokábesh ist ein Verwandler und Töter von Monstern, der nach jedem Abenteuer zu seiner Schwester zurückkehrt. Sie warnt ihn immer wieder vor den Gefahren, die vor ihm liegen. Doch »Djokábesh« antwortet ihr stets: »Genug jetzt, Schwester. Deine Worte erschrecken mich. Hör auf, mir mit dieser Geschichte Angst zu machen.« Dann erklärt er ihr, er gehe auf Eichhörnchenjagd, stattdessen begibt er sich in den Abgrund der nächsten Gefahr. Er tötet den Riesenbären, der seine Mutter verschlungen hat, er tötet die Kannibalenfrau (und bringt ihre zwei Schwestern mit heim), er wird von einem Fisch verschlungen (und durch seine Schwester wieder gerettet). Er ist auch der Protagonist in der weitverbreiteten Mythe vom Mann, der der Sonne eine Falle stellte, in welcher der Heros die zu heiß scheinende Sonne fängt, und es gelingt ihm auch, ihre Wärme zu regulieren.

Obwohl viele seiner Taten mehr seinen eigenen Bedürfnissen dienen als den Interessen der Menschheit, wird »Djokábesh« von den Montagnais als erster Kulturheros betrachtet, und die Mythen, die von ihm handeln, sind immer noch »Atenogan« (heilige Geschichten).

Trickster des Ostens

Die Mythologie des Ostens unterscheidet sich von der des Mittelwestens, der nördlichen Ebenen und des fernen Westens unter anderem dadurch, daß sie dem Trickster eine entschieden minderwertigere Rolle zuweist. Nirgends im Südosten und Nordosten steigt der Trickster ganz zum Status eines Kulturheros auf, und seine Beteiligung an den großen Ereignissen der alten Zeit ist bestenfalls minimal.

Abgesehen vom Kaninchen in der Überlieferung des Südwestens, ist der »Mésho« der Montagnais-Naskapi noch der bemerkenswerteste unter allen – und selbst er könnte aus dem Mittleren Westen übernommen worden sein, denn sowohl sein Name wie auch seine typischen Abenteuer erinnern an »Manabózho«, den Trickster-Helden der Chippewa und anderer Ojibwa-Stämme.

In einer der lüsternsten Mythen vom Erdtaucher schickt Mésho nach einer Reihe sexueller und schlemmerischer Exzesse den Nerz unter die Wasseroberfläche, um Erde heraufzuholen. Als der Nerz halb ertrunken mit ein bißchen Schlamm in seinem Kropf zurückkommt, belebt ihn Mésho durch künstliche Beatmung in seinem Anus. Daraufhin gibt der Nerz den Schlamm her, der sich dann zur Erde ausdehnt.

Die Montagnais-Naskapi schreiben eine ganze Anzahl von Méshos Taten dem Vielfraß zu, der nach der Überlieferung der Wabanaki auch ein Trickster ist. Die Maliseet-Passamaquoddy nennen ihn »Lox«. Andere Wabanaki und irokesische Trickster sind der Waschbär, der Fuchs, der Hase, der Dachs und die Schildkröte.

Kleine Leute

Der Wettstreit zwischen klein und groß oder zwischen schlau und dumm ist eines der immer wiederkehrenden Themen in der indianischen Mythologie. Bei Helden, die abnormal klein sind, handelt es sich häufig um Elfen, während Riesen meist die Dummköpfe abgeben.

Selten daumengroß, wie in der europäischen Überlieferung, treten die kleinen Leute hier in einer Größe von zehn *inches* (25 cm) bis drei *feet* (91 cm) auf. Wenn auch manche Streiche spielen, sind sie als Klasse hilfreich, eindrucksvoll klug und manchmal schon sehr alt. Nach der Vorstellung der Wyandot sind sie alt genug, um sich noch an die Sintflut erinnern zu können, und die Passamaquoddy sind der Meinung, sie seien schon vor »Glúskap« da gewesen.

In Nordwest-Kalifornien hält man bei den Yurok-Indianern die »Woge« oder Unsterblichen für sehr kleine Leute. Und der Kulturheros »Djokábesh« fällt in dieselbe Katagorie. Obgleich »Djokábesh« heranreift, wird er doch nie größer als ein Kind, das gerade laufen gelernt hat.

Die Wabanaki und die Irokesen machen für ihre Kulturheroen keine Diminutivformen geltend. Doch fehlen in ihren Mythologien die Elfen keineswegs. Der »Dark Dance«, immer noch von den Seneca im westlichen New York aufgeführt, ist eine Ehrung des Kleinen Volkes für seine Gastfreundschaft, die einem jungen Seneca erwiesen wurde, der sie in ihren Felsenhöhlen besuchte.

In einem modernen Volksmärchen der Mohawk, das mit dem »Dark Dance« nicht in Zusammenhang steht, teilt ein Mädchen seine Mahlzeit, bestehend aus Maisbrot und Äpfeln, mit einer Kleinen Familie, die es in ihr Heim im Innern eines Felsen einlädt. Dort bewirten sie es aus einem Topf, der sich auf magische Weise immer wieder auffüllt und fordern es auf, drei Wünsche zu äußern. Sein erster Wunsch gilt dem magischen Suppentopf, damit seine Familie nie Hunger leiden muß, sein zweiter und dritter Wunsch ist Takt und Freundlichkeit. Die Feen versprechen: »Du wirst glücklich werden und dein Glück wird ein gutes Glück sein.«

Die Wabanaki wie auch die Irokesen kennen verschiedene Spielarten des Kleinen Volkes, nämlich die »Kiwalatamosísuk«, welche die Gabe der Prophezeiung haben und die »Lumpegwenosísuk«, die im Wasser leben und amouröse Abenteuer suchen. Wie die irokesischen Elfen besitzen auch die »Lumpegwenosísuk«, magische Suppentöpfe, und man sagt, sie könnten Brot aus Schnee machen.

Der Anthropologe Philip Bock, der kürzlich über das Kleine Volk der Micmac schrieb, stellte fest, daß diese »zwergenhaften Geschöpfe, von denen man glaubt, daß sie sich wie Indianer der alten Zeit kleiden und verhalten, nur Wildfleisch essen und in Not befindlichen Menschen helfen. In letzter Zeit haben sie einige

Eigenschaften der französisch-kanadischen »Lutins« angenommen. Sie spielen in Haus und Scheune Streiche, reiten bei Nacht die Pferde und lassen sie mit fest geflochteten Schwänzen und Mähnen zurück. An solchen Taten können sie durch heiliges Wasser oder Farnwedel am Palmsonntag gehindert werden.«

Teil VIII
Mittelwesten

19. Der Hasen-Zyklus

Trickster-Schöpfer-Erlöser

Wenn man nun in das Land um die Großen Seen und zum oberen Mississippi kommt, läßt man die ehrwürdigen Kulturheron des Nordostens hinter sich und begegnet sofort wieder dem Trickster-Heros, der für den Westen typisch ist. Für die Sioux-Stämme – die Winnebago, die Iowa, die Oto, die Omaha, die Ponca – ist diese Figur der Hase, genannt »Mastshíngke« (Kaninchen) in der Sprache der Omaha. Die algonkinschen Ojibwa und die Menomini nennen ihn »Manabózho« oder »Nánabush«, ein variabler Namen, der mit Großer Hase übersetzt worden ist.

Nach Überlieferung der Menomini wurde er als ein kleines weißes Kaninchen mit zitternden Ohren geboren, was seine Großmutter veranlaßte auszurufen: »O mein liebes kleines Kaninchen, mein ›Mánabush‹!«

Für die anderen algonkinschen Stämme dieser Region, einschließlich der Cree, der Fox, der Sauk, der Kickapoo und der Potawatomi, ist der Heros »Wísaka« oder »Wísakedjak« (anglisiert: Whiskey Jack), der nicht mit dem Hasen oder mit irgendeinem anderen Tier identifiziert wird. Dennoch sind die Mythen um »Wísakedjak« Variationen der Mythen von »Manabózho«.

Im allgemeinen schwächen die siouanischen Stämme den Trickster-Aspekt ab und ordnen die rauheren und trivialeren Geschichten »Ishjinki« zu, der mit »Inktomi« bei den Sioux korrespondiert, wohingegen für diese das Kaninchen der Erretter ist, wenn auch ein leichtherziger, der die Menschheit von menschenfressenden Bären, Köpfen ohne Rumpf, Riesen und verschlingenden Mon-

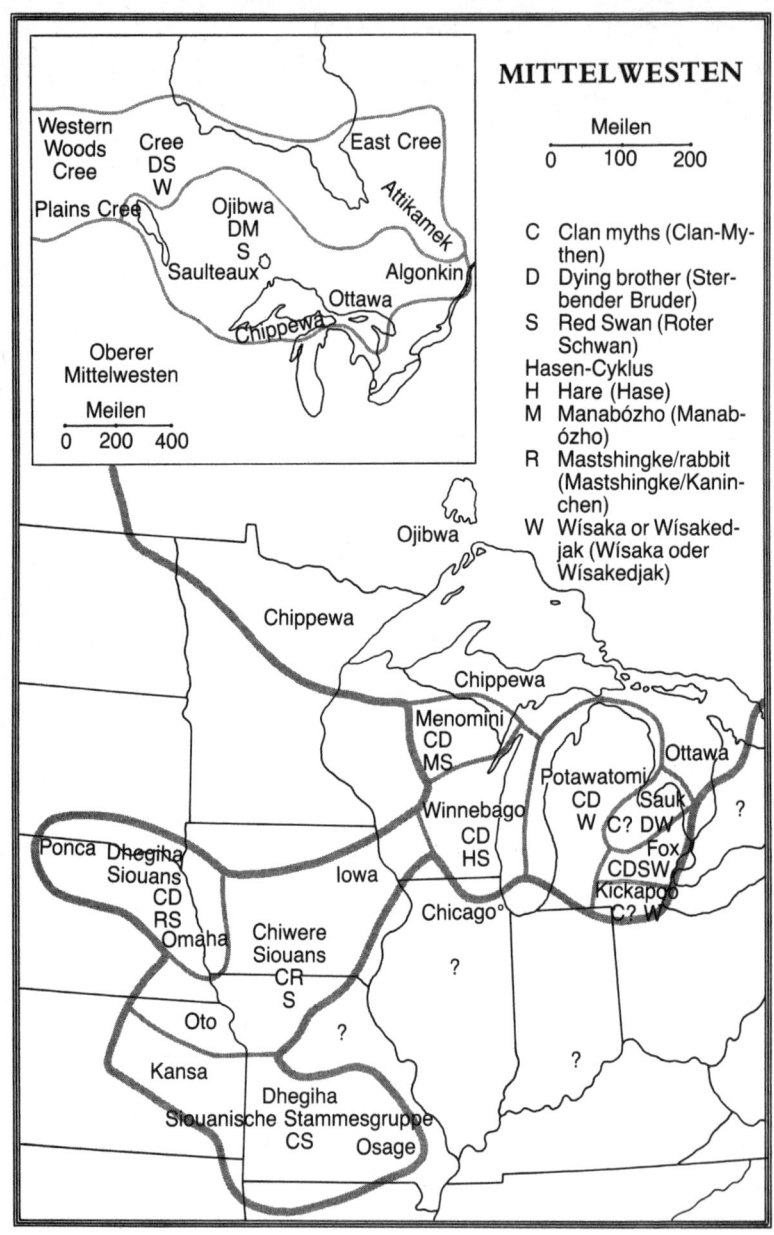

MITTELWESTEN

Meilen
0   100   200

C   Clan myths (Clan-My-
    then)
D   Dying brother (Ster-
    bender Bruder)
S   Red Swan (Roter
    Schwan)
Hasen-Cyklus
H   Hare (Hase)
M   Manabózho (Manab-
    ózho)
R   Mastshingke/rabbit
    (Mastshingke/Kanin-
    chen)
W   Wísaka or Wísakedj-
    ak (Wísaka oder
    Wísakedjak)

Western
Woods
Cree
Cree
DS
W
East Cree
Attikamek
Plains Cree
Ojibwa
DM
S
Saulteaux
Algonkin
Ottawa
Chippewa
Oberer
Mittelwesten
Meilen
0   200   400

Ojibwa

Chippewa

Chippewa

Menomini
CD
MS

Ottawa

Potawatomi
CD
W
Sauk
C? DW
Fox
CDSW
Kickapoo
C? W
?

Winnebago
CD
HS

Ponca Dhegiha
Siouans
CD
RS
Omaha

Iowa

Chicago°

Chiwere
Siouans
CR
S

?

Oto

?

Kansa

Dhegiha
Siouanische Stammesgruppe
CS   Osage

?

202

stern der alten Zeit erlöst. »Manabózho« und »Wísakedjak« erledigen ähnliche Pflichten, sind aber Trickster-Ernährer und auch Schöpfer.

Heute, da diese heilige Überlieferung weitgehend vergessen ist, hat sie sich immer noch am besten im hohen Norden, besonders unter den Cree erhalten, wo die »Kapuzen-Tänzer«, »Augengaukler« und ähnliche Tiergeschichten von Wísakedjak erzählt werden. Obwohl das Jagen der Lohnarbeit Platz gemacht hat und viele Angehörige dieses Stammes von Wohlfahrtsunterstützung leben, betrachten sich die Cree immer noch als Jäger, und man sagt, daß das Erzählen solcher Geschichten über Tiere Teile einer »alten Übereinkunft« sei. Wenn die Tiere merkten, daß die Mythen in Vergessenheit geraten, würden sie das Land verlassen.

Eine mehr weltliche Einstellung zur Mythologie wird von den Cree in der Rocky-Boy-Reservation im nördlichen Montana eingenommen, wo Schulkinder in den 70er Jahren unseres Jahrhunderts die »Wísakedjak«-Geschichten aus Schulbüchern lernten, die in der Silbenschrift der Cree abgefaßt sind. Ehe sie in den Lehrplan aufgenommen wurden, mußten die Geschichten einem Ausschuß der Cree vorgelegt werden, der darüber entschied, ob sie auch ein moralisches Ende und eine starke Botschaft hatten.

Der Rollende Kopf

Unter den Algonkin werden die Trickster-Geschichten um »Manabózho-Wísakedjak« oft getrennt von dem seriöseren Epos erzählt, das von der Geburt des Heros, seiner Kindheit, dem Leid über ihn bringenden Tod seines Bruders, von der dann folgenden Sintflut und der Schöpfung einer neuen Welt berichtet. Bei den Cree der Ebenen beginnt dieses Epos mit einer Adaption des weitverbreiteten Volksmärchens vom »Rollenden Kopf«.

Vor langer Zeit – so eine klassische Fassung, die 1925 aufgezeichnet wurde – lebte eine Frau allein mit ihrem Mann zusammen und gebar ihm zwei Söhne, deren erster »Wísakedjak« war. Alles ging gut, bis der Mann bemerkte, daß sich die Frau von Zeit zu Zeit in den Wald stahl, wo die Schlangen ihre amourösen Wünsche befriedigten, »indem sie so und so über ihren Körper krochen«.

Ohne Wissen der Mutter hieß der Mann seine beiden Söhne

fortzulaufen. Insgeheim tötete er die Schlangen. Er erniedrigte seine Frau, indem er sie zwang, das Blut der Schlangen zu trinken, dann schlug er ihr den Kopf ab und floh in den Himmel und sprach: »Jetzt wird es Zeit, daß es einen Mann gibt, von dem sie sagen, daß er der ›Große Stern‹ ist. Und das will ich sein.«

Vor Wut schickte die Frau dem Mann ihre beiden Arschbacken hinterdrein, während sich ihr Kopf an die Verfolgung der Jungen machte. Als sie die Kinder eingeholt hatte, rief sie, in der Absicht, sie zu täuschen aus, sie wolle den Kleineren säugen, aber die Jungen rannten weiter. Als sie einen Fluß erreichten, wurden sie von einem Kranich gerettet, der sie übersetzte. Auch die Mutter nahm der Vogel auf, ließ sie aber mitten im Fluß ins Wasser fallen und sprach: »In der Zukunft wird es Menschen geben. Dich werden sie Stör nennen.«

Nachdem er den jüngeren Bruder getröstet hatte, der über den Verlust der Mutter weinte, setzte »Wísakedjak« diesen aus und brach zu einer Reihe von Abenteuern auf, bei denen er Monster tötete. Der kleine Bruder verwandelte sich unterdessen in seiner Einsamkeit in einen Wolf und fiel in die Klauen der Wasserschlangen, die ihn töteten und ihm die Haut abzogen, die sie als Türvorhang benutzten.

Als »Wísakedjak« das vernahm, bahnte er sich einen Weg in die Schlangengrube und tötete den Häuptling der Schlangen. Als Vergeltung lösten die Schlangen die Sintflut aus, vor der sich der Heros dadurch rettete, daß er ein Floß erklomm. Als das Wasser aufgehört hatte zu steigen, schickte er den Taucher aus, um Schlamm für eine neue Welt heraufzubringen. Damit war das Zeitalter der Tiere zu Ende und die Zeit der Menschen begann.

Der Rote Schwan

Südlich des Gebietes der Cree erzählen die Ojibwa und die Menomini mehr oder weniger denselben epischen Zyklus von dem Kulturheros und seinem Wolfsbruder. Aber der Heros, der nun »Manabózho« heißt, hat eine völlige andere Herkunft. Hier gilt er als das Kind einer Jungfrau, die bei seiner Geburt starb, woraufhin er dann von seiner Großmutter, die manchmal mit der Erde gleichgesetzt wird, großgezogen worden sei.

Der Rollende Kopf. Die zwei Söhne und ihr Vater mit dem Kopf der Mutter. Seidensiebdruck 1971 von Daphne Odjig, Ottawa. Sammlung John Anson.

Unter den Winnebago, dem nördlichsten Stamm der siouanischen Volksgruppe, begann der alte Hasen-Zyklus mit der jungfräulichen Geburt und griff dann das Thema des Heros auf, der bei seiner Großmutter lebt, zu der er nach seinen Eskapaden jeweils zurückkommt. Einige Abenteuer verlaufen parallel mit denen von

»Wísakedjak« und »Manabózho«; andere deuten auf eine enge Verbindung mit dem Hasen-Zyklus der Omaha hin. Von besonderer Bedeutung sind die sich steigernden Taten des Hasen, die dem Verlauf einer der charakteristischsten Mythen des Mittelwestens folgen. Diese Mythe wird bei den Algonkin und den Sioux ebenfalls erzählt, aber nie – von den Winnebago abgesehen – als Teil des Hasen-Zyklus.

Der Hase wird in die Hütte eines alten, ehemals rothaarigen Mannes gerufen, der seinen Skalp verloren hat. Aus einem sich auf magischem Weg immer wieder auffüllenden Topf wird der Hase beköstigt und dann über ein breites Wasser geschickt, um das rote Haarteil wieder zu beschaffen. Er kommt im Triumph zurück, händigt den Skalp dem alten Mann aus. Dieser setzt ihn auf und ist wieder jung. Als Belohnung bekommt der Hase eine wunderschöne Frau, die »inmitten weißer Federn lag, und das einzig Schwarze an ihr waren ihre Augen«. Diese Frau bewacht den zauberhaften Kessel voller Nahrung. Der alte Mann warnt den Hasen, sie nicht zur Frau zu nehmen. Aber der Heros kann nicht widerstehen, und als er sich über das Verbot hinwegsetzt, verschwindet die magische Nahrung, die sonst für immer vorhanden gewesen wäre. Wegen der Sünde des Hasen müssen von da an die Menschen für ihren Lebensunterhalt arbeiten.

In einer Variante der Menomini, die einem der häufigeren Muster folgt, sind die Farben verschieden: der Skalp ist weiß, die Vogelfrau rot. Ebenfalls rot, leuchtend rot, tritt sie uns in der frühesten der aufgezeichneten Versionen dieser Geschichte, einer Ojibwa-Mythe mit dem Titel »Der Rote Schwan«, entgegen, die Schooolcraft in den dreißiger Jahren des 19. Jahrhunderts aufschrieb.

Zwillinge

Ein grundlegender Unterschied zwischen den Kaninchen- oder Hasen-Zyklen der Sioux und denen der algonkinschen Stämme bezieht sich auf die Gestalt des jüngeren Bruders, dessen Anwesenheit den Algonkin-Epen eine zusätzliche Komplexität verleiht. Ohne Zweifel erklärt sich auch daraus, warum der Kulturheros in den Mythen des oberen, nicht aber des unteren Mittleren Westens dominiert. Obgleich er in Kontakt mit seiner Großmutter bleibt, ist der Hase der Sioux ein Einzelgänger.

Als wollten sie diesen Mangel wettmachen, enthalten die siouanischen Mythologien ausgedehnte Sagas über namenlose Zwillinge wie den Hüttenjungen und den Fortgeworfenen, die schon als Haupt-Mythe aus der Region der Ebenen beschrieben worden sind. Die besten Beispiele wurden Anfang des 20. Jahrhunderts von dem Winnebago-Spezialisten Paul Radin gefunden, der sie als vergleichbar mit der »Ilias« und der »Odyssee« bezeichnete und sie »Prosa-Epen« nannte.

Wenn auch in einfacherer Form, so werden doch die Geschichten von Hüttenjunge und Fortgeworfenem bei den Algonkin ebenfalls erzählt. Bezeichnenderweise behandelten sie die Ojibwa als eine »Wíndigo«-Geschichte. Das bedeutet: das Monster, das die Mutter der Zwillinge verschlungen hat, wurde als eine besondere Spezies des Kannibalen aus den Wäldern des Nordens dargestellt; dieser Riese mit einem Herzen aus Eis wurde von den Ojibwa und den Cree als »Wíndigo« bezeichnet. Wíndigo-Geschichten werden immer noch im Norden erzählt, und man sagt, daß verrücktgewordene Menschen sich manchmal in diese Unholde mit Eisherzen verwandeln und durch eine Dosis heißen Talg geheilt werden müssen. Die sogenannte »Wíndigo«-Psychose war Gegenstand einer anhaltenden Diskussion unter Anthropologen, die diese Geschichten faszinierend finden, vielleicht noch faszinierender als sie sich für die Algonkin selbst ausnehmen.

Der Sterbende Bruder

Wenn man eine einzige Mythe auswählen müßte, um mit ihr die Stämme des Mittleren Westens zu repräsentieren, so wäre die Geschichte von der Reaktion des Heros auf den Tod seines Bruders der zwingendste Text. Was die Sauk und die Fox in früheren Zeiten angeht, so kann er als die heiligste unter ihren Geschichten bezeichnet werden, und auch für die anderen Algonkin, besonders aber für die Menomini und die südwestlichen Ojibwa oder Chippewa, steht seine zutiefst religiöse Bedeutung außer Frage.

Wir haben bereits gesehen, wie der Cree-Zyklus, der mit dem »Rollenden Kopf« begann, seinen Höhepunkt in Wísakedjaks

Rache nach dem Verlust des Wolfsbruders erreicht. Unter den Menomini wurde der Bruder »Mokwáyo« genannt und ebenfalls mit dem Wolf identifiziert. Die Fox und die Potawatomi nannten ihn »Chibiábos«. In der Fox-Mythologie wurde er der Herrscher der Toten, und die Gebete wurden an ihn gerichtet.

Selbst an geringfügigen Einzelheiten, wie der Haut des toten Bruders, die von den Schlangen als Türvorhang benutzt wurde, hielt man von Stamm zu Stamm fest. In nahezu jeder Version drückt der Heros beim Verschwinden seines Bruders dramatisch seine Erschütterung aus. In einer Variante der Fox verschluckt er sein Schluchzen, und die Erde bebt. Nach der Version der Menomini zittert bei seinem Seufzer die Erde, und auf diese Weise bilden sich Hügel und Höhenzüge.

In einigen Darstellungen wird klar, daß dies eine Mythe über den Ursprung des Todes ist. Doch ihre Bedeutung ist nicht immer eindeutig, und die Geschichte läßt gewiß verschiedene Schattierungen in der Interpretation zu. Da ein Zwilling oder jüngerer Bruder fehlte, konnten die Siouan die Geschichte nicht in ihren Hasen-Zyklus integrieren. Stattdessen erzählten sie sie einzeln und ließen durchblicken (so der Fall bei den Winnebago), daß der Tod eine Bestrafung für den übersteigerten Stolz des älteren Bruders gewesen sei, oder (so bei den Omaha), daß die Trennung der beiden Brüder zum Ursprung der Reh- und Wolfs-Clane führte.

Schwache Anklänge an die Geschichte finden sich bei den Blackfoot und Assiniboin im Westen und bis hin zu den Montagnais im Osten. Die merkwürdige Ähnlichkeit der Mythe mit der Geschichte vom Tod des Wolfs aus dem Großen Becken ist offenbar Zufall. Es soll aber darauf hingewiesen werden, daß das Thema des Kulturheros in so weit voneinander getrennten Mythologien wie denen der Kwakiutl und der Irokesen auftritt.

Der Medizin-Ritus

Im Anschluß an die Episode vom »Roten Schwan« errichtet im Hasen-Zyklus der Winnebago der Heros das für die Jagd gültige Verhältnis zwischen Menschen und Tieren, damit der Stamm Nahrung bekommt; und seine Großmutter setzt den Tod ein, damit die Welt nicht übervölkert wird. Als er sieht, daß die

Entscheidung der Großmutter nicht mehr rückgängig zu machen ist, nimmt der Hase »seine Decke, deckt sich damit zu, verkriecht sich in die Ecke und weint. Er weint um die Menschen. Es war um diese Zeit, daß er daran dachte, den Medizin-Ritus einzusetzen«.

Diese Mythe bezieht sich auf das, was einst die wichtigste Zeremonie der Winnebago gewesen ist, ein Ritus der dem Problem des Todes gewidmet ist und der mystischen Doktrin der Reinkarnation. Ihre zentrale Idee wird durch die symbolische Erschießung der individuellen Teilnehmer dramatisiert, die dann wieder ins Leben zurückkehren. Wahrscheinlich kam der Medizin-Ritus ursprünglich von den Ojibwa, die ihn mindestens seit dem 18. Jahrhundert praktizierten. Besser bekannt als »Midéwiwin« oder »Große Medizin« ist er unter allen Algonkin-Stämmen in der

Medizinmann der Ojibwa. Acrylmalerei von Saul William.

Region, mit Ausnahme der Cree. Auch von den Omaha, den Iowa, Ponca und Santee Sioux gibt es über ihn Berichte.

Gleichrangig mit dem Sonnentanz der Ebenen, ist dieser Ritus die charakteristische Zeremonie des Mittelwesten. Wenngleich sie für die meisten Gruppen der Vergangenheit angehört, hat sie sich immerhin bei den Minomini und den Chippewa erhalten und gilt dort als das Hauptstück der religiösen Überlieferung.

Nach der Vorstellung der Chippewa wurde der Medizin-Ritus »Manabózho« durch die »Mánitos«, die Geister, gelehrt, um ihn damit in seiner Trauer über den Tod des Wolfes zu trösten. Die Sauk, die Menomini und andere Algonkin-Stämme verbinden den Ritus ebenfalls mit dem Hasen-Zyklus, und zwar besonders mit dessen Episode vom Sterbenden Bruder.

So wie sie die alten Winnebago erzählten, erklärte die Ursprungs-Mythe des Ritus, wie der Erdenschöpfer, nachdem er die Welt erschaffen hatte, den Hasen nach dem Bild des Menschen erschuf. Dann sandte er ihn – seinen eigenen Sohn – hinab in die Welt, wo er von einer Jungfrau geboren wurde und später die heilige Zeremonie erfand, um die Unsterblichkeit der Menschenwesen sicherzustellen. Im wesentlichen dieselbe Geschichte wird von den Iowa erzählt, die stark von den Winnebago beeinflußt worden sind.

Auch christliche Bestandteile lassen sich in einer solchen Mythe entdecken und tatsächlich identifizieren die Winnabago, die sich um die Wende dieses Jahrhunderts zum Peyote-Kult bekehrten, den Hasen mit Christus. Eine weniger gewagte Ansicht der Menomini datiert aus derselben Periode und geht davon aus, der Heros sei ein Freund von Christus. Was den Erdenschöpfer der Winnebago betrifft, so hatte diese Gottheit ihren Gegenpart in dem »Kitche Mánito« (Großen Geist), der häufig auch in den Hasen-Zyklus der Algonkin hineingerät. Er ist auch bei den Cree bekannt. Obwohl die Vorstellung von einem höchsten Wesen in der Überlieferung schon vor dem Eintreffen der Europäer existierte, wurde es später offensichtlich umgestaltet, um die alte Mythologie mit dem christlichen Ideal in Einklang zu bringen.

Das »Walam Olum«

Eine christianisierte und abgekürzte Version des Hasen-Zyklus hat sich im »Walam Olum« (dem rot Eingekerbten) der Delaware erhalten, einem Text in Bilderschrift, den man im Staate Indiana fand und der auf jeden Fall schon vor 1820 existiert hat. Da die Bildzeichen Erinnerungshilfen sind und nicht eigentlich Worte darstellten, läßt sich die Mythe nicht vollständig rekonstruieren, wenngleich jedes Symbol von erklärenden Sätzen in der Sprache der Delaware begleitet ist.

Der Große und Übelwollende Nánabush. Acrylbild 1975 von Blake Debassige, Ottawa. Der Künstler schreibt: »Auf einem seiner vielen Fischzüge versorgte er sich mit Walen aus dem großen Wasser. Sein Kanu konnte das Gewicht nicht tragen. Er beschloß, den Fang auf seinem Rücken zu transportieren und benutzte die verschiedenen Inseln als Trittsteine. Das Gemälde drückt gleichermaßen seine Großartigkeit und die Dummheit seiner menschlichen Natur aus.« Sammlung McMichael, Kleinburg, Ontario.

Die Quintessenz der Geschichte ist die, daß der Große Geist – wie in der Genesis – die Erde, die Sonne, die Sterne, die Wassertiere, die Landtiere und die Vögel erschuf. Die Menschen lebten glücklich, bis der Zustand der Welt von einer »starken Schlange« verdorben wurde. Die Bildzeichen zeigen eine männliche Gestalt (Nánabush?), die mit ihrem tödlichen Feind kämpft. Wasserfluten steigen, beschworen von der Schlange. Sie überschwemmen die Erde. Dann erschafft (?) »Nánabush, das machtvolle Kaninchen« eine neue Erde, oder »Schildkröte«, und die Welt wird wiederhergestellt wie sie war. Es ist dieselbe Geschichte, der wir schon in der Cree-Variante begegnet sind, die mit dem »Rollenden Kopf« beginnt.

Aus New Jersey und dem südöstlichen New York vertrieben, lebten die Delaware an der Wende zum 19. Jahrhundert in Indiana. Sie standen in Verbindung mit den Chippewa, der wahrscheinlichsten Quelle für die algonkinische Standardmythe des Mittelwestens. Keiner weiß, warum die Delaware sie aufzeichneten. Eine Theorie besagt, sie hofften, sich auf diese Weise ihre Rechte auf den Landbesitz in Indiana zu sichern. Wenn das zutrifft, so wurden ihre Hoffnungen enttäuscht. Der Stamm zog schließlich nach Oklahoma weiter, und das »Walam Olum« fiel in die Hände von nichtindianischen Altertumsforschern.

20. Verwandtschaftsverhältnisse

Weltbilder

Die Stämme des zentralen und unteren Mittelwestens zerfallen in Verwandtschaftsgruppen, die im allgemeinen für die Grundbestandteile des Universums gehalten werden. Unter den Omaha gab es zehn solcher Einheiten, fünf davon betrachteten sich als die »Himmels«-Clane, die anderen fünf waren die »Erd«-Clane.

Die Winnebago hatten ein ähnliches System, bestehend aus vier Clanen des »Oben« und acht des »Unten«. Dabei war jeder nach einem bestimmten Tier benannt. Nach ihrer Geisteshaltung besetzten diese fünf Bereiche: Himmel der Seligkeit (Clan des Donnervogels), Himmelsgewölbe (Habicht-, Adler- und Tauben-Clan), Erde (Bär, Wolf usw.), Wasser (Fische) und schließlich Unterwasser (Wasser-Geist). Entsprechend glaubten die Winnebago, das Universum bestehe aus vier übereinanderliegenden Welten, deren höchste vom Erdenschöpfer regiert werde. Darunter lagen zwei Himmelswelten, denen jeweils ein Geist vorstand. Die vierte Welt war die Erde (diese wurde regiert vom Kulturheros, dem Hasen). Zu ihr gehörte eine Unterwelt, regiert vom bösen Geist »Hereshgunina«.

Wie die Mythe wörtlich berichtet, erschuf der Erdenschöpfer »eine Welt für sich, um dort zu sitzen und zu leben. Dann erschuf er eine zweite Welt, dann eine dritte. Also gab es nun drei Welten. Endlich schuf er eine vierte, kleinere. Er machte sie rund, und dann stach er mit dem Daumen in sie hinein und preßte sie aus, damit sie nicht auf- und niederspringe, und also bekam sie die Gestalt, die sie noch heute hat«.

Da sie aber immer noch wackelte, befestigte der Erdenschöpfer an allen vier Enden, also im Süden, Westen, Osten und Norden einen Inselanker und erschuf vier Wassergeister und vier Geisterschlangen, um die Unterwelt abzustützen – womit das vollendet war, was deutsche Mythologen ein »Weltbild« zu nennen pflegen.

In der Regel finden sich komplizierte Weltbilder in solchen Kulturen, die untereinander sich abgrenzende mentale oder gesellschaftliche Strukturen aufweisen. Für die Cree, den nördlichsten Stamm des Mittelwestens, treffen beide Gesichtspunkte nicht zu.

Sie haben keine Clane und wenig oder kein Interesse an Weltniveau und Weltaufteilung. Insgesamt aber ist der Mittlere Westen wegen seiner Weltbilder bemerkenswert und wird darin nur von dem sozial komplexen und zur Formalität neigenden Südwesten übertroffen.

Die Himmelswesen

Bei den meisten Stämmen des Mittleren Westens besitzt jede der Verwandtschaftsgruppen wenigstens eine eigene Erzählung; entweder handelt es sich um eine Legende, die erklärt, wie der Clan sein Heiliges Medizinbündel erhielt, oder es ist eine Mythe, die über den Ursprung des Clans selbst berichtet. Habicht, Adler und andere Vogel-Clane, so nahm man an, seien vom Himmel herabgestiegen. Unter den südlichen Siouan leiteten einige Clane ihre Herkunft von Sternen ab, die auf die Erde gefallen waren.

Bei den Abstammungs-Mythen, die sich erhalten haben, kommt die komplizierteste von den Osage. Diese reihen in verschiedenen Liedern die Ereignisse aneinander, die in den Clan-Zeremonien gesungen werden. Die entscheidende Vorstellung dabei war, daß die Ahnen ursprünglich als körperlose Geister oder »Kinder« umhergezogen seien, die nach spirituellen Helfern suchten, welche ihnen menschliche Seelen und Körper geben sollten. In einem dieser Gesänge wird erzählt, wie die Kinder, durch vier Himmelswelten aufwärts wandernd, den weiblichen Roten Vogel treffen:

> »Ho, Großmutter!
> Die Kinder haben keine Leiber.«
> Sie erwiderte: »Ich kann euren Kindern menschliche Körper schaffen, von mir selbst.
> Meine linke Schwinge soll ein linker Arm für die Kinder werden.
> Meine rechte Schwinge soll ein rechter Arm für sie werden.
> Mein Kopf soll ihr Kopf sein.
> Mein Mund soll ihr Mund sein.«

Ein anderer Clan soll sich als Adler auf einem großen roten Eichenbaum niedergelassen haben. Die Äste erzitterten unter dem Gewicht, und es fielen so viele Eicheln zu Boden, daß dies als das

Zeichen dafür gehalten wurde, wie zahlreich die Menschen sein würden. Einige der Geschichten erzählen, wie die Menschen, nachdem sie zur Erde geflogen waren, Nahrung erhielten, die sie stark machte. Ein Elch wälzte sich im Schlamm und verlor Haare. Daraus erwuchsen Bohnen und Mais. Oder ein Büffel wälzte sich und ein roter Maiskolben samt einem roten Kürbis fiel von seinem linken Hinterbein ab.

Land- und Wasser-Wesen

Die Winnebago pflegten zu behaupten, daß die Vogel-Clane als erste auf die Erde gekommen seien und Menschengestalt angenommen hätten. Dann entstiegen die »unteren« Clane dem Boden oder kamen aus dem Wasser.

Dasselbe Muster ist bei anderen Stämmen in der Region anzutreffen, wenn auch die Clan-Namen nicht immer verläßlich anzeigen, ob die Ursprungs-Mythe zum Abstiegs- oder Aufstiegs-Typ gehört. Einige der Verwandtschaftsgruppen benutzten täuschende Spitznamen, und bei den mehr nach Süden wohnenden Stämmen wurden die Clan-Mythen von allgemeinen Theorien beeinflußt, die die eine oder die andere der beiden Ursprungsarten bevorzugten.

Bei den Winnebago, den Oto und den Iowa herrschte Klarheit darüber, daß die Bären-Vorfahren einzeln aus der Erde aufgestiegen seien, und daß sich ein jeder, als er oben ankam, heftig geschüttelt habe. Infolge dieser Erschütterungen lösten sich die Früchte von den Bäumen und verstreuten sich über das Land. Der Reh-Clan, so sagte man, sei einfach im Mittelpunkt der Erde erschienen. Ihnen ähnlich tauchten die Ahnen des Clans der Wassergeister aus einem tiefen Strudel auf, in dem die schwarze Asche der Feuer der Unterwelt herumwirbelte.

Die Verbindung einer Nahrungs-Mythe mit der Einsetzung der Verwandtschaftsverhältnisse wird in einer ungewöhnlichen Potawatomi-Erzählung von den ersten Tagen des Fisch-Clans dargestellt.

Am Anfang der Welt, so die Geschichte, verlor ein junges Paar sein erstes Kind, einen Jungen. In ihrer Trauer liefen sie fort, um ganz allein zu leben. Eines Tages, während der Mann auf der Jagd war, ging die Frau ans Ufer, um dort Wäsche zu waschen. Zufällig fing sie einen Sonnenfisch.

Die Frau, die ihrem verlorenen Kind nachtrauerte, spielte mit dem Fisch und sang ihm etwas vor. Sie badete ihn und streichelte ihn, und siehe da, plötzlich war der Fisch ein menschliches Baby. Sie legte ihn an ihre Brust und säugte ihn.

Als ihr Mann mit Fleisch beladen heimkam, machten sie ein Mahl aus dem Brustfleisch des Rehes, trugen es zum Wasser und setzten es den Fischen vor. So bedankten sie sich, daß diese ihnen ihr Kind wiedergegeben hatten. Dann kehrten sie zu ihren Verwandten zurück. Sie hielten eine Zeremonie ab, die »Chipá Kikwaio« genannt wird (Fest der Toten). Wieder ehrten sie die Fische mit Opfergaben. Danach erschien ihnen im Traum die Forelle und erklärte ihnen, daß der Fisch-Clan der größte Clan des Stammes werden würde.

Jahre vergingen, der Fisch-Junge wuchs heran. Unterdessen hatten seine Eltern neun andere Söhne, aber ihnen wurde die seltsame Geschichte von der Herkunft des ältesten Bruders nie erzählt. Eines Tages sprach er zu seiner Mutter: »Ich möchte gern auf die Jagd gehen und meine Brüder mitnehmen.« Der Mutter gefiel das, und sie hieß die anderen, dem Ältesten zu gehorchen.

Als sie tief im Wald waren, sagte der Fisch-Junge: »Meine Brüder, ich werde nicht immer auf der Erde leben wie ihr. Was ich euch sage, kommt vom Großen Geist. Tötet mich und sprengt mein Blut überall hin, schneidet mir den Kopf ab und werft ihn fort. Verbrennt meinen Körper auf Reisig. Geht auf die Jagd, ihr werdet Erfolg haben, dann geht heim und erzählt alles den Leuten des Stammes. Wenn ihr das getan habt, was ich euch aufgetragen habe, kommt ein Jahr lang nicht mehr zu diesem Ort. Am Ende dieses Jahres sagt dem Vater, er soll alle Männer einladen, und sie sollen herkommen und sich hier lagern. Sagt der Mutter, sie soll Tabak nehmen und an einen bestimmten Platz gehen und für mich beten. Sie wird dort Mais, Bohnen, Kürbisse und Melonen finden. All dies wird von mir kommen. Sie soll davon nehmen, soviel sie braucht, und dann sagt ihr, sie soll den Rest hierher bringen und ihn mir vorsetzen. Diese Gemüse werden auf der Erde bei euch sein, solange es Indianer gibt.«

Die zweite Hälfte der Mythe erinnert an den Chippewa-Geist »Mondamin«, der in einem Ringerwettkampf getötet und in der

Erde beigesetzt wurde. Aus dem Körper erwuchs die erste Mais-pflanze.

»Mondamin« jedoch wurde nicht mit einer bestimmten Ver-wandtschaftsgruppe in Zusammenhang gebracht. Die Chippewa, wie die anderen Ojibwa-Stämme, haben zwar Clane, aber keine eigentliche Clan-Überlieferung, noch haben sie Clan-Ursprungs-mythen.

Der Geist des »Wakónda«

Ehe es die Clane gab, so wird berichtet, wanderten die Osage von Ort zu Ort, und es herrschte ein Zustand, der »Ganítha« genannt wird (ohne Gesetz und Ordnung). Eine Überlieferung besagt, daß in jenen frühen Tagen gewisse Denker, die die »Kleinen Alten Männer« hießen, sich in bestimmten Zeitabständen versammelten, ihre Beobachtungen der Gestirne miteinander besprachen und die Natur des Universums diskutierten. Bei ihren Zusammenkünften entwickelten sie die Theorie, daß eine schweigende schöpferische Kraft Himmel und Erde erfüllt, die Sterne erhält und Sonne und Mond auf die rechte Art ihren Weg gehen heißt. Sie nannten diese Kraft »Wakónda« (geheimnisvolle Kraft) oder »Eáwawonaka« (Verursacher unseres Seins).

Tatsächlich war dies eine weitverbreitete Vorstellung der Sioan, die man bis zu den Lakota findet. Diese glaubten einst, daß »Skan«, »Maka« und andere Lakota-Gottheiten Manifestationen der Ge-heimnisvollen Kraft seien. »Wakónda« selbst erschien gewöhnlich nicht in Mythen. Obwohl er die Menschen liebt, moralische Urteile fällt und in Gebeten angeredet wird, kann man ihn nie sehen, und nie spricht er.

Eine seltene Omaha-Erzählung, die mit der Kiesel-Gesellschaft in Zusammenhang steht, einem Geheimorden, vergleichbar dem des Medizin-Ritus, erklärt, daß alle Dinge ursprünglich »vom Geist von Wakónda« umfangen wurden. Als es die Geister der Luft gegen die Erde hin zog, verdampften die Urgewässer auf geheim-nisvolle Weise. Nahrhafte Pflanzen erschienen, die Geister wurden Wesen von Fleisch und Blut, und als sie zu essen fanden, »vibrierte das Land vom Ausdruck ihrer Freude und Dankbarkeit gegenüber ›Wakónda‹«.

In der erhabensten unter den Ursprungsgeschichten der Winnebago wird dem Schöpfer eine entschieden aktivere Rolle zugeschrieben, seine erste Eigenschaft aber ist dennoch die Macht des Gedankens. Diese oft zitierte Mythe beginnt: »Im Anfang saß der Erdenschöpfer im Raum, und als er zu Bewußtsein kam, war da nichts anderes. Er begann darüber nachzudenken, was er tun sollte, schließlich begann er zu weinen, und Tränen aus seinen Augen fielen hinab unter ihn. Nach einer Weile sah er hinunter, und siehe! da war etwas Glänzendes. Die glänzenden Gegenstände waren verborgene Tränen, die nach unten getropft und dort die Gewässer gebildet hatten. Als die Tränen hinabflossen, wurden sie zu den Seen und Meeren, die wir heute kennen. Der Erdenschöpfer begann abermals nachzudenken. Er dachte: ›Es geht wohl so zu: wenn ich etwas wünsche, bekomme ich, was ich mir wünsche, gerade so wie die Tränen die Gewässer geworden sind.‹ Also wünschte er sich Licht, und es wurde Licht. Dann dachte er: ›Es ist so wie ich angenommen habe. Die Dinge, die ich mir gewünscht habe, sind entstanden.‹ Dann dachte er abermals nach und wünschte sich eine Erde, und die Erde ward geschaffen.«

So wie hier zitiert, dient dieser Text als Prolog für die Schöpfungs-Mythe des Donnervogel-Clans, der bekanntesten der Verwandtschaftsgruppen der Winnebago, jene, aus der die Stammeshäuptlinge gewählt werden. Aber eigentlich gehört die Geschichte zur Überlieferung der Medizin-Ritus-Gesellschaft, deren Mitglieder aus allen Clanen kamen. Verschiedene Versionen sind aufgezeichnet worden. Eine, in der sich auch die Vorstellung des vierschichtigen Universums findet, bildet den Rahmen für das Weltbild der Winnebago.

Weltsicht

Zu den Clan-Ursprüngen bemerkte einmal ein Osage: »Wir glauben nicht, daß unsere Vorfahren tatsächlich Tiere, Vögel und ähnliches gewesen sind, wie dies überliefert wird. Diese Dinge waren nur ›Wawíkuskáye‹ (Symbole von etwas größerem).« Als er dies sagte, deutete er auf den Himmel. In diesem Sinn verweist die Osage-Geschichte vom Roten Vogel, dessen Flügel, Kopf und Schnabel die entsprechenden Teile des menschlichen Körpers werden, eher auf eine symbolische Vorstellung von Verwandtschaft als auf eine genealogische Ableitung.

In den Mythen der Winnebago liegt der Fall etwas anders. Die Clan-Ahnen kommen als Tiere auf der Erde an und verwandeln sich sofort in Menschen. Hierin liegt ein klarerer Hinweis auf die Abstammung von Tieren, aber man muß auch daran denken, daß die Tiere des mythischen Zeitalters eben Tiermenschen oder Tierwesen waren, die den uns vertrauten Tieren nicht unbedingt entsprachen. Auch hier ist die Verwandtschaft also von besonderer Art.

Für den Potawatomi-Fisch-Clan ist die Abstammung von Tierahnen keine Frage, da der Fischjunge der einzige spirituelle Helfer ist. Ähnliche Vorstellungen herrschten unter den Cree und den Ojibwa, die ungewöhnlich machtvolle Tiere als ihre Schutzgeister ansahen, die mit Individuen verbunden waren, nicht aber mit den Clanen.

Es ist ein Gemeinplatz, daß die indianische Mythologie stark auf der Theorie einer Verwandtschaft zwischen menschlichen und nichtmenschlichen Wesen, einschließlich der Pflanzen, der Himmelskörper und aller Tiere, beruht. In der Tat sind diese Theorien der dominante Aspekt dessen, was später die »Weltsicht« einer jeden Stammeskultur genannt werden sollte.

Der Begriff ist täuschend und darf nicht mit dem des »Weltbildes« verwechselt werden, der nur die Konzeption davon darstellt, wie sich das Universum zusammensetzt. Genauer gefaßt, drückt »Weltsicht« die Art und Weise aus, in der das Universum und das Einzelwesen aufeinander einwirken. Verkürzt ausgedrückt, ist es die Vorstellung des Individuums von der Wirklichkeit. Auch kann der Begriff auf eine ganze Kultur angewandt werden.

Anthropologen mit philosophischen Neigungen begannen in den fünfziger Jahren unseres Jahrhunderts von »Weltsicht« zu sprechen, angeregt zum Teil durch frühere Schriften, die versucht hatten, eine bestimmte Sprache, wie beispielsweise die der Hopi, mit den Gedankenmustern des Volkes, das eben diese Sprache benutzt, in Beziehung zu setzen. Wenn er auch immer noch eine Differenzierung erfahren muß, so ist dieser Ansatz wirkungsvoll, weil er auch zu Überlegungen führt, ob nicht neben dem Bewußtsein der Westlichen Zivilisation noch andere Arten von Bewußtsein vorhanden sind, die es wert wären, erforscht zu werden.

219

Jede indianische Kultur hat, wie man vermuten kann, ihren eigenen Ausblick auf die Welt. Doch es gibt ein immer wieder auftauchendes Thema, das man als Sinn für Einheit oder Ganzheit beschreiben könnte. Menschen in Stammeskulturen neigen dazu, so hören wir, die Vergangenheit mit der Gegenwart zu identifizieren und die Unterschiede zu verwischen zwischen Raum und Zeit, dem Realen und dem Imaginären, und, natürlich, dem Menschlichen und dem Nichtmenschlichen. Man gibt uns zu verstehen, daß Mythen, obwohl sie in der Vergangenheit spielen, sich in der Gegenwart ereignen. Selbst in trivialen Angelegenheiten gibt es Zeichen für eine Art der Einheit, die für einen Außenseiter neu ist. Zum Beispiel haben viele Indianersprachen dieselben Namen für die Sonne und den Mond und dieselben Worte für blau und grün.

Wenn wir bedenken, daß die Potawatomi, um nur ein Beispiel herauszugreifen, zwei Farben dadurch unterscheiden, daß sie von »grün wie das Gras« und »grün wie der Himmel« sprechen; oder wenn wir daran denken, daß Millionen moderner Christen glauben, Christus auferstehe jedes Jahr Ostern erneut von den Toten, so können wir aus solchen Beobachtungen eine Perspektive ableiten. Dennoch haben solche Feststellungen dem Stammesdenken auch den Ruf tiefer Einsicht eingebracht, und einige meinen sogar, eine gewisse Überlegenheit im Wettbewerb mit westlichen Philosophien. Solche Veränderungen in der Bewertung kommen im Gefolge eines weithin festzustellenden Bedürfnisses nach einer neuen Ethik, die den Menschen mit der Natur verbindet und die den Erhalt der dahinschwindenden Resourcen dieses Planeten gewährleistet.

Nimmt man dann noch die ethnische Politik Ende des 20. Jahrhunderts hinzu, so haben wir heute eine Situation, in der die Überlieferung der amerikanischen Indianer keiner Anpassung an fremde Normen mehr bedarf. Das bedeutet nicht, daß Mythen in den Reservationen quer durchs Land hin und in jeder größeren Stadt rezitiert werden, wo Indianer zusammenkommen. Davon sind wir weit entfernt.

Allein schon das Fernsehen würde die traditionellen Geschichten austrocknen, selbst wenn keine anderen Faktoren, nämlich der ständig wirksame Verlust an Sprachen und die Zerstückelung der Gemeinden, hinzukämen. Es bedeutet aber auch, daß Traditionalisten, die in erstaunlicher Anzahl überlebt haben, immer noch erwünscht sind. Und es bedeutet auch, daß eine moderne Erziehung indianischer Kinder es nicht nötig hat, Mythen und Zeremonien auszuschließen.

Wenn Indianer dazu aufgefordert werden zu erklären, was erhalten werden solle, hört man sie heute häufig sagen, die fundamentale Idee sei, daß alle Dinge miteinander in Verbindung stünden. Andere, die sich auf eine mehr traditionelle Art und Weise ausdrücken, werden Verallgemeinerungen ablehnen und es vorziehen, ihre Meinung durch Geschichten kundzutun. Tatsächlich gibt es keinen anderen Weg, um Tradition wirklich lebendig zu erhalten. Um sie in ihrer ganzen Frische und Vielfalt kennenzulernen, müssen wir auf die Mythen selbst zurückgreifen.

Bibliographie

Eine umfassende Stammesbibliographie bietet George P. Murdock und Timothy J. O'Leary, »Ethnographic Bibliography of North America«, New Haven 1975 (Human Relations Area Files Press). Neuere Hinweise finden sich in »Handbook of North American Indians«. Ältere Verzeichnisse von Arbeiten über indianische Mythologie enthält Stith Thompson, »The Folktale«, New York 1946 (Holt, Rinehart and Winston) sowie »Tales of the North American Indians«, Bloomington 1929 (Indiana University Press).

Die Schreibweise der in diesem Buch auftretenden Indianerstämme folgt weitgehend der von Wolfgang Lindig und Mark Münzel in ihrem Werk »Die Indianer« (Band 1: Nordamerika, Band 2: Mittel- und Südamerika), 3. Auflage. München 1985 (dtv.)

Die Verbreitungsgebiete der wichtigsten Mythen sind auf den Karten des Buches dargestellt. Darüber hinaus enthält der Text jedoch auch einzelne Mythen, die auf den Karten nicht in Verbindung mit einem Stamm oder einer Region erwähnt sind.

Adamson, Thelma: Folk-Tales of the Coast Salish. In: *Memoirs of the American Folklore Society*, 27, Boston 1934

Alexander, Hartley Burr: North American. Vol. 10 zu »The Mythology of All Races«, hrsg. von Louis Herbert Gray. Boston 1916 (Marshall Jones)

Angulo, Jaime de: Indians in Overalls. In: *Hudson Review*, 3 (1950), S. 327–379

–, Pomo Creation Myth. In: *Journal of American Folklore*, 48 (1935), S. 203–262

[Angus, Charlotte, et al.]: We-gyet Wanders On-Legends of the Northwest. Seattle 1977 (Hancock House)

Armellada, Cesáreo de: Pemontón taremarú – Invocaciones mágicos de los indios pemón. Caracas 1972 (Universidad Católica Andrés Bello)

Bahr, Donald M.: Pima and Papago Ritual Oratory. San Francisco 1975 (Indian Historian Press)

Ballard, Arthur C.: Mythology of Southern Puget Sound. In: *University of Washington Publications in Anthropology*, 3, Seattle 1929, S. 31–150

Barbeau, Charles Marius: Huron and Wyandot Mythology. In: Canada. Department of Mines. Geological Survey, Memoir 80; Anthropological Series, 11 (1915)

–, Bear Mother. In: *Journal of American Folklore*, 59 (1945), S. 1–12

–, Totem Poles. 2 Vols. Ottawa 1950 (National Museum of Canada)

Barnouw, Victor: Wisconsin Chippewa Myths and Tales. Madison 1977 (University of Wisconsin Press)

Barrett, S. A.: Pomo Myths. In: *Bulletin of the Public Museum of the City of Milwaukee*, 15 (1933)

Benedict, Ruth: Zuni Mythology. 2 Vols. In: Columbia University Contributions to Anthropology, 21, New York 1935

–, Patterns of Culture. New York 1960 (New American Library)

Blackburn, Thomas C. (Hrsg.): Decembers Child. A Book of Chumash Oral Narratives. Berkeley 1975 (University of California Press)

Blackman, Margaret B.: Window on the Past – The Photographic Ethnohistory of the Northern and Kaigani Haida. In: *Papers of the Canadian Ethnology Service, National Museums of Canada*, 74, Ottawa 1981

Bloomfield, Leonard: Menominee Texts. In: *Publications of the American Ethnological Society*, 12, New York 1928

–, Sacred Stories of the Sweet Grass Cree. In: National Museum of Canada, Bulletin 60, Anthropological Series 11, Ottawa 1930

–, Plains Cree Texts. In: *Publ. of the American Ethnological Society*, 16, New York 1934

Boas, Franz: Chinook Texts. In: *Bulletins of the Bureau of American Ethnology*, 20, Washington 1894

–, Traditions of the Ts'ets'aut. In: *Journal of American Folklore*, 9, (1896), S. 257–268

–, The Eskimo of Baffin Land and Hudson Bay. In: *Bulletin of the American Museum of Natural History*, 15, Pts. 1 & 2 (1901–1907)

–, Kathlamet Texts. In: *Bulletins of the Bureau of American Ethnology*, 26, Washington 1901

–, Kwakiutl Tales. In: *Columbia University Contributions to Anthropology*, 2, New York 1910

–, Tsimshian Mythology. In: *Annual Reports of the Bureau of American Ethnology*, 31, Washington 1916, S. 29–1037

–, Folk-Tales of Salishan and Sahaptin Tribes. In: *Memoirs of the American Folklore Society*, 11, Boston 1917

–, Kutenai Tales. In: *Bulletins of the Bureau of American Ethnology*, 59, Washington 1918

–, Bella Bella Tales. In: *Memoirs of the American Folklore Society*, 25, Boston 1932

–, Kwakiutl Tales. New Series. In: *Columbia University Contributions to Anthrology*, 26, Pt. 1, New York 1935

–, The Central Eskimo. Lincoln 1964 (University of Nebraska Press)

–, Race, Language and Culture. New York 1966 (Free Press) zit. nach Boas

–, Kwakiutl Ethnography. 1966 (University of Chicago Press) zit. nach Boas

Bowers, Alfred W.: Mandan Social and Ceremonial Organization. Chicago 1950 (University of Chicago Press)

Brinton, Daniel G.: The Lenâpé and Their Legends. Philadelphia 1884 (D. G. Brinton)

Brown, Joseph Epes: The Sacred Pipe – Black Elk's Account of the Seven Rites of the Oglala Sioux. Norman 1953 (University of Oklahoma Press)

Bushnell, David I.: Myths of the Louisiana Choctaw. In: *American Anthropologist*, 12 (1910), S. 526–535

Catlin, George: Letters and Notes on the Manners, Customs and Conditions of the North American Indians. 2 Vols. New York 1973 (Dover) (die Erstauflage erschien bereits 1832)

–, O-kee-pa – A Religious Ceremony and Other Customs of the Mandan. Lincoln 1976 (University of Nebrasca Press)

Clark, Ella E.: Indian Legends of the Pacific Northwest. Berkeley 1953 (University of California Press)

–, Indian Legends from the Northern Rockies. Norman 1966 (University of Oklahoma Press)

Courlander, Harold: Hopi Voices. Albuquerque 1982 (University of New Mexico Press). – Die deutsche Ausgabe von Harold Courlander und Stephan Dömpke erschien 1986 unter dem Titel »Hopi – Stimmen eines Volkes« im Eugen Diederichs Verlag Köln

Cruikshank, Julie: The Stolen Women – Female Journeys in Tagish and Tutchone. In: *Papers of the Canadian Ethnology Service. National Museum of Canada*, 87, Ottawa 1983

Curtin, Jeremiah: Creation Myths of Primitive America. Boston 1903 (Little, Brown)

Dangberg, Grace: Washo Texts. In: *University of California Publications in American Archaeology and Ethnology*, 22, Berkeley 1927, S. 391–443

de Laguna, Frederica: Under Mount Saint Elias – The History and Culture of the Yakutat Tlingit. 3 Vols. Washington 1972 (Smithsonian Institution)

Demetracopoulou, D.: The Loon Woman Myth. In: *Journal of American Folklore*, 46, (1933), S. 101–128

Densmore, Frances: Papago Music. In: *Bulletins of the Bureau of American Ethnology*, 90, Washington 1929

Dorsey, George A.: The Mythology of the Wichita. Washington 1904 (Carnegie Institution of Washington), zit. nach Dorsey 1904a
–, Traditions of the Arikara. Washington 1904 (Carnegie Institution of Washington), zit. nach Dorsey 1904b
–, Traditions of the Skidi Pawnee. In: *Memoirs of the American Folklore Society*, 7, Boston 1904. Zit. nach Dorsey 1904c
–, The Cheyenne. Pt. 1: Ceremonial Organization. In: *Field (Columbian) Museum (of Natural History) Anthropological Series*, 9, Nr. 1 Chicago 1905. Zit. nach Dorsey 1905a
–, Traditions of the Caddo. Washington 1905 (Carnegie Institution of Washington), zit. nach Dorsey 1905b
–, The Pawnee – Mythology. Washington 1906 (Carnegie Institution of Washington)
Dorsey, George – A., und Alfred L. Kroeber: Traditions of the Arapaho. In: *Field (Columbian) Museum (of Natural History) Anthropological* Series, 5, Chicago 1903
Dorsey, James Owen: The Cegiha Language. In: *Contributions to North American Ethnology*, 6, Washington 1890
–, Osage Traditions. *In: Annual Reports of the Bureau of American Ethnology*, 6, Washington 1888, S. 373–397
Drucker, Philip: The Tolowa and Their Southwest Oregon Kin. In: *University of California Publications in American Archaeology and Ethnology*, 36, Berkeley 1937, S. 221–300
Du Bois, Cora: Wintu Ethnography. In: *University of California Publications in American Archaeology and Ethnology*, 36, Berkeley 1935, S. 1–148
Du Bois, Cora, und D. Demetracopoulou: Wintu Myths. In ders. Publ., 28, Berkeley 1931, S. 279–403

Farrer, Clair R.: Singing for Life. In: Charlotte J. Frisbie (Hrsg.), Southwestern Indian Ritual Drama. Albuquerque 1980 (University of New Mexico Press)
Fisher, Margaret W.: The Mythology of the Northern and Northeastern Algonkians. In: Frederick Johnson (Hrsg.), Man in Northeastern North America. *Papers of the Robert S. Peabody Foundation for Archaeology*, 3, Andover/Mass. 1946, S. 226–262
Flannery, Regina: An Analysis of Coastal Algonquian Culture. In: *Catholic University of America Anthropological Series*, 7, (1939)
Fletcher, Alice C. und Francis La Flesche: The Omaha Tribe. 2 Vols. Lincoln 1972 (University of Nebraska Press)
Frachtenberg, Leo J.: Coos Texts. In: *Columbia University Contributions to Anthropology*, 1, New York 1913
–, Kalapuya Texts. In: *University of Washington Publications in Anthropology*, 11, Seattle 1945, S. 143–369

Gayton, A. H.: Areal Affiliations of California Folktales. In: *American Anthropologist*, N.S. 37 (1935), S. 582–599. Zit. nach Gayton 1935a
–, The Orpheus Myth in North America. In: *Journal of American* Folklore, 48 (1935), S. 263–293. Zit. nach Gayton 1935b
Gifford, E. W.: Miwok Myths. In: *University of California Publications in American Archaeology and Ethnology*, 36, Berkeley 1917, S. 283–338
–, Western Mono Mythes. In: *Journal of American Folklore*, 36 (1923), S. 301–367
–, The Southeastern Yavapai. In: *University of California Publications in American Archaeology and Ethnology*, 29, Berkeley 1932.
–, Coast Yuki Myths. In: *Journal of American Folklore*, 50 (1937), S. 115–172
Gilmore, Melvin R.: The Arikara Book of Genesis. In: *Papers of the Michigan Academy of Sciences, Arts, and Letters*, 12 (1929), S. 95–120
Goddard, P. E.: Hupa Texts. In: *University of California Publications in American Archaeology and Ethnology*, 1 (1904), S. 89–368

Goddard, P. E.: Kato Texts. In ders. Publ., 5 (1909), S. 65–238

–, Myths and Tales from the White Mountain Apache. In: *Anthropological Papers of the American Museum of Natural History*, 24, Pt. 2, New York 1919

–, Navajo Texts. In ders. Publ., 34, Pt. 1, New York 1933

Golder, F. A.: Aleutian Stories. In: *Journal of American Folklore*, 18 (1905), S. 215–222

Grinnell, George Bird: Blackfoot Lodge Tales. Lincoln 1962 (University of Nebraska Press)

–, By Cheyenne Campfires. Lincoln 1971 (University of Nebraska Press)

–, The Cheyenne Indians. 2. Vols. Lincoln 1972 (University of Nebraska Press)

Haas, Mary R.: The Solar Deity of the Tunica. In: *Papers of the Michigan Academy of Science, Arts, and Letters*, 28 (1942), S. 531–535

Halbert, H. S.: The Choctaw Creation Legend. In: *Publications of the Mississippi Historical Society*, 4, Oxford/Miss. 1901, S. 267–270

Hall, Edwin S., Jr.: The Eskimo Storyteller – Folktales from Noatak, Alaska. Knoxville 1975 (University of Tennessee Press)

–, Margaret R. Blackman und Vincent Rickard: Northwest Coast Indian Graphics. Seattle 1981 (University of Washington Press)

Hallowell, A. Irving: Ojibwa Ontology, Behavior, and World View. In: Dennis und Barbara Tedlock (Hrsg.), Teachings from the American Earth. New York 1975 (Liveright). – Deutsche Ausgabe »Ontologie, Verhalten und Weltbild der Ojibwa« in: Über den Rand des tiefen Canyon. Diederichs Gelbe Reihe Band 17. Köln 1978 (Eugen Diederichs)

Halpern, Ida: Indian Music of the Pacific Northwest Coast. Booklet accompanying album FE 4523. New York 1967 (Folkways Records)

Hassrick, Royal B.: The Sioux. Norman 1964 (University of Oklahoma Press). – Die deutsche Ausgabe erschien unter dem Titel »Das Buch der Sioux« 1982 im Eugen Diederichs Verlag, Köln

Haviland, William A. und Marjory W. Power: The Original Vermonters. 1981 (University Press of New England)

Heizer, Robert F.: California Mythology. In: Handbook of North American Indians. Vol. 8. Washington 1978 (Smithsonian Institution)

Hewitt, J. N. B.: Iroquoian Cosmology. Pt. 1. In: *Annual Reports of the Bureau of American Ethnology*, 21, Washington 1908, S. 127–339

–, Seneca Fiction, Legends, and Myths. In ders. Publ., 32, Washington 1918, S. 37–813

–, Iroquoian Cosmology. Pt. 2. In ders. Publ., 43, Washington 1928, S. 449–819

Hultkrantz, Åke: The North American Indian Orpheus Tradition. Stockholm 1957. Statens Etnografiska Museum Monograph Series 2

Hunt, Georg: The Rival Chiefs. In: *Boas Anniversary Volume*. New York 1906, Seite 108–136 (G. E. Steckert)

Jacobs, Melville: Coos Myth Texts. In: *University of Washington Publications in Anthropology*, 8, Seattle 1940, Seite 127–260

Jenness, D.: Myths and Traditions from Nothern Alaska, the Mackenzie Delta and Coronation Gulf. In: Report of the Canadian Arctic Expedition 1913–1918. Vol. 13 (Eskimo Folklore) Pt. A. 1924

–, Myths of the Carrier Indians of British Columbia. In: *Journal of American Folklore*, 47, (1934), S. 97–257

Jetté, Jules: On Ten'a Folklore. In: *Journal of the Royal Anthropological Institute of Great Britain and Ireland*, N.S. Vol. 38 (1908), S. 298–320

Johnston, Basil: Ojibway Heritage. Toronto 1976 (McClelland and Stewart Ltd). – Die deutsche Ausgabe erschien unter dem Titel »Und Manitu erschuf die Welt« 1979 im Eugen Diederichs Verlag, Köln. Diederichs Gelbe Reihe Band 24

–, Ojibway Ceremonies. Toronto 1982 (McClelland and Stewart Ltd). – Die deutsche Ausgabe erschien unter dem Titel »Großer Weißer Falke« 1987 im Eugen Diederichs Verlag, Köln. Diederichs Gelbe Reihe Band 69

Johnston, Bernice A.: California's Gabrielino Indians. Los Angeles 1962 (Southwest Museum)

Kardiner, Abram und Edward Preble: They Studied Man. Cleveland 1961 (World)

Karlinger, Felix und Elisabeth Zacherl (Hrsg.): Südamerikanische Indianermärchen. Köln 1976 (Eugen Diederichs)

Karlinger, Felix und Maria Antonia Espadinha: Märchen aus Mexiko. Köln 1978 (Eugen Diederichs)

Kilpatrick, Jack F. und Anna G. Kilpatrick: Friends of Thunder – Folktales of the Oklahoma Cherokees. Dallas 1964 (Southern Methodist University Press)

Kinietz, Vernon und Erminie W. Voegelin: Shawnese Traditions – C. C. Trowbridge's Account. In: *Occasional Contributions from the Museum of Anthropology of the University of Michigan*, 9 (1939)

Köngäs, Elli K.: The Earth-Diver. In: *Ethnohistory*, 7 (1960), S. 151–180

Kössler-Ilg (Hrsg.): Indianermärchen aus den Kordilleren. Köln 1956 (Eugen Diederichs)

Konitzky, Gustav A. (Hrsg.): Nordamerikanische Indianermärchen. Köln 1963 (Eugen Diederichs)

Krickeberg, Walter (Hrsg.): Märchen der Azteken und Inkaperuaner. Köln 1968 (Eugen Diederichs)

Kroeber, A. L.: Handbook of the Indians of California. In: *Bulletins of the Bureau of American Ethnology*, 78, Washington 1925

–, Indian Myths of South Central California. In: *University of California Publications in American Archaeology and Ethnology*, 4, Berkeley 1907, S. 167–250

–, Yurok Myths. Berkeley 1976 (University of California Press)

Kroeber, A. L. und E. W. Gifford: Karok Myths. Berkeley 1980 (University of California Press)

Lame Deer, John (Fire) und Richard Erdoes: Lame Deer – Seeker of Visions. New York 1972 (Simon and Schuster). – Die deutsche Ausgabe erschien unter dem Titel »Tahca Ushte – Medizinmann der Sioux« 1979 im Paul List Verlag in München und 1982 im Gustav Kiepenheuer Verlag, Leipzig und Weimar

Lantis, Margaret: The Mythology of Kodiak Island, Alaska. In: *Journal of American Folklore*, 51 (1938), S. 123–172

–, The Social Culture of the Nunivak Eskimo. Transactions of the American Philosophical Society. N.S. Vol. 35. Pt. 3 (1946)

Latorre, Felipe A. und Dolores L. Latorre: The Mexican Kickapoo Indians. Austin 1976 (University of Texas Press)

Leland, Charles G.: The Algonquin Legends of New England. Boston 1884 (Houghton Mifflin)

Lévi-Strauss, Claude: The Raw and the Cooked. New York 1969 (Harper & Row)

–, L'Homme nu (Mythologiques 4). Paris 1971 (Plon)

Linton, Ralph: The Thunder Ceremony of the Pawnee. Anthropology, Leaflet 5, Chicago 1922 (Field Museum of Natural History)

Loeb, Edwin M.: The Eastern Kuksu Cult. In: *University of California Publications in American Archaeology and Ethnology*, 33 (1933), S. 139–232

Lowie, Robert H.: The Northern Shoshone. In: *Anthropological Papers of the American Museum of Natural History*, 2 (1908), S. 169–306

–, Shoshonean Tales. In: *Journal of American Folklore*, 37 (1924), S. 1–242

–, The Crow Indians. New York 1956 (Holt, Rinehart and Winston)

Lutz, Maija, M.: The Effects of Acculturation on Eskimo Music of Cumberland Peninsula. In: *Papers of the Canadian Ethnology Service. National Museum of Canada*, 41, Ottawa 1978

Makarius, Laura: The Crime of Manabozho. In: *American Anthropologist,* 75 (1973), S. 663–675

Malinowski, Bronislaw: Magic, Science and Religion and Other Essays. Garden City/ N. Y. 1954 (Doubleday Anchor Books)

Mason, J. Alden: The Ethnology of the Salinan Indians. In: *University of California Publications in American Archaeology and Ethnology,* 10, Berkeley 1912, S. 97–240

Matthews, Washington: Navaho Legends. In: *Memoirs of the American Folklore Society,* 5 (1897)

McClellan, Catharine: The Girl Who Married a Bear. Ottawa 1970 (National Museums of Canada)

McClintock, Walter: The Old North Trail. Lincoln 1968 (University of Nebraska Press)

McIlwraith, T. F.: The Bella Coola Indians. 2 Vols. 1948 (University of Toronto Press)

McKennan, Robert A.: The Upper Tanana Indians. In: *Yale University* Publications in Anthropology, 55, New Haven 1959

Mechling, H. W.: Malecite Tales. In: Canada, Department of Mines, Geological Survey, Memoir 49. Anthropological Series 4 (1914)

Merriam, C. Hart: An-nik-a-del. Boston 1928 (Stratford)

Michelson, Truman: Ritualistic Origin Myths of the Fox Indians. In: *Journal of the Washington Academy of Sciences,* 6 (1916), S. 209–211

–, Fox Miscellany. In: *Bulletins of the Bureau of American Ethnology,* 114 (1937)

Momaday, N. Scott: The Way to Rainy Mountain. New York 1970 (Ballantine Books)

–, Haus aus Morgendämmerung. München 1988 (Eugen Diederichs Verlag)

Mooney, James: Myths of the Cherokee. In: *Annual Reports of the Bureau of American Ethnology,* 19, Washington 1900. Seiten 3–54

–, The Ghost-Dance Religion and the Sioux Outbreak of 1890 (Hrsg. Anthony F. C. Wallace). Chicago 1965 (University of Chicago Press)

Murdoch, John: A Few Legendary Fragments from Point Barrow Eskimos. In: *American Naturalist,* 20 (1886), Seite 593–599

Murdock, George P. und Timothy J. O'Leary: Ethnographic Bibliography of North America. 4. Aufl., 5 Vols. New Haven 1975 (Human Relations Area Files Press)

Murie, James R.: Ceremonies of the Pawnee (Hrsg. Douglas R. Parks). 2. Vols. Washington 1981 (Smithsonian Institution)

Nelson, Edward W.: The Eskimo about Bering Strait. In: *Annual Reports of the Bureau of American Ethnology,* 18, Washington 1899, S. 3–518

Newcomb, William W., Jr.: The Walam Olum of the Delaware Indians in Perspective. In: *Texas Journal of Science,* 7 (1955), S. 57–63

Norman, Howard A.: The Wishing Bone Cycle – Narrative Poems from the Swampy Cree Indians. New York 1976 (Stonehill)

–, Where the Chill Came From – Cree Windigo Tales and Journeys. San Francisco 1982 (North Point Press)

Opler, Morris E.: Myths and Tales of the Jicarilla Apache Indians. In: *Memoirs of the American Folklore Society,* 31, Boston 1938

Osgood, Cornelius: The Han Indians. In: *Yale University Publications in Anthropology,* 74, New Haven 1971

Parker, Arthur C.: Seneca Myths and Folk Tales. Buffalo 1923 (Buffalo Historical Society)

–, Parker on the Iroquois. Syracuse/N. Y. 1968 (Syracuse University Press)

Parson, Elsie C.: Tewa Tales. In: *Memoirs of the American Folklore* Society, 19, Boston 1926

–, Taos Tales. In ders. Publ., 34, Boston 1940

Pelletier, Wilfred und Ted Poole: No Foreign Land. – 1973. Die deutsche Ausgabe erschien unter dem Titel »Frei wie ein Baum« 1981 im Eugen Diederichs Verlag, Köln

Petitot, Émile: Traditions indiennes du Canada Nord-Ouest. Paris 1886 (Maisonneuve Frères & Ch. LeClerc)

Radin, Paul: Wappo Texts. In: *University of California Publications in American Archaeology and Ethnology,* 19, Berkeley 1924, S. 1–147

–, The Road of Life and Death. New York 1945 (Pantheon)

–, The Evolution of an American Indian Prose Epic. In: Special Publications of the Bollingen Foundation, 3. 2 Teile 1954 und 1956

–, The Winnebago Tribe. Lincoln 1970 (University of Nebraska Press)

–, The Trickster. New York 1972 (Schocken)

–, Literary Aspects of North American Mythology. Norwood/Pa. 1973 (Norwood Editions)

Rätsch, Christian: Indianische Heilkräuter. Diederichs Gelbe Reihe Bd. 71. Köln 1987 (Eugen Diederichs)

Rand, Silas T.: Legends of the Micmacs. New York und London 1894 (Longmans, Green & Co.)

Rasmussen, Knud: Eskimo Folk-Tales. London und Kopenhagen 1921 (Gyldendal)

–, Intellectual Culture of the Iglulik Eskimos. Kopenhagen 1929 (Gyldendal)

–, Intellectual Culture of the Caribou Eskimos. Kopenhagen 1930 (Gyldendal)

–, The Netsilik Eskimos. Kopenhagen 1931 (Gyldendal)

–, Observations on the Intellectual Culture of the Copper Eskimos. Kopenhagen 1932 (Gyldendal)

Ray, Verne F.: Sanpoil Folk Tales. In: *Journal of American Folklore,* 46 (1933), S. 129–187

Reichard, Gladys: Literary Types and the Dissemination of Myths. In: *Journal of American Folklore,* 34 (1921), S. 269–307

–, An Analysis of Coeur d'Alene Indian Myths. In: *Memoirs of the American Folklore Society,* 41, Boston 1947

–, Navajo Medicine Man Sandpaintings. New York 1977 (Dover)

Ricketts, Mac Linscott: The North American Indian Trickster. In: History of Religions, 5 (1966), S. 327–350

Ridington, Robin: Swan People – A Study of the Dunne-za Prophet Dance. In: *Papers of the Canadian Ethnology Service. National Museum of Canada,* 38, Ottawa 1978

Riggs, Stephen Return: Dakota Grammar, Texts and Ethnography. In: *Contributions to North American Ethnography,* 9, Washington 1893

Rink, Henry: Tales and Traditions of the Eskimo. Edinburg und London 1875 (Blackwood)

Rohner, Ronald P. und Evelyn C. Rohner: The Kwakiutl Indians of British Columbia. New York 1970 (Holt)

Savard, Rémi: Contes indiens de la Basse Côte Nord du Saint-Laurent. In: *Papers of the Canadian Ethnology Service. National Museum of Canada,* 51, Ottawa 1979

Schlesier, Karl H.: Die Wölfe des Himmels – Welterfahrung der Cheyenne. Köln 1985 (Eugen Diederichs)

Schmerler, Henrietta: Trickster Marries His Daughter. In: *Journal of American Folklore,* 44 (1931), S. 196–207

Simms, S. C.: Traditions of the Crows. In: *Field (Columbian) Museum (of Natural History) Anthropological Series,* 2, Nr. 6, Chicago 1903

Skinner, Alanson: Social Life and Ceremonial Bundles of the Menomini Indians. In: *Anthropological Papers of the American Museum of Natural History, 13, Pt. 1,* New York 1913

–, The Mascoutens or Prairie Potawatomi. In: *Bulletin of the Public Museum of the City of Milwaukee,* 6 (1924), S. 1–411

–, Ethnology of the Ioway Indians. In: ders. Publ., 5 (1926), S. 181–354

Skinner, Alanson, und John V. Satterlee: Folklore of the Menomini Indians. In: *Anthropological Papers of the American Museum of Natural History,* 13, Pt. 3, New York 1915

Smith, J. L.: A Short History of the Sacred Calf Pipe of the Teton Dakota. In: Museum News, 28, Nr. 7–8. Vermillion/ S.D. (W. H. Over Dakota Museum, University of South Dakota)

Spalding, Alex: Eight Inuit Myths. In: *Papers of the Canadian Ethnology Service. National Museums of Canada,* 59, Ottawa 1979

Speck, Frank G.: Ethnology of the Yuchi Indians. In: *Anthropological Publications of the University Museum,* 1, Philadelphia 1909

–, Penobscot Tales and Religious Beliefs. In: *Journal of American Folklore,* 48 (1935), S. 1–107

–, Penobscot Man. New York 1976 (Octagon)

–, Naskapi – The Savage Hunters of the Labrador Peninsula. Neuausgabe. Norman 1977 (University of Oklahoma Press)

Spencer, Katherine: Mythology and Values – An Analysis of Navaho Chantway Myths. In: *Memoirs of the American Folklore Society,* 48, Boston 1957

Spencer, Robert F.: The North Alaskan Eskimo. In: *Bulletins of the Bureau of American Ethnology,* 171, Washington 1959

Spier, Leslie: The Prophet Dance of the Northwest and Its Derivatives. Menasha/Wisc. 1935 (George Banta)

Steinmetz, Paul B.: Pipe, Bible and Peyote Among the Oglala Lakota. In: *Stockholm Studies in Comparative Religion,* 19 (1980). University of Stockholm

Steward, Julian H.: Myths of the Owens Valley Paiute. Erschien in: *University of California Publications in American Archaeology and Ethnology,* 34, Berkeley 1936, S. 335–440

–, Some Western Shoshoni Myths. In: *Bulletins of the Bureau of American Ethnology,* 136, Washington 1943, S. 249–299

Stirling, Mattew W.: Origin Myth of Acoma and Other Records. In ders. Publ., 135 (1942)

Swanton, John R.: Contributions to the Ethnology of the Haida. In: *Memoirs of the American Museum of Natural History,* 8, Pt. 1 (1905)

–, The Tlingit Indians. In: *Annual Reports of the Bureau of American Ethnology,* 26, Washington 1908, S. 391–485

–, Tlingit Myths and Texts. In: *Bulletins of the Bureau of American Ethnology,* 39, Washington 1909.

–, Myths and Tales of the Southeastern Indians. In ders. Publ., 88, Washington 1929

Tedlock, Dennis: Finding the Center – Narrative Poetry of the Zuni Indians. New York 1972 (Dial)

–, The Spoken Word and the Work of Interpretation. Philadelphia 1983 (University of Pennsylvania Press)

Tedlock, Dennis, und Barbara Tedlock (Hrsg.): Teachings from the American Earth. New York 1975 (Livewright). – Die deutsche Ausgabe erschien unter dem Titel »Über den Rand des tiefen Canyon« 1978 im Eugen Diederichs Verlag, Köln (Diederichs Gelbe Reihe Band 17)

Teit, James: Traditions of the Thompson River Indians of British Columbia. In: *Memoirs of the American Folklore Society*, 6, Boston 1898
–, The Shuswap. In: *Memoirs of the American Museum of Natural History*, 4 (1909).
–, Mythology of the Thompson Indians. In ders. Publ., 12 (1912), S. 199–416
–, Kaska Tales. In: *Journal of American Folklore*, 30 (1917), S. 427–473
–, Tahltan Tales. In ders. Publ., 32 (1919), S. 198–250; und 34 (1921), S. 223–253, 335–356
Thompson, Stith: Tales of the North American Indians. Bloomington 1929 (Indiana University Press)
–, The Folktale. New York 1946 (Holt, Rinehart and Winston)
–, The Star Husband Tale. In: Alan Dundes (Hrsg.), The Study of Folklore. Englewood Cliffs/N.J. 1965 (Prentice Hall)
Turner, Lucien M.: Ethnology of the Ungava District, Hudson Bay Territory. In: *Annual Reports of the Bureau of American Ethnology*, 11, Washington 1894, S. 159–350
Turney-High, Harry: The Bluejay Dance. In: *American Anthropologist*, N.S. 35 (1933), S. 103–107

Underhill, Ruth M.: Papago Indian Religion. New York 1946 (Columbia University Press)
–, Red Man's Religion. Chicago 1965 (University of Chicago Press)
Utley, Francis Lee: The Migration of Folktales – Four Channels to the Americas. In: *Current Anthropology*, 15 (1974), S. 5–27

Voegelin, Carles F.: Tübatulabal Texts. In: *University of California Publications in American Archaeology and Ethnology*, 34, Berkeley 1935, S. 191–246
–, The Shawnee Female Deity. In: *Yale University Publications in Anthropology*, 10, New Haven 1936
–, (übers.): Walam Olum. Indianapolis 1954 (Indiana Historical Society)
Voth, H. R.: The Traditions of the Hopi. In: *Field (Columbian) Museum (of Natural History) Anthropological Series*, 8, Chicago 1905

Walker, James R.: Lakota Belief and Ritual (Hrsg. Raymond J. DeMallie und Elaine A. Jahner). Lincoln 1980 (University of Nebraska Press)
–, Lakota Myth (Hrsg. Elaine A. Jahner). Lincoln 1983 (University of Nebraska Press)
[Walkus, Simon, Sr.]: Oowekeeno Oral Traditions – As Told by the Late Chief Simon Walkus Sr. In: *Papers of the Canadian Ethnology Service. National Museums of Canada*, 84, Ottawa 1982
Wallace, Paul A. W.: The White Roots of Peace. Philadelphia 1946 (University of Pennsylvania Press)
Waters, Frank: Book of the Hopi. New York 1963 (The Viking Press). – Die deutsche Ausgabe erschien unter dem Titel »Das Buch der Hopi« 1980 im Eugen Diederichs Verlag, Köln
Weltfish, Gene: The Lost Universe – The Way of Life of the Pawnee. New York 1971 (Ballantine Books)
Wheeler-Voegelin, Erminie und Remedios W. Moore: The Emergence Myth in Native North America. In: W. Edson Richmond (Hrsg.), Studies in Folklore. Bloomington 1957 (Indiana University Press)
Wheelwright, Mary C.: Navajo Creation Myth – The Story of the Emergence by Hasteen Klah« Santa Fee 1942 (Museum of Navajo Cremonial Art)
Whitman, William: Origin Legends of the Oto. In: *Journal of American Folklore*, 51 (1938), S. 173–205
Williams, Marianne (Hrsg.): Kanien'kéha' Okara'shón'a – Mohawk Stories. New York 1976. New York State Museum Bulletin 427

231

Williams, Mentor L.: Schoolcraft's Indian Legends. East Lansing 1956 (Michigan State University Press)

Williamson, Robert G.: Slave Indian Legends. In: *Anthropologica,* 1 (1955), S. 119–143

Wilson, Edmund: Apologies to the Iroquois. New York (Vintage)

Wissler, Clark: Star Legends Among the American Indians. Guide Leaflet 91. New York 1936 (American Museum of Natural History)

Wyman, Leland C.: Blessingway. Tuscon 1970 (University of Arizona Press)

Yazzie, Ethelou (Hrsg.): Navajo History. Vol. 1. Arizona 1971 (Navajo Community College Press)

Zolbrod, Paul G.: Diné bahane' – The Navajo Creation Story. Albuquerque 1984 (University of Mexico Press). – Die deutsche Ausgabe erschien unter dem Titel »Auf dem Weg des Regenbogens – Das Buch vom Ursprung der Navajo« 1988 im Eugen Diederichs Verlag, München

Zuni People: The Zunis – Self-Portrayals. Albuquerque 1970 (University of New Mexico Press)

Register

234